# ニュー・ワールズ・エンド

川口祐海
KAWAGUCHI Yukai

文芸社文庫

目次

# ニュー・ワールズ・エンド

# 01　季節はずれの粉雪

つまりはクビ、ということか。

わたしはやや背中を丸め、仕事用に結んだ髪を後ろ手にすくった。目の前に座る部長の手元を眺める。ガラス張りの狭い室内を、乾いた沈黙が満たしていく。彼はテーブルの上で指を組み、無念そうな視線を机上に落としていた。

予想はしていたことだが、リアクションをとらないのはまずい。

わたしは呆然と右を向き、ガラスの壁をとおして廊下の先を見た。壁にきらめく会社のロゴが目に飛び込む。放心をよそおって、ゆっくりと息を吐き出した。

業界第三位の人材派遣会社。来る者を圧倒する荘厳な受付スペースでは、キャリアコンサルタントが笑顔で新規登録者を出迎えていた。よほど緊張しているのか、派遣登録者の強張った動きが遠目にも痛々しい。去年の自分を思い出す。

この広大なフロアの半分が人材派遣の面談室で埋めつくされている。ガラスの仕切りで二〇室あまり。その空いた一室に呼びだされたのは、きっと社内の人目を避けるためだ。オフィスのほうで解雇通達をするのは、さすがにためらわれたのだろう。

「……今期の業績が、あまり良くなくてね」上司の彼がわたしの横顔に向かってつぶやいた。「会社を維持するための苦渋の決断、ということらしい。本当にすまない」

なぜそんな見え透いた建前を？

眉がゆがむのをこらえ、無表情を保った。幸いマスクをしているせいで、もとから表情の半分は伝わらない。

業績は悪くないはずだ。わたしは契約社員ながらも、マーケティング部で企画書を日々量産していた。業績のグラフなどは毎日のように切り貼りしている。

わたしは上司に向きなおり、もう一度その顔を見つめた。三二歳の、熱心でひたむきな部長。上司といっても直属ではないし、顔を合わせる機会も多くはなかった。なのに彼はわたしを、まるで負傷した戦友のように扱ってくれている。

おもわず視線をそらす。

きっと、知らないのだ。わたしがクビになる本当の理由を。

「手続きについては総務から話があると思う。雇用保険については——」

部長の生真面目で優しさに満ちた言葉を聞きながら、ふと思い返していた。

去年の春。派遣登録をしにここへ来たら、派遣されずに直接雇用された。これまでの大手企業への派遣歴が買われたらしく、仕事内容や給与の待遇もよかった。そうして契約社員として勤務すること一四ヶ月。寡黙だが仕事が早いということで評価も上々、先々月には雇用期間を延長したばかりだった。なのになぜ、いきなり解雇されるのか。その理由を、部長もたぶん知らされてはいない。

おそらくは上から突然、通達がきたにちがいない。彼にとっても不可解なはずだ。会社の業績は悪くなく、解雇の該当者ならほかにいくらでもいる。とはいえ、人事に異論をはさむ風土はこの会社にはない。当たり障りのない理由を想像し、無理に納得し、忠実に実行するのが彼の仕事だ。あてはめた理由はきっと、わたしのコミュニケーションの問題だろう。仕事はできても、口をきかない契約社員。

けれども現場の様子を知らない上層部が、そうした理由に至るはずがない。わたしには、べつのはっきりとした心当たりがある。

先月、セントラルグループで全社的なキャンペーンがおこなわれた。人材派遣のセントラルスタッフのほか、人材教育や資格取得を含む全グループ会社を対象に、従業員から広く事業企画を募る、というものだった。もしその企画が採用された場合、発案者を事業のコアスタッフに迎え入れるという特典まで用意された。

わたしはそのころ、しょせんは搾取ビジネスに過ぎない派遣事業の実態にうんざりしていたため、ここぞとばかりに企画書を提出した。それは、派遣スタッフの給与を全面的に引き上げ、代わりにいくつかの社会的(ソーシャル)な役割を義務づけすることで、べつのルートから新しい利益を得る、というモデルだった。ようするに、働き手の権利を向上させることで他社との差別化を図りつつ、今までにないまったく新しい雇用モデルを構築しましょう、という提案だった。

もちろん、そんなものが受け容れられるはずもない。まず現状のシステムを根本から覆すことになるし、たとえ派遣部門の利益は維持できても、グループによる搾取の相乗効果（シナジー）や上層部の既得権益を破壊することになるだろうからだ。

そもそも、この提案の根底にあるのは業界否定であり、会社批判だった。発案者であるわたしは、すぐに危険分子とみなされたはずだ。

だからあっけなく排除された。腐敗がほかへ伝染する前に。それが事の顛末だろう。

けれどもきっと、その提案書自体は保管されるはずだ。いずれ会社が頭打ちになったときに再検討する価値はある。今は毒でも、時がくればワクチンになるかもしれない。そうしていつか採用されたなら、そのとき業界は変わるだろう。セントラルスタッフは業界の主導権を握り、世間の雇用モデルが一新される可能性もある。

ただしそれは、ごく一時の話。そのあと、わたしの本当の目的が達成される。誰にも分析し得なかった見えないトラップが発動し、人々の、働き手の意識が水面下で徐々に変わっていくはずだ。つまり、義務づけしたソーシャルな役割がじゅうぶんに波及すれば、人は自分たちの力で雇用の流れを創りだせるようになる。個人で社会に働きかけるやり方を覚え、それに慣れてしまえば、派遣業界のもつ中間搾取機能は不要となる。この業界はそのとき、消えて無くなるだろう。この案は毒でもワクチンでもなく、ウイルスなのだ。

というわけで、実現するか否かはべつとしても、わたしにすべきことがあるとすれば、それはもう終わったのかもしれない。わたしなりのささやかな努力ではあるが、いつも通り報われることは期待していない。ゆえに、未練もない。

ふと我にかえると、部長が一枚の書類を差しだしていた。苦々しい表情で、そのタイトルを指でなぞっている。機密保持契約書。クビになっても会社の情報を外に漏らすな、という法的な脅しだった。

わたしはマスクの下で吐息をつき、部長に目をうつした。

わずかな時間、視線が絡み合う。かつては、いや今朝までは、彼のことを遠目に憧れていた。それを振り切るように、署名欄に強くボールペンを押しつける。

――神大路瑠美（かみおおじるみ）。

短い間でしたが、お世話になりました。

午後四時を過ぎたあたりだった。一〇月の下旬とはいえ、外の陽射しはまだ衰えを見せていない。この時間に会社をあとにするのは、思えばはじめてのことかもしれなかった。

大理石のホール。太陽に眼を細め、巨大な窓に寄りかかる。エレベーターを待つあいだ、いつものように眼下の街を眺めた。渋谷の街路を大勢の人が行き交っている。三七階から見下ろすと、人は粒だった。それは顕微鏡の中の菌のようにも、飴に群がる蟻のようにも見える。

こんな場所から見下ろすから、人は人をなんとも思わなくなるんだ。そう思いつつも、この景色を二度と見ることがないという事実を、寂しくも感じていた。

「──あ、瑠美！　よかった間に合った」

背後で声がした。ふり向くと、四宮園香（しのみやそのか）が立っていた。

「朝からずっと会議でね。私も今知ったのよ」園香は、長い艶のある黒髪を優雅にかき上げた。「いきなりクビとはねえ。勝手なことしてくれるわ。私の大事な部下を」

わたしは軽く肩を動かして同意を示しながら、エレベーターに視線をうつした。ほどなくしてドアが開く。

「私も今日は上がっちゃうわ。やってらんない。飲みにいこう」

園香はわたしの腕をとり、そのままエレベーターに乗り込んだ。数人を押しのけ、奥の壁際を陣取る。

あいかわらずなマイペース。だからこそ、この若さでサブマネージャーが務まるのだろう。園香はわたしの二コ上だが、直属の上司であり、社内の出世頭だった。

「それにしても瑠美、いったい何をしでかしたわけ？」

わたしから答えが得られないと知っていながら、無表情に問う。わたしはなんとなくその容姿を眺めた。真っ白なジャケットに黒のフレアパンツが、体のしなやかさを引き立たせている。髪の長さはわたしと一緒で背中の半分に達するが、艶や品の面で圧倒的な差を感じた。それは十分な手入れによる結果なのだろうが、それを感じさせないような自然な美しさというか、生まれながらの神々しさのようなものを園香は持っている。それがこの人の自信の源なのかもしれない。そんな感想が頭をよぎった。

「何したのか知らないけど、即日解雇だなんて聞いたことないよ。どうかしてるわ。たとえ契約社員だろうと、瑠美がどれほど優秀なのかは上にも伝わってるはずなんだけどね。うちの会社も老い先短いってことかな」

ささやき声が容赦なく静寂を破る。周囲から無言の注目が集まり、それが圧力となって狭いエレベーター内を息苦しくする。

「まあ、こういうツケはいずれ会社に回ってくる。むしろクビになって正解かもよ」

前に立つ初老の男性が、肩ごしにちらりと振り返った。思わずうつむいてやり過ごす。園香は意に介さず、大げさにため息をついてみせる。周囲の目をいっさい気にしないのは、彼女の長所なのか短所なのか。いちおう、前者にしておこうとは思っている。わたしのマイノリティな態度も気にしないでいてくれるから。

「さあて、何食べよっか。こういうときは中華かな。がつんとね」

ドアが開いた。エレベーターから出ていく背を眺めながら、園香が耳打ちしてくる。

「さっき振り返ったおじさんいるでしょ。あれ、うちのＣＯＯよ。ナンバー２」

おどろいて園香の顔を凝視した。

「私もクビになるかもね」

園香は涼しい顔でささやき、髪をかき上げて歩きだした。


１０９を左手に見ながら交差点を渡る。

涼しげな秋の風に、雑多な音と匂いが入り混じっていた。繁殖は生物の使命だ。そう信じて疑わない性欲たちが、つけ睫毛をつけて辺りに溢れかえっている。焦燥にも似た嫉妬心が、わたしの胸をわずかに締めつけた。渋谷は嫌いだけど、好きだ。とても嫌なジレンマ。

「瑠美のそのマスクさあ、どうにかならない？　絶対にはずさないよね」

前を歩く園香が横顔を見せて笑った。

「真冬ならまだしも、今どきこの季節にマスクしてる人はあんまりいないよ」

まあ今さらだけど、と無表情に付け加える。颯爽と駅前のランドマークビルに足を踏みいれながら、なおもわたしのマスクを指さして笑った。

わたしがいっさい言葉を発しないことよりも、つねにマスクをしていることのほうが解せないらしい。わたしから見れば、そんな園香も一風変わっている。

いずれにせよ最近では、仕事はほぼメールのやりとりで事足りる。マスクにしても、若者による伊達マスク症候群や、たびたび襲ってくるウイルスのせいもあって、今ではそれほど目立つことはない。ずいぶんと生きやすい世の中になった。

「ここの二五階。味はまあまあなんだけど、景色が最高なのよ」

言いながらエレベーターに乗り、園香は声をひそめた。

「そういえば、部長もショックを受けてたよ。うなだれちゃって、かなり寂しがってたし。呼んじゃおうか」

バッグからスマートフォンを取りだしたため、あわててそれを制した。部長の苦い眼差しが脳裏をよぎる。胸がちくりとうずく。彼に少しでも思い入れをもってしまったことを、後悔する。

生きやすくなったとはいえ、わたしが耐えるべきことは多い。それがどんなに理不尽なことか、思春期のころには身をもって知った。大人になってからは目を背け続けた。わたしの二五年間は、そうして過ぎた。誰ともつながることを許されずに。

「着いた。このお店なんだけど」

　エレベーターをおりると、すぐ前に店の入口があった。見るからに高級そうな中華料理店。臙脂（えんじ）と銀を基調にしたシックな内装。奥には一面の青空が広がっている。

「全面ガラス張りなの。最高でしょ」

　まだ時間が早いため、客の数はまばらだった。店内を歩きながら、わたしは髪を結んでいたゴムをとき、仕事モードから自分を解放する。

　長い髪に愛着はないのに、なぜか幼少の頃からこのヘアスタイルが定着していた。いわばアイデンティティのように、姉妹の暗黙の了解となっている。長女は肩までのほどよい長さ、次女は男勝りのショートヘア。だからわたしは切らずに伸ばした。

　絶景のひろがる窓際の特等席に案内される。座るなり、園香はいきなり注文をはじめた。かなり高そうな店なのに、メニューを開くことすらしない。

　窓に視線をむけると、眼下にセンター街と１０９の交差点が見下ろせた。あそこでうごめく人々の大半は、この景色を眺めたことはないかもしれない。優越感よりも、後ろめたさが先に立つ。その感慨はいかにも偽善的だが、何も感じないよりはマシだと思うことにする。

「ビールきたよ」園香がジョッキを高々と持ちあげた。「それじゃあ送別会ってことで。前代未聞の即日解雇だけど、気を落とさずにね。はりきっていこう。乾杯！」

　よくわからない激励でジョッキを打ちつけ、園香は泡に食らいついた。その仕草を眺めながら、わたしもマスクを外して口をつける。炭酸の刺激とともに、苦みと旨みが弾けるように喉をくだっていく。ふわり、と後頭部が浮くような感覚。美味しい。

つづいて前菜が運ばれてくる。半月状に切られた黒い卵が、扇の形に盛り付けられていた。翡翠色の黄身に、黒水晶のようなゼラチン。それは芸術的なグロさだった。

「きたねピータン。これ食べたあとにビール飲むとさ、なんともいえない甘さと香りが広がるじゃない。これがたまらないんだよねえ」

そんなことを言われてもリアクションに困る。なにしろ食べたことはない。

園香は無表情にその一片を口に放り、何度か咀嚼してからジョッキを傾けた。わたしは思わず凝視する。その仕草は隣の中年会社員のそれと同じだった。なのに、どうしてこうもサマになるのか。その羨望を、本人は意識しているのだろうか。

「さて、と。——それで瑠美、この先なにかアテあるの？」

わたしはピータンをおそるおそる口に運びながら、首を横に振った。

「まあいいんじゃない。会社都合の解雇なんだから、失業保険もすぐ出るだろうし。もらえるもんもらって、半年くらい遊んで暮らせば」

異様な匂いが口中に広がる。未体験の味に眉をひそめていると、園香はそれをべつの意味にとらえた。

「いいじゃない、仕事しないでお金もらえるんだから。とりあえず区役所行きな」

ビールを口に注ぐとき、園香の言い分を理解した。飲みくだすと、ほの甘さと香ばしさに喉がふるえる。たしかにこの組み合わせ、絶妙かもしれない。

「世の中、お金がすべてなんだからさ。正義もモラルも金の上に成り立つ、てね。言ってなかったけど私、仕事以外でも株とＦＸをやっててね。それで最近、はっきりと実感してるの。世の中は本当に、お金で動いてるんだってね」

突然話題が飛躍した。わたしは園香を見つめる。いくばくかの興味が伝わり、園香は勢いこんで先をつづけた。

「世界経済はね、マネーゲームで動いてるの。そのゲームは最初から勝敗が決まってる。なにしろ金持ちが大衆から巻き上げるためのゲームだからね。搾取のギャンブルよ。だから勝つ側に回るのはけっこう簡単。大衆の動きと逆のほうに賭ければいい」

料理が運ばれてくる。北京ダックに車海老のチリソース、フカヒレの姿煮。

「騙して掠め取る。それがゲームのルールなんだよね。その結果がそのまま経済を動かし、国際情勢をかきまぜ、産業の未来を決めてる。おぞましいでしょ。私たちの日常生活のすべては、マネーゲームの結果の上に成り立ってるってわけ」

園香は二杯目のビールを注文した。料理に一通り口をつけると、ふたたび怒濤の如くしゃべりだす。その矛先は、今度は会社の裏側へとむけられた。

セントラルグループのビジネスモデル。その本質は、顧客から金を吸い上げるための最適化されたシステムだった。人材派遣に登録した顧客に仕事を紹介し、利益を得る。スキルが足りないと言ってスクールに通わせ、利益を得る。必須だからとささやいて資格を取らせ、利益を得る。「社会に貢献する人材ビジネス」という輝かしい旗のもとに、一人の顧客から徹底的に金を搾り取るモデルが確立されている。顧客は自身のスキルアップと職の獲得に感謝しながら、実際は最低生活費を残してすべてをグループに貢いでいるのだ。

「もうね、えげつないのよ。だからそんなビジネスに加担したくない、ていうのが本音。でもね、周りを見わたせばどこもかしこもそうだから。たとえみんなが自覚してなくても、騙して掠め取る、というのが資本主義の本質なわけね」

園香は大きく息をつき、箸をフカヒレに突き刺した。

言い方は辛辣だが、その通りだとは思う。園香は開き直れたようだが、わたしはまだ逡巡している。そういう世の中でどう生きるべきか、未だに決められないでいる。

国家や社会の方針に忠実に従い、全体主義へ奉仕する社会人として生きるのか。もしくは経済や法を熟知して裏をかき、利己的な個人主義を貫くのか。

正直、どちらにも興味がもてない。どんな立場を取ろうとも、この世の構造からは逃れられない。奪う側にも奪われる側にも回りたくはないが、だからといって別のスタンスがあるわけでもない。はたから見ればわたしは、未だにモラトリアム人間としてうつっているかもしれない。

北京ダックをつまむ。しばらくのあいだ、黙々と箸を動かしつづけた。

園香は手を振り上げ、三杯目のビールを注文する。その顔にまだ酔いは見えない。

園香はわたしのことをどう思っているんだろう。ふとそんな考えがよぎる。

入社してすぐに、彼女はわたしを下の名前で呼び捨てにした。五年間の社会生活で、それは初めての経験だった。他の社員は、わたしの性質が知れるとすぐにそれなりの対応をとる。つかず離れず、連絡はメールで。けれども園香だけは、しきりに話しかけてきた。よほど頭の回転が速いらしい。わたしが一切しゃべらなくても、なぜか会話は成立した。

彼女の目に、わたしはどううつっているのか。見込んでくれているのは確かだが、実際にはどの程度理解されているのだろう。

これまでも、親しく接してくれる人は少なからずいた。でもそれは、わたしが最良の話し相手になるからだ。ひとことも言い返さず、黙って話を聞きつづける都合の良い人間。必然的にわたしは、対峙した相手のすべてを知るはめになる。

怒濤の如く浴びせられる個人情報。それをひたすら脳内で整理する日々。けれどもわたし自身は、その万分の一も相手に伝えることはできない。ただひたすら相手を把握するだけだ。それによって洞察や分析に長けていく感覚はあっても、共感をつちかいたいという想いはかなわない。

とはいえ、今さら誰かに理解されたいとも思っていない。普通に言葉を交わしたところで、人はわかり合うことなどできないのだから。

わたしはマスクを手で弄(もてあそ)びながら、ぼんやりと外を眺めた。陽は淡くなり始めていたが、空はまだ青い。店内の時計に目をうつすと、時刻は午後五時半だった。いつの間にか客席もちらほらと埋まっている。

どことなく、店内が騒がしく感じた。何組かの客が携帯を見ながら声を荒らげている。

「そういえばさ、瑠美のお父さんって海外にいるんだよね。元気なの？」

園香が伸びをしながら言った。わたしはうなずき、ふと父の脳天気な顔を思いだす。たしか何日か前に父からメールが来ていた。どうせ例年の誕生パーティーの誘いだと思い、開かずに放置したまま忘れていた。

それにしても、なぜ父が海外にいることを？

「先週ね、瑠美のお父さんから会社に電話があってさ。瑠美が休みの日だったから、代わりに私が出て軽く話したんだよね」

わたしは眉をひそめた。

「べつに何を話したってわけでもないよ。いつも頑張ってもらってますって挨拶しただけ。そしたら〝今後とも、よろしくどうぞよろしく〟って、変な日本語でさあ」園香は笑いを滲ませた。「それだけのやりとりだったけど、面白かったから早く瑠美に言いたくてね。でもまさかその翌週に、こうしてクビになっちゃうとは」

父が、わたしの上司に挨拶を？　父に限って、そんなことがあるだろうか。わたしにさえ電話をよこさないくせに。

「そういえばお父さんって、なんの仕事してるんだっけ」

園香が興味津々に目をほころばせるが、わたしはあいまいに首をかしげるしかなかった。父はニューヨークのコロンビア大学で社会心理学の教授をしているが、それを伝えるには骨が折れる。同様に、わたしと姉たちが一卵性の三つ子であることや、家に執事がいる環境についても、避けるべき話題だった。ややこしいにもほどがある。

気づくと、園香がわたしの目をのぞきこんでいた。それをかわすように、店内に視線をうつす。

ふと、違和感をおぼえた。

視線がそのまま、店内全体をなめる。園香も気づき、体をゆっくりとかたむけた。

客席が一段と騒がしくなっていた。どこか浮き足立つようなムードがある。客の中には、携帯を読みあげたり見せあったりする人たちや、慌てて席を立つ姿もあった。

「なに？　どうしたんだろ」

園香が不審な面持ちで店員のほうを見る。店員たちが身を寄せ合って、何事かをしきりに話していた。園香が手を挙げて呼ぶが、店員たちはこちらを向こうともしない。

「……なにかあったのかな」

園香が困惑して振り返った。その声に重なって、どこかで妙な音がした。

がた、がたがた……

何かが揺れる音。心臓がぎゅっと縮まるような、不快な響き。

それが店内のそこかしこで鳴っている。

がたがたがた……

耳を澄ますと、視線が無意識に窓を向いた。

ガガ……ガガガガガガ……

突如、それは轟音に変わった。

店内でいっせいに悲鳴があがる。窓の全面が、その分厚い硬質ガラスが、不穏な音をたてて震動していた。

「なにこれ⁉」

わたしたちは立ちあがった。突発的な恐怖で、窓ガラスから離れた。

外には何もない。青空の下で、変わらぬ景色が広がっている。

床は揺れていない。グラスの水面も静止している。地震ではなかった。にもかかわらず、窓だけが咆哮を上げて震えている。

客の悲鳴が大きくなる。次々に店から出ていく。園香が目を剝き、窓の外を指した。

「なんなのあれ！」

身が、すくみ上がった。

それは——見たことのない光景だった。

１０９の方角の彼方、雲ひとつない青空の地平が、いつのまにかどす黒く染まっている。まるで夕焼けをとばしていきなり夜がおとずれたように、はっきりとした境界をもって濃い闇が出現していた。

園香がわたしの腕をつかむ。爪が食い込む。その痛みにわたしはすがる。

闇は、蠢いていた。それは膨れあがっていた。みるみる巨大化しながら、こちらに襲いかかってくるように見えた。

「……黒雲だ！」

誰かが叫んだ。逃げだそうとしていた客は足を止め、その光景に身を震わせた。

「……本当だったんだ！」

べつの誰かが携帯を手に叫んだ。

「富士山が、噴火してるんだよ！」

誰もがいっせいに動いた。その流れに押されるようにして、店を出た。事態に遅れて、人々のスマートフォンから一斉に緊急警報が鳴り響いた。心臓が脈打ち、喉が干上がっていく。マスクの下で、息が荒くなる。なにがなんだか、わからなかった。

ビルにとどまるべきだったのかもしれない。けれども焦燥に駆られ、ただその場に居続けることができず、やみくもに非常階段を駆け降りた。

道路には人が溢れていた。押しのけるようにして駅のほうへと向かう。辺りには叫び声や悲鳴が入り乱れ、拡声器による注意喚起がそれに重なる。あらゆる建物から人が押し寄せ、雑然とかたまり、すでに駅前は酷い混乱状態に陥っていた。

ふいに、空が暗くなる。渋谷全体からどよめきが上がる。人々はいっせいに空を見上げ、目を見開き、一様に息を呑んだ。

109の円筒のすぐ上に、真っ黒な雲が広がっていた。青空を切るようにして、闇がもくもくと浸食してくる。そのいたるところで、ちらちらと光が走っていた。まるで毒蛇の舌のように、稲妻が絶え間なく明滅している。

ビルの壁面に張りつく巨大なモニタ画面が、三ヶ所同時に切り替わった。〝災害時緊急放送〟というテロップが見える。その下には〝富士吉田市より生中継〟という文字。そして全面に映しだされた映像に、ふたたび街全体が悲鳴を上げた。

最初、それがなんなのかわからなかった。見慣れた三角形の佇まいではなかったからだ。けれども、それはまぎれもなく富士山だった。富士山の中腹あたりから、空に向かって轟々と噴煙が立ちのぼっていた。そのどす黒い煙はあまりにも太く、富士の上半分を破壊しながら、まっすぐに天を貫いている。まるで地球から突きでた富士という砲台が、宇宙にむけてヘドロを噴射しているかのようだった。

先ほどの窓の震動は、この噴火による波動だったのだろう。この黒雲もそうだ。以前ニュースで見たことがある。どこかの国で活火山が噴火したときも、これと似たような映像が流れていた。

ただ漠然と、嫌な胸騒ぎをおぼえた。この空を覆い尽くす地球のヘドロが、何かとんでもないことの予兆であるような気がした。

園香に目をうつす。彼女はモニタを見上げている。その腕をとって、強く引いた。園香が何かを言ったが、周囲のどよめきでかき消される。どよめきの一部は恐怖ではなく、噴火に対する高揚に変化していた。おもしろがり、はしゃいでいる者までいる。まるでお祭り騒ぎのような興奮した熱気が、今にも渋谷を覆いつくそうとしていた。

「……ちょっと、どこ行くの！　駅は向こうでしょ」

園香が声を張り上げる。わたしは首を大きく振って、反対側を指さした。

駅に行っても埒が明かない。しばらくはパンクして機能しないだろう。ならば今のうちにひらけた道路へ出て、車を拾える状況を確保したほうがいい。

わたしは園香の腕を引き、人波と逆の方向へと歩きだした。

園香はわたしの意図を察したようだった。明治通りに向かって、人混みを押しのけるようにして歩く。駅から離れるにつれ、徐々に混雑はやわらいでいった。

歩きながら、園香はスマートフォンでしきりに情報を漁った。声を張り上げて、それをかいつまんで伝えてくる。

今回の大噴火は当然だって言ってる人がいる。富士山って平均三〇年に一度は噴火してたのに、ここ三〇〇年はずっと沈黙してたらしい。だから逆に異常だったって。しかも長いあいだ噴火しなかったから地下には大量のマグマがたまってて、それが一気に噴出したらしいよ。被害の速報が出てる。溶岩、かなりやばいね。ものすごい量が御殿場と富士宮と南都留郡になだれ込んでる。火砕流もすごくて、街全体が呑み込まれてるって。火砕流ってなに、五〇〇度の高温の煙だってさ。それが時速一〇〇キロで襲いかかって、通ったあとはぜんぶ焼け野原になってるって――。

そこまで言って、園香は黙りこんだ。振り返ると、その顔には戦慄の色が浮かんでいた。おもわずその場に立ち止まる。

「まずいよ……」園香はスマートフォンに目を落としたまま、力ない声を発した。「首都圏全体が壊滅する可能性がある、て。……あの真っ黒い雲。あれは火山灰そのものなんだって。それがこれから、関東全域に大量に降り積もるって……」

言いながら、園香は顔をあげた。そうしてわたしを見るなり、愕然と目を見開いた。

瑠美、と悲鳴にも似た声をあげ、わたしの頭を指し示した。

わたしは逆に園香の頭や肩口を凝視していた。手のひらを自分の頭頂部へもっていき、それを実際に確かめる。

手のひらがべったりと、湿った灰色で覆われていた。

――火山灰。

そのとき、私のスマートフォンがふるえた。

表示を見ると、執事（オペレーター）のアンソニーだった。幼少時からの、わたしたち三姉妹の世話役だ。わたしは手のひらを拭い、ふたたび歩きだしてから通話ボタンを押した。

『――やっとつながった。瑠美、今どこですか』

アンソニーの若々しい声が耳に響いた。落ちついた口調だが、いつにない焦燥を孕（はら）んでいる。受話器を手で覆い、園香に聞こえない程度の声でこたえた。

「渋谷。これからタクシーを拾うとこ」

『よかった、無事ですね。噴火の直後から電話回線がパンクしてますから、もう連絡がつかないかもしれない。なので、よく聞いてください』

わたしは園香を振り返り、目配せをして歩を速めさせた。

『今からすぐにタクシーをつかまえて、晴海埠頭に来てください。おそらく、すべての交通網がまもなくストップします。なるべく急いで。住所を言います』

早口で告げられる住所を必死に暗記しながら、ふと姉たちの状況が気になった。次女の流花は以前より国外にいるから心配ないが、長女のルリ子は——。

「ルリ子は？　無事なの？」

『無事です。二日前に日本を発ち、すでにニューヨークにいるようです。先ほど連絡があって、ぼくもはじめてそれを知りました』

「なにを？」

『メールです。何が起きているのかはわかりませんが、予言は当たりましたね』

「……予言？　なんのこと」

『まさか見てないんですか。父上からメールが届いてるでしょう。三姉妹あてに』

息をのんだ。父からのメール。誕生パーティーの誘いではなかったのか。

『とにかく急いでください。ぼくも向かいます。では』

通話はそこで切れた。

すぐにメールを開き、父からの受信を探す。二日前に、無題の未読メールがあった。

　ルリ子、流花、瑠美。

　すぐに身支度をして、国外へ出なさい。

　私は不在かもしれないが、いつもの場所にみんなで集まるように。

詳しいことは言えない。

　おそらく数日以内に、富士山が大噴火を起こす。

　わたしはスマートフォンを握りしめた。背筋に悪寒が走り、おもわず歩みを止める。

　二日前のメール。

　なぜ父が、噴火のことを？　大学にひきこもっている偏屈な教授が？

　ぶるりと体がふるえ、二の腕を抱きしめた。

　知らない世界が立ち現れたかのような錯覚をおぼえる。頭を振り、きつく瞼を閉じた。

　園香が横に立ち、わたしの肩を抱いた。見て、と耳元でささやき、天を振り仰ぐ。

　わたしも空を見上げた。星ひとつない一面の闇が、街の灯りを受けて蠢いている。

「ちょっと……信じられない光景」

　今となっては、その様子をはっきりと目視することができた。

　天から降りそそぐ、火山灰。絶え間なくしんしんと舞い降りては、人々や街路樹を包み込んでいく。

　それはまるで――

　季節はずれの粉雪だった。

# 02　金髪（ブロンド）の執事（オペレーター）

タクシーをつかまえ、園香と二人で乗り込んだ。

まるで霧の中を走っているようだった。運転手はまだ状況を把握しきっておらず、憤慨とも歓喜ともつかない声を上げた。ラジオからは相次いで不穏な被害報告が流れていたが、それを深刻にとらえるには、誰にとっても時間が足りないように思えた。

園香の自宅の前でいったん車が停まる。逡巡したが、園香とはここで別れることにした。彼女は会社を支える重要人物であり、わたしの知らない生活を抱えている。今後の行動をともにするには、まだお互いを知らなすぎた。

「とんだ送別会になっちゃったね」

車をおりながら、園香が明るい声で言う。わたしはうなずき、その手をとった。

どうか、無事でいて。

園香の毅然とした眼差しを見つめ、その手を強く握りしめる。彼女も両手で握り返し、目を柔らかくほころばせた。あんまり心配しなさんな。落ちついたら、また会おうね。そう言葉を残し、園香は踵（きびす）を返した。

　晴海でタクシーを降り、執事（オペレーター）から指示された建物へと向かった。東京港の客船ターミナル。その周辺も、すでにたくさんの人でごった返していた。

　おそらくは乗客だろう。子供たちが一様に飛びまわっている。腕を振りまわしては宙をかきまぜ、地面を蹴っては灰を撒き散らす。すでに火山灰が一面に降り積もり、その景観はまるで雪国そのものだった。

　ターミナルのエントランスをくぐると、ロビーはさらに人で溢れかえっていた。ざわめきに交じって怒鳴り声が響きわたる。その理由はインフォメーションパネルにあった。乗船案内の表示が、すべて「運行中止」となっている。

　とたんに不安が胸を満たした。人混みをかきわけ、館内表示を確認した。動く歩道（トラベーター）の坂道を早足で駆け上がる。三階まで上がり、屋外の送迎デッキへと出た。

　待ち合わせ場所はここのはずだ。目をこらして辺りを見回す。灰の降る量がさらに増しており、霧がかかったように不明瞭だった。

　手を瞼の上にかざす。暗闇に慣れると、視界に真っ赤な傘が浮かび上がった。ダークグレイのスーツが、黒革のリュックサックを背負って立っている。

　アンソニーだった。傘で灰をよけながら、港を見下ろしている。その金髪（ブロンド）の後ろ姿にゆっくりと近づくと、彼はふり向かずに声を発した。

「遅いですよ」

強い語調だった。それでも、深い安堵感が去来した。大きな吐息が喉からもれ、強張った首筋から緊張が抜けていく。

「船に乗るの？　飛行機じゃなく？」

言いながら傘に押し入ると、アンソニーは肩をすくめて歩きだした。

「急ぎましょう。あと一〇分で出航です」

「でも、船はぜんぶ運行中止になってたけど」

「火山灰のせいです。飛行機も全便ストップしています。電車もすべて止まりました。道路も間もなく封鎖されます。だから、手配するのに苦労しましたよ」

「手配？」

「あれに乗ります」アンソニーは眼下に向けて指を突きだした。「釜山(プサン)行きの貨物フェリー。一隻だけ残っていました。あれを逃すと、もう国外脱出は不可能です」

目をこらすと、客船とはほど遠い無骨な小型船舶が見てとれた。平たい船上に無数のコンテナが積み上げられている。

「我々は乗組員ということになっています。さあ、まいりましょう」

霧の中をフェリーのもとへと急ぐ。タラップの下で船員が待機しており、手を振りかざして何事かを叫んでいた。

「急げ、と言っているようです」

「日本人じゃないの？」

「韓国人です。このフェリーは折り返し便で、彼らは国へ帰らなくてはならない。だからこんな状況でも強引に出港するんですよ」

「なるほど。よく手配できたね」

「だから、苦労したと言ったでしょう」

アンソニーはタラップを上がりながら、船員といくつか言葉を交わした。パスポートを見せ、つづいて胸の内ポケットから封筒を出し、中身の札を見せてから渡した。

船内に乗り込むと同時にタラップが回収され、低いモーター音が唸りを上げた。

船はもう、動きだしていた。

「間一髪ですね」アンソニーが振り返った。「よっぽど早く離れたかったんでしょう」

言いながら、パスポートをわたしに差しだす。

「これからいったん釜山へ行き、そこから飛行機でニューヨークに向かいます」

短い廊下を歩く。客船ではなく貨物船のため、可動スペースは極端にせまかった。

「関東の交通網はしばらく復旧できないでしょう。残念ですが、あそこはもう完全な陸の孤島になってしまった」

　歩きざまに、窓の外へ目をこらした。霧の中でぼんやりと、港の灯りがゆらめいている。それがゆっくりと遠ざかっていく。一瞬、園香の後ろ姿が頭をよぎった。

　胸の奥で、息がつまる。

　降りそそぐ火山灰は、すでに雪ではなかった。大粒の豪雨のように、ぼたぼたと船体を叩いている。もし今が昼間なら、海原が真っ黒に波打つのが見えたにちがいない。

　汗のにじんだ皮膚に、ふつふつと鳥肌が立つ。

　いったいこれから、どうなるのだろう。

　乗組員が立ち止まる。船室のドアが開き、中へと通された。

　二段ベッドが両脇に一つずつ。ほかにテーブルと椅子があるだけの質素な部屋だった。中へ入って椅子に腰かけると、背後でドアが閉じられた。

「……すごく臭い」

　わたしはおもわずつぶやいた。アンソニーはそれに取りあわず、黙って向かいの椅子に座る。テーブルにリュックをおろし、その中を手でまさぐった。

「しばらくこれを使ってください。衛星スマートフォンです。海の真ん中でも山の頂上でも使えます。それと、モバイルＰＣ。このスマートフォンとテザリングでつなげば、どこでもインターネットに接続できます」

テーブルにスマートフォンと小型のパソコンが並べられた。

「それと、最低限の着替え。時間がなかったので、持ってこれたのはこれだけです」

わたしの着替えが重ねて置かれる。一番上に、無造作にたたまれた下着があった。

「ちょっと」反射的に手に取る。「勝手にわたしの下着に触らないでよ」

「どういうことでしょう。瑠美の下着を購入していたのはぼくのはずですが」

「それは中学生までの話でしょ」

アンソニーはかすかに笑みを浮かべながら、自分のＰＣを取りだした。

「到着は三六時間後です。長旅になります。食事は部屋に運ぶよう交渉したので、しばらくは情報収集に徹しましょう。まったく、とんでもないことになりました」

言いながらＰＣとスマートフォンを接続し、すぐにキーを打ちはじめた。

わたしは着替えを自分のバッグに押し込み、吐息をついてそれにならった。

ＰＣのモニタに目を走らせる。メジャーな報道サイトでは、富士山噴火の壮絶な映像ばかりが全面に打ち出されていた。現時点での被害状況は確認できるが、今後の予測についてはほとんどなされていない。日本がこれからどうなるのかについて知るには、相当な根気と時間を要すると思われた。

ひとまず、現状を把握することにする。

噴火から二時間が経過していた。アンソニーの言ったとおり、現時点ですでにあらゆる交通網がストップしている。もっとも早く止まったのは飛行機だった。ジェットエンジンが火山灰を吸い込むと、墜落する危険性があるからだった。次に地上の路線、道路、航路までもが封鎖されていき、最後に地下鉄全線が運行中止になっていた。

火山灰は偏西風にのって関東全域に広がり、とくに富士山から東側に甚大な被害をもたらしている。すでに静岡と山梨に七〇センチ、神奈川に五〇センチ、東京都内にも三〇センチの量が降り積もっていた。富士山が噴火した場合について政府は火山災害予測図（ハザードマップ）を用意していたが、実際の火山灰の量は想定よりも遥かに多く、つまりはその後の被害も予測不能であることを告げていた。

さまざまな現場映像が、未知なる世界を映し出している。街路、首都高、空港の滑走路。あらゆる場所が灰に埋もれ、闇に閉ざされていた。そのため映像のほとんどが暗視カメラによるものだった。それらを見ながら、どこかに強烈な違和感をおぼえた。

ふと思い至る。街に、いっさいの灯りがない。

その原因が、ほどなくしてわかった。火山灰があらゆる電子機器に侵入して、その機能を次々に停止させているのだ。外灯やビルの照明、信号のランプなどがすべて消えている。地下鉄が運行できないのも、電気系統が故障したせいだった。

火山灰は単なる土の燃えかすなどではなかった。軽石や岩石が細かく砕かれた、いわばガラスの破片だった。その粒子は鋭利で、硬い。湿れば降り積もり、乾けば風に舞い散る。どんな隙間にも侵入し、雪とは違って溶けることもない。侵入を防ぐのはほぼ不可能で、除去することも容易ではなかった。とくにファンを必要とするエアコンやコンピュータなどは、真っ先に壊れているようだった。

日本は、移動手段も通信手段も閉ざされ、電子機器をも奪われようとしていた。各地ではさまざまな被害が巻き起こっているが、その状況を把握することすらままならない。湿った火山灰の重さで多くの木造家屋が倒壊しているが、それを救済するためのヘリコプターすら出動できない状態だった。

「あまりにも、深刻ですね……」

目の前でアンソニーが顔を上げた。ダークブルーの瞳が、かすかに揺れている。わたしは肘をつき、両手に顔をうずめた。体の節々が凝り固まったように動かない。画面に食い入ったまま数時間が経過した。

神経は憔悴し、体中が重くなっていた。じくじくとした嘔吐感がこみ上げてくる。まるで胃の中が灰で満たされたかのような錯覚をおぼえた。

「少し休んでください」

アンソニーが立ちあがり、わたしのそばへ寄る。有無を言わさず抱きおこされ、二段ベッドまで連れていかれる。下の段に体を横たえると、視界が目眩で暗転した。

「食事がきたら声をかけます。それまでゆっくり休んで。――〝おやすみなさい〟」

アンソニーの声が、内耳から脳に侵入する。淡い幸福感が全身を満たし、無意識に瞼がとじる。体がゆらゆらと揺れている。大きなゆりかごに、わたしは包まれている。


ゆらゆらと、揺れていた。

わたしは庭のブランコに乗っている。流花はとなりで木に登っている。ルリ子は地べたで絵本を広げている。体の小さな三人が、思い思いに庭で遊んでいる。満面の笑みで木の上から叫ぶ流花、それに気づかないふりをしているルリ子。マイペースな二人の姉と、ひどくおなじみな日常の風景。

母のことはあまり覚えていない。物心ついたころにはもういなかった。だからその状態が寂しいということに気づくこともなかった。

父は忙しかったから、わたしたちの世話にまで手が回らなかった。そうしてある日、ひとりのお兄さんがやってきた。

群青色の瞳。金色の髪の毛。

わたしたちの目はころころと眩(くら)み、たちまち浮かれて纏(まと)わり付いた。お兄さんの言葉は丁寧で、態度は優しく逞(たくま)しかった。なんでも知っていて、なんでも教えてくれた。

そうしていつしか、わたしたちは〝練習〟をするようになった。

ルリ子はいろんな人の顔を見るようになった。流花はいろんな音を聞くようになった。わたしはいろんな人と会話をするようになった。

わたしたちはお兄さん（アンソニー）に近づくために、一生懸命がんばった。三人がべつべつに、彼と行動をともにした。

そうだ、そのときからだ。

わたしたち三人は、普通の女の子ではなくなってしまった。

薄目を開け、ゆっくりと半身を起こした。ふたたび目を閉じ、しばらくまどろむ。

どのくらい寝ていたのだろう。意識がなかなかはっきりとしない。体が揺れている。揺らされている。そうか、ここは海の上。釜山行きの貨物フェリーだ。

目を開け、部屋を見回した。向かいのベッドが目にとまり、異変に気づいた。

アンソニーがいない。

ベッドから降りる。ドアに駆け寄って開け放つと、あまりのまぶしさに目が眩んだ。

廊下の窓から、朝陽が差し込んでいる。空は快晴で、すでに黒雲の姿はなかった。災害エリアからだいぶ離れたということだ。

身を乗りだし、廊下の左右を一瞥する。狭い通路に、ごおんごおんとエンジンの唸りが響きわたっていた。人の気配はない。

愕然としながら、ドアを閉めた。部屋を振り返る。テーブルの上には牛乳とパンが二つずつ置かれていた。――落ち着け。落ち着け。自分にそう言い聞かせる。

そのとき、つぶやくような声がした。

「イエス……イエス、イティーズ……」

わたしが寝ていたベッドの、上段だった。そこで、微かな動きがあった。

「チョアヘヨ……シーバルロマー……」

あいかわらずの、多国籍な寝言。おもわずため息がもれた。

アンソニー。

なぜわざわざ、わたしの真上で寝ている？

「……いいかげんに……しなさい……」

それはこっちのセリフだ。

わたしは呆れ果て、どっかりと椅子に腰をおろした。

あくびがもれ、しばし放心する。アンソニーのいる方向をぼんやりと眺める。

アンソニーは、神大路家の執事だ。なぜか自らをバトラーではなくオペレーターと呼ばせている。おそらくは三姉妹の操縦士という意味だろう。もしくは調教師のつもりかもしれない。

彼はわたしたちが八歳のころにやってきた。もともとは父が全幅の信頼を寄せる大学の助手だったらしい。日本で研究をともにするうちに、我が家に居候するようになり、家庭でも助手を務めるようになり、そしていつしか執事になった。そんな突飛な話を聞かされた記憶がある。当時の彼は二二歳。現在は三九歳。すでに中年の域に踏み込んではいるが、わたしたちにとっては今も変わらず全能のお兄さんであり、師匠であり、小間使いだった。

ただ、大人になって気がついた部分もある。

「……いいかげんに……サランへヨ……」

少々間が抜けているという側面が、なくもなかった。

いずれにせよ、わたしが気軽に口をきける相手はアンソニーだけだ。彼は、わたしの師匠だから。だから二人きりでいるぶんには、マスクで声を封印する必要もない。

わたしはテーブルに肘をつき、パンに手を伸ばした。安心したせいか、急に空腹を感じた。かじると、中はカスタードでやたらと甘い。それを牛乳で流し込みながら、片手でPCをひらいた。

昨日の報道サイトをふたたび巡回する。目新しい情報はなかったが、警告や注意喚起が多数追加されていた。火山灰が収まるまで外出を控える。窓を閉め、隙間は目張りでしっかりとふさぐ。携帯電話やスマートフォンの使用は必要最低限にする。そうしたごく単純な注意の中で、もっとも強く謳われている警告があった。

――水を、なるべく使わないようにする。

「水？」

おもわずつぶやくと、重なるように声がきこえた。

「そうです、水です」

顔を上げると、ベッドの上で半身を起こしたアンソニーと目が合った。

「非常に深刻です。パニックを避けるため、理由はまだ発表されていませんが」

アンソニーはひらりとベッドの柵を越え、床に降りたった。よく眠れましたか、と真剣な眼差しを向けてくる。どういうつもりだろう。自分はまるで眠ってなどいなかったかのような顔をしている。

「パニックって、なにが」

わたしは顔をしかめながら訊いた。

「問題は、水源です。日本の浄水場の水源が何か、知ってますか」アンソニーは向かいに腰かけ、足を組んだ。「ほとんどが、河川や湖なんですよ。その水を濾過して、水道水をつくっています。ほかの国のように、地下水に頼る必要がないからです」

瞬時に映像（イメージ）がひらめいた。川が、湖が、大量の火山灰で埋めつくされている。

「そうです。濾過をするためのフィルタは、すぐに使い物にならなくなる。掃除しても取り替えても追いつきません。そのうち、関東全域の水が枯渇します」

戦慄が走り、体がふるえた。――水が、枯渇する？

「もちろん政府はそれを知っていますし、すでにあらゆる対策を講じているはずです。さしあたっては、他の地域から水を運ぶ以外に方法がない。そうすると負の連鎖がはじまり、日本全国が水不足になる。いずれにせよ、長く厳しい闘いになるでしょう」

あまりにも、むごい。富士山が噴火したというだけで、これほどまでに社会が打撃を受ける。その事実を、日本のどれだけの人が予測していたのだろうか。

半ば放心状態のまま、画面を見つめた。日本を離れようとしている自分の状況に、複雑なジレンマを感じていた。安堵感と罪悪感が、とぐろを巻いて錯綜している。

ふと、ニュースの配信日時に目がとまった。

わずかに混乱し、念のためＰＣの日時表示を確認する。眉がゆがみ、目が泳いだ。日付がおかしい。この船に乗り込んだのは、つい半日前ではなかったか？

まさかと思い、アンソニーに視線をうつす。彼は無表情に荷物をまとめていた。

「――なにしてるんです。そろそろ到着しますよ」

軽い目眩をおぼえた。経過したのは、半日ではない。丸一日半だ。

「……やられた」

アンソニーの言葉によって、三〇時間も眠り込まされてしまったらしい。そんなにわたしのことが心配だったのだろうか。自失状態になるとでも？

しかし、と思い直す。おかげで、今のわたしはいくぶん平常ではある。

「気を塞ぐより、前を見なければ。これから何ができるかを考えましょう」アンソニーは立ちあがり、革のリュックを勢いよく背負った。「――さあ、出発です」

わたしはうなずき、マスクを装着した。

目を見張るような晴天だった。

真っ青な空に、純白の入道雲が張りついている。釜山港はどこまでも清々しかった。

危機感を抹消するような景色の中を、タクシーに乗って空港まで移動した。車の窓を全開にする。運転手のしかめ面が目に入ったが、かまわずに顔を突きだした。

人畜無害のやわらかい風が、髪をないではとめどなく吹きぬけていった。

金海（キメ）空港からソウルの仁川（インチョン）空港へと飛び、そこで国際線に乗り換える。途中でアンソニーは管理局の部屋へと赴き、パスポートの入出国スタンプが無いことへの調整をおこなった。ニューヨーク便を待つ間、ゲートのラウンジで昼食をとることにする。

それにしても、と思う。

どこもかしこも平穏すぎて、現実にあまりにもギャップがある。たしかに空港の一部では、日本への便が止まったことでいくばくかの混乱があるが、それ以外の場所ではほとんど関心が見られない。たとえば待合いロビーのモニタでも何度か噴火の報道があり、大勢の注目を集めていたが、あくまでも衝撃映像に対する興奮でしかないように見えた。隣国の韓国ですらこうなのだ。他の国ではさらに思いやられる。

そうした現象は、日本とて変わらない。アジアの各地で起こる惨事を詳しく把握する人は多くないし、むしろ国内の事象にすら疎いのではないか。実際、新潟の中越沖地震のときも、その存在を知らない若者が東京には大勢いた。

ふと、父の辛気くさい顔が目に浮かぶ。

多くの人は自分と無関係な事柄について考えない。目の前のことしか見えない。知りたくない情報は否定する。自力で思考を深められない。右向けならえで安定を得る。過去に興味をもたない。未来を想像できない。エトセトラ、エトセトラ。

けれどもそれは当たり前のことだと、父は言っていた。言い換えればそれこそが動物として生きのびるための能力であり、人間の強さでもあると。それを学ぶのが社会心理学であり、だからこそ面白いのだと。

「お父さん、大丈夫かな……」

浮かんだ思いが口をついた。コーヒーを飲んでいたアンソニーが、顔を上げる。

父はここ一五年ものあいだ、ニューヨークに住んでいる。コロンビア大学で教鞭を執るためだ。そのためにわたしたちをアンソニーに託した。

社会心理学の何が面白いのかは知らない。ただそれは父にとって、溺愛していた娘たちと離れるだけの価値はあるようだった。そうしてわたしたちは、年に数回しか父と会うことがなくなった。ただしそのぶん、その機会を大切にしていた。

父の誕生日は特別だった。なのに当の本人が、〝不在かもしれない〟と言っている。

アンソニーはわたしの不安を察し、あえて快活に言った。

「とにかく、行ってみるしかないでしょう。場所はわかってますね」

コーヒーを飲みほし、うなずく。それは単なる確認だった。〝いつもの場所〟というのは、わたしたちが毎年集まるところだ。そこで父の誕生パーティーをやるのが通例だった。もちろんアンソニーにとってもおなじみの場所だ。

そして長女のルリ子は、すでにそこにいるらしい。次女の流花も、例年通り向かっているはずだ。

父の誕生日まで、あと三日だった。

「時間です。まいりましょう」


ＪＦＫ国際空港に着いたのは、現地時間で夕方の五時だった。

成田の二倍の面積を誇るターミナルは、アメリカ特有の形容しがたい匂いに満ちていた。子供の頃はその甘い匂いに憧れを感じたが、今はむしろ淡い嫌悪感がよぎる。

寝起きの頭を軽く振りながら、まっすぐにタクシー乗り場へと向かった。

アンソニーが怪訝な顔でふり向いた。耳にはスマートフォンを当てている。

「電話がつながりません。正彦にも、ルリ子にも」

「どういうこと？」

「嫌な予感がします。ひとまず、正彦の自宅へ向かいましょう」

手近なイエローキャブに乗り、行き先を告げた。車は空港を滑り出し、クイーンズを横断するルートでマンハッタンへと向かった。

「おたく、ジャパニーズかい。フジヤマが爆発したんだって？」運転手の声が弾んでいる。「決定的瞬間、見たのかい？　それとも日本にはいなかった？」

アンソニーがわたしをちらりと一瞥し、テレビで見た、と代わりに告げた。

「そうか、残念だな。あれは生で見たいよなあ。めったに拝めるもんじゃない」

わたしは小さく舌打ちした。だったら今から拝んできな。心の中で何度かつぶやき、ひさしぶりにネイティブの発音を練習した。

車はマンハッタン島を西に突っ切り、巨大な公園に沿って右折した。右手にセントラルパーク、左手にコーポと呼ばれる高級アパートを見ながら北上する。

世界中のセレブが居住を望む一等地、アッパー・ウエスト・サイド。中でもジョン・レノンが暮らしたダコタ・アパートは、ニューヨークの観光名所にもなっていた。

なぜか父は、そのダコタ・アパートに住んでいる。去年おとずれたときは、廊下で著名な映画監督とすれ違った。居住には委員会による厳格な審査があり、裕福だからといって住めるわけでもない。なのになぜ父がそんな場所に住めるのか。それは以前から、神大路家七不思議の一つとされていた。

「もうすぐですね」

アンソニーが窓の外に目をこらす。左手前方に、緑の三角屋根が垣間見えた。一九世紀に建築された、欧州（ヨーロッパ）の宮廷のような面構え。周囲から逸脱した古い壁の色が、その荘厳さをよりいっそう強調している。

「ちょっと待って……停まらないでください。そのままゆっくり通りすぎて」

アンソニーが早口で運転手に告げた。

なぜ停まらないのか。そう訊こうとしたわたしを片手で制し、アンソニーはドアの窓に張りついた。しきりに通りや建物を観察している。ダコタ・アパートを通りすぎてからも、後方にしばらくのあいだ視線を走らせていた。

「どうしたの」

アンソニーの二の腕をつかむと、彼は前に向きなおって言った。

「どうやら」途中で日本語へと変える。「正彦の部屋は、監視されているようです。すぐ前の通りに、フルスモークのワゴン車が停まっていました」

「だから？　偶然じゃないの」

「正面玄関にいたドアボーイは、目つきが明らかに鋭いです。退屈な職業とは無縁の、あれは別種の人間だ。それと向かいのアパート。一室から、わずかに光の反射が見てとれました。レンズが向けられている、ということです」

「そんな。気のせいじゃ」

「たしかに、それぞれ個別に見ると偶然や気のせいかもしれない。けれども――」

――偶然は、三度重なると必然になる。

脳裏に言葉が浮上した。幼少時からのレッスンで、アンソニーがたびたび口にしてきたフレーズ。

「そういうことです」アンソニーが小さくうなずいた。「正彦に何かが起きている。そう考えるのが妥当です」

おもわず、後方をふりかえった。ということは、あそこに父はいない……?

――私は不在かもしれないが、いつもの場所にみんなで集まるように。

「ちょっとお客さん。このまま走っていいのかい」

運転手が怪訝そうに大声を上げた。

「はい。このまままっすぐ、コロンビア大学まで行ってください」

# 03　天然長女と不詳のオタク

一〇分ほど北上し、コロンビア大学でタクシーを降りた。

正門を抜けてカレッジウォークを通り、広大なキャンパスに足を踏みいれる。そこには鮮やかな芝生と緑に囲まれた、開放的な空間が広がっていた。赤茶のレンガと白を基調にした、由緒を感じる校舎群が建ち並んでいる。

ここはノーベル賞受賞者輩出数が全米一の名門校だが、中に入ってしまうと意外にも垢抜けた雰囲気に満ちている。観光スポットでもあるため、学生以外にも多様な人たちが往来しており、遠くではバンドの演奏がＢＧＭのように鳴り響いている。わたしはその見慣れた景観に一瞬安堵をおぼえたが、それはすぐに霧散していった。アンソニーの言う〝監視〟というフレーズが頭から離れない。

構内の並木道をしばらく歩くと、左手に巨大な建造物が見えてくる。古代ギリシャのパルテノン神殿を模したとされる、ロウ記念図書館。コロンビア大学のランドマークだ。そこを過ぎた大学院の校舎に、父の研究室はあった。

アンソニーが辺りをうかがう。陽はまだ明るい。神殿付近にも多数の人がいた。

「大学構内まで誰かが見張ってると思う？」

「わかりませんが、ひとまず尾行のほうはなさそうです」

アンソニーは視線を散らしながら小声で言い、歩を速めた。

校舎に入り、エレベーターで四階へと上がる。降りた途端、人感センサーによって廊下に照明がともった。外観は古いが、中はそれなりにハイテクだ。

「いま照明がついたということは、この階には誰もいないということよね」

わたしが言うと、アンソニーが片手を差しだした。

「カードキーを」

わたしはうなずき、財布の中からそれを抜いた。

父は毎年、この第二研究室（プライベートルーム）で誕生パーティーをやる。第一研究室とは別に、空いている部屋を私的に使っているのだ。つまりここがメールにあった〝いつもの場所〟だ。

――仕事の成果を子に伝えられないなら、それをやる意味がない。

自分の仕事ぶりを見せたい父は、不在時でも待機できるようにと、姉妹全員に部屋の鍵まで持たせた。父にとって自宅は寝る場所、この第二研究室（プライベートルーム）が生活の場所なのだ。

カードキーを差し込み、アンソニーがドアを開ける。

一瞬身構えたが、照明をつけるまでもなかった。

中には、誰もいない。

わたしは小さく息をつき、あらためて部屋を見回した。

広さは五〇平米ほどで、向かって右手に応接用のソファセットがある。前面の壁は書棚が占有し、左手の窓際に父のデスクがあった。ドアの並びに流し台が設置され、冷蔵庫やレンジもある。父らしく掃除は行き届いていた。

「誰もいないし、いた形跡もない。ルリ子はどうしてるんでしょう」

アンソニーが窓を開け、淀んだ空気を入れ換えた。

「……お父さんはどこなの。何かが起きてるって、なに？」

湧き上がったまま放置されている疑問が、おもわず口をついて出る。

「わかりません。でもここにいれば、もしかしたら戻ってくるかもしれない」

わたしはソファに腰をおろした。頭を背もたれにあずけ、途方に暮れる。窓の外からは、先ほどのバンドの演奏が流れてくる。

ルリ子はすでにニューヨークにいるはずだった。それも、何日も前に。いったいどこで何をしているのか。一抹の不安がおとずれる。ルリ子は能天気で天然だ。幼い頃からいつも一人ではぐれるし、何を考えているのか不明で、行動の予測がつかない。

「――ん？」

ふと、アンソニーが怪訝な声をあげる。わたしもそれに気づき、耳をすませた。

窓の外から漂ってくる音。

顔を見合わせ、立ちあがった。そのまま部屋を飛びだし、来た道を引き返す。校舎を出て、音のするほうへと小走りに駆けた。広場で、学生バンドが演奏をしている。

その旋律が、聞き捨てならなかった。

君が代。日本の国歌が、なぜかパンクロックのアレンジでがなり立てられていた。

そして、中央で歌っている女。トレードマークの黒いサングラス。黒髪をかき上げ、ギターロックに合わない子供のような金切り声を張り上げている。

――ルリ子。

「……はいちょっとストップ！」

ルリ子は手を振りかざして叫んだ。バンドマンたちがいっせいに演奏を止める。

「そこはいったんスローでって言ったでしょ。まずは抑えに抑えて、一気にズタズタズタ、て駆け上がるの。静が美しくないと、動も活きない。ＯＫ？」

バンドマンたちが笑顔で中指を突き立てる。それじゃ頭から、とルリ子は腕を振り上げた。演奏が始まる。重厚なイントロを切り裂くように、ルリ子が叫んだ。

「聴いてください！　The Reign Of Our Emperor！」

君が代、英語バージョン。ギャラリーが歓声をあげた。

「……なに考えてるの……しかも下手だし」

　うんざりして隣を見やると、アンソニーが体を小刻みに揺らしていた。目を閉じて拳を握りしめている。

　わたしは呆然と天を仰いだ。弟子も弟子なら、師匠も師匠だ。ルリ子とアンソニー。こちら側の組み合わせは、わたしには見当がつかない。

　演奏が終了すると、アンソニーは右腕を高々と掲げてルリ子に歩み寄った。

「あれ？　アンちゃん」ルリ子が驚いたように言った。「何してるのこんなところで」

　それはこっちのセリフだ。そう言おうと足を踏みだすが、ルリ子はわたしの存在にまるで気がつかない。アンソニーとハイタッチをして、そのまま二人で歩きだしてしまった。バンドメンバーに振り返り、また明日ね、と手を振る。

「いつからここに？」

　アンソニーの問いに、ルリ子はサングラスをずり上げてこたえた。

「何日か前。忘れちゃった。着いたよってメール出したでしょ」

「こっちはそれから大変でしたよ。正彦の言ったことが当たってしまった」

「らしいね。さっき聞いた。まさか富士山が爆破されるなんてね」

　さっき聞いた？　もう二日も経っているのに？　しかも爆破じゃない、噴火だ。

「さっきの彼らとは知り合いですか？　いつバンドなんか始めたんです」

「たった今。気づいたら、歌わないかって誘われてて」

うそだ。あんな歌声で誘われるはずがない。強引に割り込んだに決まっている。

わたしはうつむいたまま二人を追った。苛々する。忘れかけていた感覚が一気に全身を満たした。ルリ子の話になど、いちいち突っ込みたくはない。

ルリ子は筋金入りの能天気だ。わたしのマスクと同じ理由で常にサングラスをかけているために、目の前で起こっていることを見ていない。あらゆることを適当に解釈する。なのにたまに、優しいとか人がいいという評価を周囲から受けることがある。でもそれは誤った評価だ。ルリ子は判っていないだけ、もしくは興味がないだけだ。

ルリ子は長女とされているが、わたしは認めたことなど一度もない。むしろもっとも長女らしくないタイプだと思っている。そもそも、三つ子に序列など必要ない。

おもわず舌打ちが漏れた瞬間、ルリ子がこちらをふり向いた。黒いサングラスが、わたしを数秒間とらえる。

「あれ？　もしかして瑠美？」

いつもいつも気づくのが遅すぎる。

「ひさしぶりじゃない。なによ、また一段と可愛くなっちゃったわけ？」

そう言って、ルリ子は前に向きなおった。わたしはとっさにうつむいた。不本意にも、耳が赤くなっているのがわかる。ルリ子は、気づくべきところには気づく。そして、わりと素直な一面も持ち合わせている。そんな女だと言わざるを得ない。

「ところでルリ子」アンソニーが言った。「研究室にはまだ行ってないんですか」

「うん。だって場所わからないんだもん」

「毎年来てるでしょう。ほら、あそこですよ」

アンソニーが指した先に、先ほどまでいた赤茶けた校舎がある。その一室の窓をアンソニーは凝視した。振り返り、わたしと目が合う。胸の奥がざわざわと高鳴る。

研究室の窓に、灯りがともっていた。

「行きましょう」

わたしたちは勢いこんで歩を速めた。父がもどってきたか、あるいは流花が到着したか。いずれにせよあの部屋に入れるのは、わたしたちを除いてその二人しかいない。

エレベーターを降りると、廊下の照明はすでにともっていた。ほとんど小走りで研究室に駆け寄る。カードキーを差し、ドアを勢いよく開けた。

目を走らせる。ソファには誰もいない。けれども父のデスクの椅子が、窓のほうを向いている。背もたれの上に、後頭部が乗っているのが見えた。

誰だ。わたしは身構えた。ルリ子が場違いに明るい声を出す。

「パパー」

そんなわけがない。そこにある後頭部は、真っ黒でぼさぼさの長髪だった。父は白髪交じりだし、流花は茶髪のショートヘアだ。だから断じて二人ではない。

知らない何者かが、そこに座っている。

「誰ですか」

アンソニーが淡々とした口調で告げた。

一瞬の沈黙のあと、小さなため息が聞こえた。椅子がゆっくりと回転する。

「――遅すぎるよ、みなさん」

それは日本語だった。椅子が一八〇度回り、座っていた男が立ちあがる。

見知らぬ顔だった。無精髭に、だらしのない服装。頭は伸ばし放題の長髪で、頬がこけるほどに痩せている。日本人のようだが、年はよくわからない。二〇代後半から三〇代前半だろうか。年齢不詳のオタク、引きこもり。そんなフレーズが頭をよぎるが、目が合った瞬間、意外にも尖った力強さのようなものが視線に絡みついてきた。

「こっちはずっと下で張ってたのに、いつまでたっても現れないし」男が飄々（ひょうひょう）と言った。「来たと思ったらすぐ出てっちゃうし。オレもそんなにヒマじゃないんだけど」

「……え？　パパじゃないの？」

ルリ子の言葉に男がぎょっとした。妙な沈黙がただよい、アンソニーの咳払いがそれを打ち消す。

「あなたは誰ですか。どうやってここに入ったんです」

アンソニーが冷ややかに問うと、男はポケットからカードを取りだした。

「鍵を持ってるからに決まってるじゃない」男はそれをひらひらと振った。「オレのことより、まず君らに質問したい。君らこそ、本物なのか確かめないと」

男はわたしたちをねっとりと見回した。何かを思い出すように視線が宙へそれ、おもむろに指をアンソニーに向けて突き出した。

「まずあんた。アメリカ人の執事だな。あんたがもっとも尊敬する人物は？」

「なんだって？」アンソニーが顔をしかめる。「なぜそんな質問に」

「答えてくれないと先に進まない。オレが鍵を持ってる理由を知りたいんでしょ。ほら、尊敬する人物は誰」

「……アインシュタイン」

男が細い目をさらに細めた。アンソニーは黙ってその視線を受け止める。その答えは本当だった。アンソニーはかつてわたしたちにレッスンするたび、アインシュタインの言葉を引用して聞かせた。

「次、サングラスのお嬢さん。長女のルリ子ちゃんね」

「え、私のこと知ってるの？　どこで会いましたっけ」

「会ってないから。知らないから質問するんでしょうが」男はまじまじとルリ子を見つめた。「あんた、小さいころにカメ飼ってたでしょ。名前は？」

「カメ？」ルリ子は腕を組んだ。「うーん……。いや、飼ったことないと思うけど」

信じられない。パインちゃんでしょうに。

ルリ子は腕を組んだまま、しきりに唸り声を発していた。男が小さくうなずく。

「オッケー、もういいよ」

まさかそれが正解か。愕然と目を剝いたわたしに、男が視線をうつした。

「じゃあ君。マスクの瑠美ちゃん。末っ子ね。君が小学一年のころ、学芸会で木の役をやったでしょ。大ウケしたそうだけど、そのポーズをやってみて」

なぜわたしだけ、そのような質問なのか。しかも「末っ子」とはどういうつもりか。三つ子にそのような圧倒的序列など存在しない。

「ほら、はやく」

男が眼を細める。わたしは歯噛みしながらも、しかたなく両腕を左右斜めに上げた。手首の先を前に突きだし、右膝をゆっくりと高く持ちあげ、足首を下に伸ばす。

アンソニーがぷっとふき出した。男が目を丸くする。

「それ本当なの？　木じゃないでしょ。カンフーじゃん！」

わたしは体勢をもどして、男を睨みつけた。さらに横へ視線をうつすと、アンソニーが真剣な表情で壁のあたりを見つめていた。

「で、流花ちゃんはどこ？　いつもヘッドフォンをしてるヤンチャな次女ちゃんは」

「いません」アンソニーがこたえる。「我々にも、どこにいるのかわかりません」

「わからない？」

「流花は放浪中なのよ」ルリ子が代弁した。「今頃はこっちに向かってるはずなんだけどね」

「あ、そう。まあ、人の話を聞かない子らしいから、いても質問できないけどね」

「これは、いったいどういうことなんでしょう」

「オレは神大路正彦さんに頼まれてここへ来た」

男は踵を返し、父のデスクへともどった。首を鳴らして手首を振り、父のノートPCを開く。

「何をしている。彼のものに触れないでいただきたい」

アンソニーが歩み寄った。わたしもそれに続く。男は鼻を鳴らした。

「オレの名前は日下部秋男。神大路さんからの依頼内容は、あんたらが揃った目の前でこのPCをいじることなの。どうやらあんたらは本物らしいから、さっそく実行に移させてもらうよ。しばらく黙って見てて」

画面に見たことのないOSが立ちあがり、パスワードを求めるウインドウが現れた。

「神大路さんとは仕事仲間ってやつでね。といってもオレは彼から仕事をもらう側。それで今回はなぜか、彼自身のPCをハッキングするよう頼まれたってわけ」

「ハッキング？」

日下部秋男はポケットからＵＳＢメモリを取りだし、それをノートＰＣに挿入した。パスワードの入力欄にキーを打ちこむが、正解と一致せずに弾かれる。それを何度か繰り返しながら言った。

「このＰＣの中に君らに見せたいファイルがあるそうでね。場所（ディレクトリ）だけは聞いたけど、半端じゃないセキュリティがかかっているから、彼以外には誰もそこに辿り着けない。――で、彼がここに来られないから、オレがハックするよう頼まれた」

秋男はキーを打つのを止め、腕を組んだ。数秒ほどすると、パスワードの入力欄に文字列が自動で入力された。秋男はキーボードに手を触れていない。

「パスワードが弾かれるときに侵入するスニークアタッカー」秋男は得意げにＵＳＢメモリをつついた。「オレの自慢の息子だよ」

電子音とともに画面が切り替わる。パスワードが認証されたようだ。と同時に、わたしたち三姉妹の写真が現れた。どうやら、デスクトップの壁紙らしかった。

「なぜわざわざハックする必要が？」アンソニーが言った。「正彦に頼まれたのなら、セキュリティの解除方法も教えてもらえばいい」

「気づいてるくせに」秋男はふりかえり、アンソニーを一瞥する。「事態はそんなに軽くないでしょ。誰が傍受するかわからないのに、解除方法なんて教えるはずがない。オレはメールで当たり障りのない話法で指示を受けたけど、肝心な情報は通信に乗せられないし、記録もできない。電話もアウト。だから、ヒントなしにその場でハックできちゃうオレの能力に頼ったんだと思うけど」

「メールを傍受？　電話も？　何億何兆も飛び交う通信情報を、誰かがすべて監視しているということですか」アンソニーはかぶりを振った。「あり得ないです。そんなことができるのは米国家安全保障局（ＮＳＡ）のエシュロンやプリズムくらいでしょう」

　エシュロン。プリズム。聞いたことがある。たしか組織にいたスノーデンという人物が命がけで内部告発し、それが映画にもなって世界中に知れ渡ることになった。無線、電話、メール、ＳＮＳなどの通信情報をくまなく傍受し、それをコンピュータが目的別に選別して分析を行うという。その監視網は全世界におよんでいるらしい。

　とはいえ、その活動の舞台はテロ対策や国家間の諜報戦のはずだ。わたしたちにいったいなんの関係があるというのか。

「詳しいことは知らないって。とりあえず今回は、君らの前でこのＰＣをこじ開ける。指示を受けたのはそれだけだし」秋男はＰＣに向きなおった。「ここからは何重ものセキュリティを突破しなきゃならない。少し時間がかかるから、そっちのソファで待っててくれる？」

　そう言いながら、秋男は目まぐるしくキーを叩き始めた。ソファを振り返ると、すでにだいぶ前からそこにいたような体勢で、ルリ子が寝そべっていた。

「もう少し詳しく聞かせてほしい。君は正彦とはどういう関係で、どういう仕事をしているんだ」

　秋男はキーを打ちながら、アンソニーの質問に早口で答えた。

　四年ほど前、ハッカーとして名を上げていた秋男は、日本の財務省と東大をこっそり攻略したあと、次の狙いをコロンビア大学に定めた。それは、当時コロンビア大学が最新のセキュリティシステムを導入したというニュースが流れたからだった。攻略するには格好の標的だ。そのシステムの導入を提案したのが、父だったらしい。

「今思えば、それは彼がオレを引き込むための餌だったのかもしれないけどね」

　秋男がその鉄壁のサーバーの中心部に到達したとき、そこには父からの手紙があった。君の腕を見込んで、個人的に仕事を頼みたい、と。

「そりゃ不審に思ったよ。けど同じ日本人だったし、興味をもったのもたしかで」

　そうして秋男は、記されていたメールアドレスに連絡をとり、父と仕事をするようになった。つまり父は、大学教授のほかに何らかの副業をしていたということになる。その仕事の本質は秋男にもわからない。

　依頼の内容は些末で、たとえばどこぞのサイトに侵入して文章を少し書き換えるだとか、各国の政府や企業のサーバーからメールを配信するだとか、その程度のものだった。書き換えた文章やメールの内容自体も、その政府や企業の活動に沿うものであり、むしろ情報を補足するようなまっとうな内容だった。単なる情報の補塡作業。もしかしたら父は何らかの〝ミス修正係〟なのかもしれないと、秋男はぼんやりと感じていたらしい。

「でも、今回の依頼」秋男はほくそ笑んだ。「こんなに意味深なのは初めてだから。やっぱり何かとんでもないことに関わってるんじゃないかと」

「……解せませんね」

アンソニーがソファに深くもたれた。

「けっきょく正彦は何のために、何をしていたのか。さっぱりわかりません」

わたしも同感だった。父の意外な一面を見せられた気もするが、それが本当に意外なのかどうかもわからない。一瞬ＣＩＡというフレーズが浮かぶが、依頼の内容はスパイ活動とはほど遠い気がする。そもそも、政府のサーバーにそんな些末な理由で侵入する目的がわからない。秋男の言うようにミスの修正をこっそり請け負う業者なのかもしれないし、単に個人的なおせっかいだという可能性もある。いずれにせよなんの判断も呼び起こさないような、微妙な情報でしかなかった。

とにかく、父が今現在どんな状況にあるのか。それをこそ早く知りたい。

「ルリ子はどう思います？」

アンソニーが質問をふるが、ルリ子は気づかない。窓の外を見ながら微笑んでいる。

こんなときに、なぜ思い出し笑いなどできるのだろう。

「ちょっとルリ子。どう思います？　正彦がいったい何に巻き込まれているのか」

「ああ」質問に気づいたルリ子は事もなげに言った。「決まってるじゃない。パパは何かの過程で富士山が爆破されるのを事前に知っちゃったから、それで誰かに追われてるんでしょ。そんな馬鹿みたいなことするのはアメリカか、じゃなければアメリカよりも強い誰かよ。パパのメールにそう書いてなかったっけ？」

そんなことは書いていない。だが――まさしくそのとおりなのかもしれない。

父はたしかに富士山の噴火を事前に知っていた。今はおそらく何かから逃亡している。だとしたら、国家安全保障局（NSA）に監視されているという可能性も十分にあり得る。

「なるほど」

アンソニーがつぶやき、秋男が口笛をふいた。ルリ子は目の前の物事を見ないくせに、本質を見抜くことがある。あなどれない女だと言わざるを得ない。

「正彦はこれまで、どこのサーバーに侵入を依頼してきたんですか」

アンソニーが訊いた。

「だいたいは、政府の公式サイトだね。いろんな国の。たまに大企業もあったけど」

「何かの情報を書き換えて、投資のインサイダー取引に利用したということですか」

アンソニーの考えがわかった。たとえば嘘の公共事業の情報を流し、関連する企業にあらかじめ投資しておけば、そこに莫大な利益が発生する。それなら、父の分不相応なセレブ生活にも理由がつく。

「いやいや」しかし秋男は否定した。「オレはそういうのは嫌いでね。最初からそういう行為には手を貸さないと伝えてたし」

「だったら、政府内の派閥争いに――」

「だから、そういう類じゃないんだって。災害情報とか、軍事情報とか、政策動向だとか、そういう一般向けの情報をちょこっと修正するの。言い回しを変えたり、見出しや注釈をつけたりとかね。国や企業が取り組んでる施策を、世間に伝わりやすくしてる感じ。だからまあ、社会貢献だと思うけどね」

「社会貢献……？」

アンソニーは腕を組み、それきり黙った。

「それにしてもすごいね」暇を持てあましたのか、ルリ子が割って入る。「よくそんな国の中枢にハッキングして捕まらないわね」

「捕まるのはアマチュアだよ。プロは痕跡を残さない。とはいえ余計なことをしたことはないし、ただ侵入するだけだし。躍起になって追われることもないわけ」

「ただ侵入するだけですか」アンソニーが解せない表情で言う。「君自身、ハッキングで儲けたことがない？　だったらいったいなんのために」

「もちろん、鉄壁を攻略するためよね」なぜかルリ子が代弁した。「登山と一緒じゃない。そこに山があるからなんとやら、てさ。こんなに楽しいことはないよね」

「でもリスクがあるだけで、なんのメリットもない」

アンソニーの問いに、ルリ子はサングラスに指をそえてこたえた。

「自尊心が満たされる。この世にそれ以上のメリットがある？」

デスクでは秋男に無言のままルリ子の横顔を見つめていた。

ルリ子が秋男にふり向いた瞬間、秋男はあわててPCに向きなおった。以前にも増して猛烈な勢いでキーを打ちはじめる。打ちながら、どこへともなく言葉を放った。

「……さっきのルリ子さんの話、オレは本当だと思うよ。敵はアメリカか、それよりも強い誰かって。なにしろオレが神大路さんに惹かれたのは、最初の手紙に〝世界を動かす仕事を手伝ってほしい〟ってあったから――」

世界を動かす仕事？

わたしは驚愕し、さらに驚愕した。

ルリ子さん？　今、ルリ子さんと言ったのか。

「でも最近、疑問に感じてたのもたしかだけどね。何年も請け負ってきた仕事が、地道な社会活動に過ぎないのかもしれないって。今も半信半疑だけど」

一同はしばらく沈黙した。頭の中をさまざまな考えが駆けめぐる。

父は大学教授をする傍ら、世界を動かす仕事をしていた。それは各国政府や大企業の情報を補足する社会活動だった。その最中に富士山が爆破されることを知ってしまったせいで、父は追われている。敵はもしかしたら、アメリカ政府かもしれない。

そして危惧すべきことがもう一つ。この秋男という男、ルリ子という女に興味を抱き始めた可能性がある。

「解せませんね」アンソニーがつぶやいた。「そもそもアメリカが富士山を爆破する理由がわからない。日本が莫大な被害を被れば、同盟国のアメリカにとっても尋常じゃない損失となります。現状、アメリカは日本の財源に頼っている」

言いながらアンソニーは秋男を見やるが、秋男はどこか半笑いのような表情で指だけを目まぐるしく動かしている。素早く激しいタッチ音が、異様な集中を物語っていた。その音はまるで、トタン屋根を打つ豪雨のようだ。

「……きた！」秋男が叫んだ。「最後の難関を突破。はい、全員集合して！」

わたしたちはデスクへと駆け寄った。モニタを取り囲み、画面を注視する。

秋男はマウスカーソルを動かし、一つのファイルを示した。

「お宝はこいつらしい。どうやら動画ファイルみたいだね。いい？　開くよ」

ファイルがダブルクリックされる。

全員が息を呑む。一拍おいて、画面一杯に懐かしい顔が現れた。

父だった。白髪交じりの短髪が、床屋帰りのように小綺麗にセットされていた。

ルリ子とアンソニーが同時に驚嘆の声を発するが、父はそれを咳払いで一蹴した。

まるでこの場の状況が見えているかのように。

「――ルリ子。流花。瑠美。アンソニーもそこにいるね。みんな集まってくれてありがとう」

父はひきつったような苦笑を浮かべた。言葉とは裏腹に、ただならない焦燥が見てとれる。撮影場所は、このデスクのようだ。

「今年はとんだ誕生パーティーになってしまったね。参加できない代わりに、この動画を残すよ。一度しか言わないから、よく聞いてほしい」

父はふたたび苦笑を浮かべ、すぐに真顔へともどった。

「私には、敵がいる。富士山を爆破したような、凶悪な連中だ。

私はマークされた。そうなるともう、逃げることしかできない。

だからやるべきことを、お前たち三人に託す。

いいか。

敵の正体をつかみ、暴虐を食い止めてくれ。

それができるのはおそらく、お前たちだけだ。

敵の目はすぐにお前たちをとらえるだろう。

それが逆に、敵の尻尾をつかむ手がかりになるはずだ」

父はそこで、大きく息を吐いた。強張った頬を、しきりに手でさすった。潤んだ瞳の奥で、かすかに光が揺れていた。

「一一月一一日に、お前たちに渡すものがある。

私からの、遺産だ。

もしもそれを受け取れなかった場合――」

父は言葉を止め、視線を強めた。

「――おそらく人類は二度と、立ち上がれなくなる」


静寂の中で、戦慄の走る音がした。

父の動画は、そこで途絶えた。わたしたちは黙ったまま、しばらく立ちつくした。

ざわざわと、胸の底が騒ぐ。こんな父の姿を見るのは、はじめてだった。

富士山は何者かによって爆破された。父は、はっきりとそう言った。得体の知れない巨悪が存在している。そうした実感がふいに押し寄せてくる。それは対峙したことのない、途方もない恐怖だった。

「……これで終わり？」

ルリ子が、場違いな声をあげた。秋男の手が動き、もう一度ファイルをクリックする。しかし、何の反応もない。いくらクリックしても、動画はもう再生されなかった。

「何が何だか、さっぱりだね」秋男が腕を組んだ。「なんでもっと詳しく話してくれないかな。その敵とやらに見られる心配はないはずなんだけど」

「それは断定できないですね。あなたも言ったように、事態はそれほど軽くはない」

アンソニーがつぶやき、秋男がふてくされたように押し黙った。

「とにかく大まかな状況はわかりました。何かとんでもない敵がいるということが」

アンソニーは踵を返し、窓を向いた。「そして、それに対峙できるのはどうやら——ぼくらだけのようです」

わたしたちは、顔を見合わせた。どの顔にも、困惑の色が濃くあった。父の話も、父の状況も、まだのみこめない。

人類が二度と立ち上がれなくなる？

「今日って、何日だっけ？」

ルリ子の問いに、アンソニーは即答した。

「一〇月三〇日です。一一月一一日まで、もう二週間もない」顎に手を当てて、遠くを見つめる。「おそらく正彦は現在、どこかに身を潜めているのでしょう。でも裏を返せば、二週間後には会えるということです」

「会えるって……いったいどこで？」

ルリ子の声が尻すぼみになり、行き場を失う。アンソニーは黙したまま、視線を宙にさまよわせた。

父はどこにいるのか、どこで落ち合えるのか。そもそもそれまでに、いったい何をどうしろというのだろう。

全員が、しばらく沈黙した。

気づくと外はすっかり暗くなっていた。静寂が密度を増していく。夜のとばりの向こうで、見えない何かが近づいてくるような——そんなおぞましい感覚がおとずれた。

「——じゃあ、とりあえずオレの仕事は終わったんで」秋男が目を伏せたままＰＣをたたんだ。「それじゃあみなさん、あとは頑張ってください」

立ちあがるその背に、アンソニーがつぶやく。

「まさか、ここまで知っておいて去るつもりですか」

「当たり前でしょ。依頼内容はここまでなんだし」秋男はぼさぼさの頭をかいた。「そんなにやばそうな敵がいるなんて初耳だし。こういうはっきりしない状況は嫌いだし。どうしようもないでしょ」

言いながらドアに向かって歩きだす。

その腕を、ルリ子がつかんだ。

「ちょっと待ってよ。一緒に来ないの？」

秋男はふり向いた。とられた腕を一瞥し、ルリ子を見る。近い距離で、二人はお互いを見つめた。

数秒間、沈黙が流れる。秋男の細い目が少しずつ緩んでいく。おそらく、サングラス越しにルリ子の瞳を見てしまっている。

「私たちだけじゃ心細いよ。ねえ、彼氏」

ルリ子が腕をはなした。秋男はよれたシャツの襟を直し、小さくつぶやく。

「しょうがないね。敵がなんなのかは知らないけど、富士山を爆破したのは許せないし。神大路さんのことも心配だし。とりあえず――君らについていくしかない、か」

わたしは目をそらした。

考えがうまくまとまらない。ルリ子は安易に秋男を招き入れ、アンソニーも同意しているようだが、はたしてそれは正解なのか。秋男は完全な部外者ではないのかもしれないが、とはいえ行動をともにすべき種類の人間なのか。もちろんこんな恐ろしい状況の中で、何かに立ち向かわねばならない羽目になった今、仲間は多いに越したことはないだろう。しかもコンピュータの高度な技術をもつ秋男ならば、たしかに心強い味方になり得る。それでもなぜだか、歓迎しようという心境になれない。

その理由がなんとなく像を結んだ。秋男とルリ子とのあいだに生じている、幼稚で原始的な感情の兆しだ。それを今後も間近で感じなければいけない。正直、気に入らないと言わざるを得ない。

そのとき、誰かのスマートフォンがふるえた。全員が反射的に体をまさぐる。

着信したのは、アンソニーだった。

「――――！」

スマートフォンを覗き込むなり、アンソニーの目が強張った。電話ではないようだ。指で画面を操作し、表示を確認する。

わたしたちは固唾を呑んで待った。

やがてアンソニーが、画面をこちら側に向けた。

「緊急用のアプリが着信しました。流花からです」

「流花！」ルリ子が嬉しそうに言った。「なんだって？」

「ＧＰＳの座標を知らせるアプリなので、文字情報はありません。流花が何かの必要に迫られ、自分の位置を知らせるために発信したということです」

「そこ、どこ？」

秋男が身を乗りだした。スマートフォンの画面には、地図が表示されている。

「ブラジルのサンパウロです」

「……ブラジル？　なんでそんなところに。こっちに向かってないの？」

ルリ子の問いに、アンソニーは画面に目を戻し、かぶりを振った。ルリ子は不安げにわたしを振り向き、わたしも呆然と見つめ返す。

アンソニーはスマートフォンから顔を上げ、険しい表情で言った。

「行きましょう。──流花の身にも、何かが起こっている」

# 04　談合と銃声

一四歳のころ、休日にアンソニーと港へ出かけたことがある。

平日はずっとレッスンばかりで、いつも気が抜けなかった。会話に次ぐ会話。発声練習。音階の取り方、背骨の震わせ方、声音の使い分け。五感を澄まして相手の感情を受け止め、自分の感情を音で伝える。言葉はそれを補足するだけ。伝達のすべては波の動きで決まる。意思や感情を、微少なビブラートに乗せる。それを倍音で膨らませる。相手の持つ震動に、ぴたりと同調させる。

わたしはただひたすらに、言葉を紡ぐ訓練を。ルリ子は相手を視る訓練を。流花は聞き取る訓練を。それぞれ個別にアンソニーから受けていた。つまりアンソニーと過ごす時間は、イコール過酷な練習時間だった。

だからこうして何も気にせず出かけるなんて、めったにあることじゃない。

わたしは、胸いっぱいに空気を吸い込む。

港は、とても広かった。青空と海を背景に、無数の鳥が潮風と戯れていた。

視界がどこまでも広がっていく感覚。ビルに囲まれた日常にはない、それは煌めくような解放感だった。

わたしたちはアイスクリームを食べながら、防波堤に沿って歩道を歩いた。

「ひとつ訊いてもいい?」わたしは前を向いたまま言った。「なんで毎日、あんなにレッスンしなきゃいけないの? ほかの子は誰もやってないよ」

「そうだね。いやですか?」

「いやじゃないけど。けっこう忙しいなと思って」

わたしは気まずい気持ちでうつむいた。そういうことを聞きたいわけじゃなかった。レッスンは大好きだった。だからむしろ、アンソニーがルリ子と流花に費やしている時間が惜しかった。けれどもそんなことは言えない。紡ぐべき言葉が浮かばない。だから自分の意思を伝える能力も、こういうときには役に立たない。

知ってか知らずか、ははは、とアンソニーは笑った。たしかに忙しいよね。そう言って歩道の先を指さした。自転車に乗った少年が、こちらに向かって走ってくる。

「人生は——自転車のようなもの。倒れないためには、走り続けなければいけない」

自転車が通りすぎ、風がわたしの髪をふわりとないだ。

「アインシュタインという人の言葉です。忙しいくらいがちょうど良いということだよ。それに、ペダルを漕いでさえいれば、どんどん前へ進めるんだ」

「ふうん」

「学べば学ぶほど、自分が無知だと知る。無知に気づくほど、もっと学びたくなる」

「それもアイスなんとかっていう人の言葉？」

アンソニーは笑ってうなずき、防波堤の上にのぼった。

わたしものぼろうとするが、片手にアイスクリームがあるせいでうまくいかない。防波堤の高さは肩よりも少し上だった。

アンソニーが、微笑みながら手のひらを差しだす。

わたしはためらい、自分の手を見つめた。なんだか、わけもなく恥ずかしくなった。どうしてだろう。わたしは彼の手をとらずに、代わりにアイスクリームを渡してしまった。そうしてやたらと大きなかけ声で、防波堤を一気によじのぼった。

顔が熱い。

海のほうを向いて座ると、陽射しがきらきらと目に反射した。

港に、派手な船が停まっている。甲板にはたくさんの人が立っていて、グラスを片手にお喋りをしていた。みんなおしゃれな服装で、なんだか楽しそうだった。

「クルーズウエディングってやつですね。結婚のパーティーだよ」

目をこらすと、たしかにそれらしきカップルがいた。船の先端に席があり、真っ白な格好をした二人が座っている。お互いに目配せをしたり、笑い合ったりしていた。

その二人の姿が、目に焼きついた。それはあまりにも幸せそうにうつった。

「いいなあ」

アンソニーがあの白い服を着たら、どんな感じになるのだろう。わたしが大人になったら、あんなふうに着こなせるのかな。

春の陽射しが全身を照らす。頭がぼうっとなって、防波堤に寝そべった。

このまま眠ってしまいたいな。となりでアンソニーが笑っている。

温かなぬくもりに包まれながら、わたしはゆっくりと目を閉じた。


「――瑠美。――瑠美」

目を開けると、すぐそばにアンソニーの顔があった。

「着きましたよ。サンパウロです」

窓を見ると、滑走路が広がっていた。わたしは立ち上がり、大きく伸びをした。

グアルーリョス国際空港は、想像していたよりも落ちついた雰囲気だった。それもそのはず、今は観光シーズンではない。カーニバルの時期もまだ先のようだった。

「ここがブラジルか。みんな陽気に裸で踊ったりサッカーしたりっていう国ね」

秋男があくびをしながらつぶやいた。アンソニーがため息をもらす。

「それは偏見です。君は着物を着たり相撲やチャンバラをしたりするんですか」

秋男は面倒そうに肩をすくめた。アンソニーは歩きながらつづける。

「この国はアメリカよりも自由で、移民が多く人種も多様です。白人、黒人、黄色人に、それらの混血と先住民が入りまじっています。そして国土が広い。このサンパウロ州だけで日本の七割の広さがある」

「……つまり？」

「ここには世界のすべてがあるし、複雑な側面もたくさんあるということですよ」

「へえ」ルリ子が寝ぼけたような声を出した。「なんだか、こわいね」

「そうでもありません。陽気なのはたしかですから。多くの国はしょっちゅう争って何かを奪い合っていますが、この国はかれこれ一五〇年以上も戦争をしていません」

「でも」ルリ子が辺りをうかがう。「治安が悪いって聞いたことあるけど」

「ですね。それは国民の大半が、未だにとても貧しいからです」


リムジンバスに乗り、ひとまず市街地へと向かった。

サンパウロの街は、灰色だった。他国の都市と同様、見渡すかぎり雑多なビルで埋めつくされている。古いビルが多く、道路の脇にはびっしりと車が路駐されていた。

街路樹には南国の雰囲気が漂っており、どこか東南アジアに近い印象を受ける。

やがてバスがパウリスタ通りに入ると、印象がガラリと変わった。広い道路に、近代的なビルが整然と建ち並んでいる。今度はハイテクな欧米の都市を連想させた。

ほどなくして、バスが停まった。

時刻は現地時間で午後二時。バスを降りると、日本との気温差を実感した。一〇月だというのに、初夏のような暖かさだった。これなら半袖でじゅうぶんかもしれない。

「なんか、あっちのほうで誰か叫んでるよ」

ルリ子が楽しそうに通りを指さした。大勢が一斉になにごとかを叫んでいる。

「なに？　右翼？」

秋男がつぶやき、アンソニーが肩をすくめた。

ビル街の真ん中に大きな公園があった。溢れるように数千人もの人が群がっている。誰かが代表して何かを叫び、それを全員がやまびこのように繰り返していた。

「デモですね」アンソニーは思いだしたように言った。「そういえばこのパウリスタ通りには、金融機関が集結していますからね。ここはブラジルのウォール街です」

アンソニーは言いながら、眉をひそめた。公園に近づくにつれ、かすかな悪臭が鼻をつく。その匂いが徐々にきつくなる。即座に、ホームレスの姿が頭に浮かんだ。

「どうやらかなりの長期間、この公園に立てこもっているようですね」

見ると、奥にいくつものテントが見てとれた。若い女性の姿もたくさんある。彼らは家にも帰らず、あるいは住む場所を追われ、身を挺して抗議しているのだろう。

　なんとなく思いだした。以前、ウォール街での騒動を発端にして、金融機関に対するデモが世界中で同時多発した。それはたしかフェイスブックなどのSNSによって喚起され、世界一五〇〇都市にまで飛び火したという記憶がある。つまりこのデモは、これといったリーダーが存在せず、人々が自ら立ちあがった初めてのデモだ。

　思えば当然のことかもしれない。リーマンショックがあろうとEU危機があろうと、金融機関は自重するどころか変わらず利益をむさぼり続けている。手を替え品を替え、得体のしれない金融商品を次々に生みだし、利己的なシステムを絶え間なく考案し、価値を捏造してばらまいている。金は天下の回り物であり、結果的に世界中のすべての人が膨大な搾取を受けることになる。そのことに、大衆が気づき始めている。

　こうした反格差社会デモはすでにほとんど報道されることがなくなったが、現実には未だにこうして各地で燻り続けているということだ。

「彼らはどうやら、WAWのメンバーのようですね」

「WAW?」

　秋男が聞き返すと、アンソニーがうなずいてこたえた。

「ウィー・アー・ザ・ワールド。略してWAWです。大規模な抗議団体ですね。この世界を変えるために、国境を越えてあらゆる人種が参加していると聞きます」

「へえ。なんて言ってるの?」

ルリ子が腕を組んだ。ポルトガル語のため、内容がいっさいわからない。

アンソニーがうなずき、こだますするその叫び声を訳しはじめた。

――今のこの世界は、お金に支配されています。愛でも思想でもない。お金です。では、世界を動かしているのは誰でしょう？　答えは簡単、ごく一部のお金持ちです。政治家じゃありません。政治家はお金を増やすために働かされているだけです。全世界の九九パーセントの富を、たった一パーセントのお金持ちが牛耳っています。彼らは国や企業や民衆を騙し、半永久的に搾取する高度な仕組みを作りあげています。その構造は目に見えず、完全に自動的です。我々は見えない鎖で首を繋がれている。彼らがいるかぎり、我々は奴隷です。食べられるために生きている、家畜なんです。

「――なるほどね。相手は金融に限らず、この世のすべてのお金持ちってわけだ」

秋男が神妙な表情でうなずいた。

「でも、そんなこと言われてもね」ルリ子がサングラスに手を添える。「誰もどうすることもできないと思うんだけど」

「そうなのかなあ」秋男がやや声を荒らげた。「どんな時代でも、こうして民衆が力を合わせて、悪い状態が終わるんじゃないの。そうやってまた、新しい時代が――」

「時代は関係ないでしょ。だって昔も今も、一部の人間が全体を支配してることに変わりはないんだから。時代が変わろうと、そこだけは変わったためしがないじゃない」

「そうなのかなあ」

ルリ子に圧されながらも、秋男は納得いかない顔でデモの彼らを眺める。

わたしは秋男の苛立ちに共感した。でも同時に、ルリ子の言葉にも真実を見てしまう。社会主義も資本主義も、そういう意味では変わらない。

そしてふと、四宮園香が脳裏をよぎる。デモの彼らが、ふいに小さく見えてしまう。

彼らは知らないのだろうか。資本主義経済そのものが巨大なピラミッド詐欺だということを。この世界そのものが、下から上へ富を吸い上げる巨大なネズミ講になっているということを。もしもそれを崩壊させたいのなら、受け皿となる代わりの容れ物を作らなければならない。でもその新しい容れ物もけっきょくは一緒だろう。見た目や色が違うだけで、機能は必ず同等になるはずだ。

そうした諦観が、わたしたちを蝕む。彼らはそれでも、諦めず抗うのだろうか。

「タクシーを拾います」アンソニーがスマートフォンに目を落として言った。GPSの位置情報を確認している。「もう遠くはない。西へ車で三〇分ほどです」

全員が顔を見合わせ、うなずいた。流花が、この街のどこかにいる。

パウリスタ通りを離れて西へと向かう。一〇分ほど走ると、またしても街の印象が変わった。緑が多くなり、青空がひらける。背の低い街並みが彼方まで広がっていた。路地を曲がるうちに、風景がみるみると寂れていった。どことなく人影も少ない。

「このあたりですね」

アンソニーがいったん車を停めた。運転手に何やら質問をする。

わたしは息を潜めながら、窓越しに周囲を見わたした。それにしても——。

「ひどいところだなあ」

秋男がみんなの意見を代弁した。スラム街、という言葉が脳裏をよぎる。

「とりあえず降りましょう。車はここで待たせます」

アンソニーの合図で、全員が車を降りた。ほぼ同時に、タクシーが発進する。

「あれ?」秋男は路地へと消えるタクシーを指さした。「待たせとくんじゃ?」

「話がちがいますね。待機料は支払ったんですが」

「先に払っちゃったのがミスね、アンちゃん」

ルリ子は楽しそうに言いながら、ぐるりと街を見渡した。

道路の舗装はところどころがひび割れ、陥没している。建ち並ぶ建物はどれもが平屋で、そのほとんどが石造りかレンガだった。壁も屋根も薄汚れ、窓ガラスすらはまっていない家もある。風景全体が砂埃で霞み、あらゆる場所が不衛生に見えた。

「流花は、このあたりから位置情報を発信しています。すでに一五時間が経っていますが……とにかく住人に聞いて回りましょう。流花の写真を見せて尋ねるしかない」

アンソニーは言いながら、手近な家に向かって歩きだした。よく見ると、家の奥の暗がりで人の動く姿が見える。照明をつけていないせいで気づかなかったが、もう一度家々をふりかえると、窓からこちらを眺めている姿がいくつかあった。通りの奥では、路肩に寝そべって動かない老人や、地べたで砂と遊んでいる子供もいる。閑散としてはいるが、たしかにここには人が息づいていた。

どうにも気が乗らない。とはいえ、躊躇している余裕はない。

アンソニーが家の中へ向けて呼びかける。人種のわからない中年女性が玄関口に立った。アンソニーは写真を手に質問するが、女性は面倒そうに首をふる。

そうしたことを、何回か繰り返した。どの家からも、女性が出てきた。

「流花を見かけた人は今のところいませんね。外にいる男性たちに訊いたほうがいいかもしれません」アンソニーは細い路地に向かって歩きだした。「場所を変えましょう。この奥の広場でなにやら集会をしているようなので」

路地はゆるやかな下り坂になっていた。しばらく歩くと、左手のほうで何かが聞こえた。どことなく、物騒な気配。路地を折れたとたん、その音の正体がわかった。

それは、大勢の人の喧噪だった。ときおり、けたたましい歓声があがっている。

そこは広場というより、空き地だった。坂を下った数十メートル先。まるで街の一ブロックが丸ごと取り壊されたような広い更地がある。

その中央で、上半身裸の二人の男が、素手で殴り合っていた。それを取り囲んで、大勢の男たちが腕を振り上げている。怒声と歓声が入り混じっている。

「なんか……やばいって」

秋男が顔を歪め、前を行くアンソニーの肩をつかんだ。

「どうやら、街中の男たちがあそこに集まっているようですね」アンソニーは構わずに坂を下っていく。「何をしているのか聞いてみましょう」

数百人はいるようだった。輪を囲んで熱狂している者、バラックの残骸に登って観戦している者。さまざまな男たちが一様に興奮をあらわにしていた。

その獣のような体臭に、おもわず顔をしかめる。アンソニーが意を決し、端にいる一人に声をかけた。邪魔だ、うるさい、という相手の意思が、こちらからでも見てとれる。それでもどうにか会話をつづけ、しばらくのあいだやりとりが交わされた。

「どうやらこれは、街の縄張りをめぐる決闘のようですね」アンソニーがこちらにもどって言った。「談合（コンスピラカーオ）というそうです」

「へえ」秋男がおそるおそる肩を縮めた。「ギャングの縄張り争い？」

「麻薬密売のエリアを取り合うそうです。このスラム街に住む四つのグループが、何人か代表者を出して喧嘩をさせる。勝った順にエリアを取っていくらしいです」

「おもしろそう」ルリ子が驚嘆の声をあげた。「でもさあ、警察に捕まらないの?」

「まあ、昔は一般市民をも巻き込んで、銃で殺し合うような抗争が絶えなかったはずですから。それに比べれば、だいぶ合理的になったということでしょうね」

秋男の体は目に見えて震えだしたが、ルリ子は嬉しそうに身を乗り出した。

「いずれにせよ、これが終わらないとまともに聞き込みができません」

アンソニーも腕を組み、喧嘩に見入った。その横に、秋男がぴたりと張りつく。

わたしはその後ろで立ちつくすしかなかった。観戦する気には到底なれない。

そのとき、背中の衣服が引っぱられる感触があった。

ふりかえると、視界のすぐ下に黒人の男の子が立っていた。七、八歳だろうか。目に涙を溜め、怯えたような顔でわたしを見上げている。

どうしたの、と目で問いかけてみた。子供が左手を持ちあげ、背後を指さした。その先に目をやるが、とくに何もないし、誰もいない。

子供はさらにわたしの服を引っぱった。どうやら、一緒に来てくれということらしい。助けを必要としているのだ。

わたしはアンソニーをふりかえった。三人とも、すでに喧嘩に目を奪われている。子供に目をもどすと、あふれた涙が頬をつたっていた。

本来ならば、三人と一緒に行動すべきかもしれない。でもその子供が、それを望んでいないのが表情をとおして伝わった。あらゆることに、怯えきっている。だからもっとも年若い、無害そうな女にすがった。つまり、わたし一人に助けを求めている。

ひとまず、行ってみよう。状況を見て、アンソニーたちを呼びにもどればいい。

わたしはその子の手をつかみ、引かれるままに手近な路地に入った。

すぐに右に折れる。そこで、足が硬直したように止まった。

子供が泣きながら引き返していく。背後を駆けていく音が聞こえる。けれどもわたしは一歩も動けない。心臓が飛びだすような衝撃を受けている。

汚れた服の白人男性が、わずか数メートル先に立っていた。持ち上がった右手が、こちらを真っ直ぐに向いている。その手には、拳銃が握られていた。

ぶしゅん、という音がする。

わたしの頭は天を向き、広がる青空に目が見開かれた。背中が衝撃で跳ね返り、空が一瞬で白になる。

方向が吹き飛び、倒れたのかどうかも定かではなかった。けれども、間違いない。

わたしは、拳銃で撃たれた。

# 05 暴力的(バイオレンス)な次女

一二歳のころ、わたしたち三人は初めて本気で喧嘩をした。

発端は、アンソニーだった。三人を別々の中学校に分けるから、誰がどこへ通うかを話し合って決めてください。そんなことを言いだしたからだ。

「なんで別の学校にしなきゃいけねえんだよ」

流花はそう言って怒り散らした。ルリ子は落胆した。わたしはふてくされた。

三人とも、小学校の友達と一緒の中学に行きたかった。つまり三人のうち二人は、知り合いが誰もいない中学に通わなければならなくなる。

アンソニーの思惑はわかっていた。個別レッスンの方向性を強め、三人にまったく別々の特性を与えるために、あえて引き離そうという魂胆だ。

「喧嘩で決めよう」

流花が言いだしたが、わたしとルリ子がうなずくはずがない。流花が勝つに決まっている。そこは一般論にしたがい、公平にジャンケンで決めようということになった。

さすがに一発勝負ではおそろしいので、一〇回勝負で挑むことになった。残りの二回を全あろうことか、八回目でわたしは脱落した。惨憺たる結果だった。

勝しても勝てないほど、二人に差をつけられていた。

そのときになって、ようやく気づいた。わたしはジャンケンを出すときに、おそらく必死の形相で二人を睨んでいた。つまり、ルリ子の目を見ていたということだ。そしておそらく、流花には鼻息を聞き取られていた。なのにわたし自身は、ほとんど言葉を発していない。そんな状態で勝てるはずもなかった。

流花は、手を出す瞬間まで目を閉じていた。読まれないように、聞き逃さないように。ルリ子は息を止めて接戦に挑んだが、結果は僅差で流花の勝利となった。

こんなもの、公平な勝負じゃない。わたしはそう言って二人を責め立てた。

「今さらだよね」とルリ子が言い、「気づかなかったお前が悪い」と流花が吐き捨てた。

わたしは納得せず、二人に物を投げつけた。そうして、ひどい喧嘩になった。

しばらくのあいだ、泣いていた。一緒に部活をしようと約束した友達がいたし、眠れないほど気になる男の子もいた。どうしてみんなと離れなければならないのか。

わたしは一ヶ月近く、二人と口をきかなかった。アンソニーのレッスンもさぼった。

やがて見かねた流花が、不本意そうにわたしに言った。

「中学、交換してやるよ。あたしの友達は全員、そっちの中学に行くらしいから」

愕然となった。そういう種類の優しさがあるということを、はじめて知った。

そうしてわたしはもっとも近い中学へ、友達と一緒に通うことができた。ルリ子は二番目に近い中学へ、流花はもっとも遠い中学へ。

あとで知ったのだが、流花は本当に、友達をみんな引き連れて通ったらしい。

どうやらなんらかの方法で、全員を従わせたものと思われた。

それがはたして優しさと言えたのかどうか、わたしにはもうわからない。

ときおり、流花のビンタを思いだす。それは強烈で、意識が吹き飛ぶ。

ばちん、ばちん、ばちん、ばちん。


「――おい。起きろ」

頬に衝撃を感じ、目を開けた。

目の前に男が立っている。髭面の黒人。高そうなスーツ。

かがんだ腰を伸ばし、わたしから遠ざかる。わたしは座っている。椅子に縛り付けられている。口がガムテープで塞がれており、息が苦しいことを自覚した。

どこかの部屋のようだった。窓はなく、薄暗い。かびの臭いが鼻をかすめる。

「おはよう。ルミ・カミオージ」

黒人のとなりに、痩せた白人がいた。そのとなりに、ごつい混血がいる。そのどれにも見覚えはない。意識が混濁している。

わたしは、見知らぬ男たちに捕らえられている。

そこで思いだす。わたしは銃で撃たれたはずだ。あれは何だったのか。麻酔銃？

「おはよう。ルカ・カミオージ」

白人が言った。わたしは首を動かし、横を向いた。暗がりの中に、その姿を見た。

――流花。

「さて、それじゃあ始めようか」

白人が壁際へ移動し、椅子に座った。かわりに混血のごつい男が正面に移動する。

タンクトップにカーゴパンツ。大蛇のように太い筋肉が、汗でぬらぬらと光っていた。

流花は、拘束された椅子の上でゆっくりと顔を上げた。ショートの茶髪が額に張りついている。口はガムテープで塞がれているが、頬がこけているのが見てとれた。

流花が、こちらを向く。常にしているはずのヘッドフォンは取り去られている。

流花はわたしの姿を認め、眉をひそめた。その目に、絶望の色が宿る。わたしは前を向く。この状況に、ようやく怒りがこみ上げてくる。

流花は落胆したようだった。助けを求めて位置情報を伝えたはずなのに、余計なお荷物が増えたからだ。そんな表情をしていた。その態度にわたしは憤り、同時に自分の不様さを呪った。

「三つ子と聞いていたが、たいして似てないな。長女がいないのが残念だ」

混血の男がわたしの目の前でかがんだ。わたしの顎をつかみ、顔を上向かせる。目が合った瞬間、身がすくんだ。尋常じゃない――男の目。

顔面の左半分に、額から顎にかけて細い傷跡があった。縦一直線に走るその傷が、眼球の表面をも通過していた。

男が、微笑んだように見えた。背筋に虫が這うように、悪寒が走った。

「訊きたいことは一つだ」

男は低い声で言った。わたしの顎から手を離す。

「だが、お前がそれを知っている確率は低い。ニューヨークの発着日時が遅すぎる」

男は視線の矛先を変えた。「だから、ルカ・カミオージに尋ねる」

男は流花に近づき、頬に手をかけた。テープを剝ぎ取る音が、部屋中に響き渡る。

「父親は、どこだ」

流花からは何の気配もない。微動だにせず、前を向いたまま唇を引き結んでいた。

「アントニオ」座っている白人が言った。「何を使う?」

男は振り返り、腰のホルスターから何かを取りだした。懐中電灯のように見えた。

「外見を傷つける前に、これを」

目の前で何かが炸裂した。耳をつんざく破裂音とともに、眼前で閃光が飛び散る。

男の手の中で、稲妻が踊り狂っている。その稲妻が、わたしの脇腹に押しあてられる。

「――ッ！」

無言の叫びが喉を焼く。体が激痛にのたうち、視界が赤と白に明滅する。全身の皮膚が引き剝がされ、痛覚が直接ひっぱたかれる。

炸裂がやむ。激痛が途絶える。遠い彼方で、スタンガンか、という声がきこえる。

わたしの体は硬直したまま、痙攣していた。意思とは無関係に脈打ち、全身から汗が噴きだしはじめる。恐怖の振幅が徐々に増大し、いつしかガクガクと震えだす。

「もう一度訊く」男が流花を一瞥した。「父親は、どこだ」

「知らないんだよ！　何度も言ってるだろ！」

流花が叫んだ。その声と同時に、ふたたびわたしの視界が爆発した。

歯を食いしばろうとするが、力むことなどできない。秒を数えて気を保とうとしても、思考が電離し弾け飛ぶ。肋骨が暴れ狂い、顎から唾液がしたたり落ちる。

「やめろ！　本当に知らない！」

閃光が途絶え、意識が遠のく。

「……瑠美！」

声がきこえるが、反応できない。自分の意思では体は動かない。

気づくと、下半身に生ぬるい感触がある。鼻をつく匂いでそれの正体を知る。

男が流花に近づく。手元のスタンガンを持ちあげた。カチカチとスイッチをいじる。

「……殺してやる……必ず殺してやる」

流花のつぶやきが聞こえた。それはすぐに男の声でかき消された。

「お前も味わいたいか。言っとくがこいつは、牛を調教するときに使うものだ」

そう言って、それを流花に押しつけた。

バリバリバリバリ。流花の体が一瞬弾け、硬直する。禍々しい破裂音が時を刻む。

一秒……二秒……三秒……四秒……

「おい」

白人が腰を浮かせた。音がやみ、男が振り返る。流花の頭がガクリとうなだれる。

「やりすぎだアントニオ。気絶したぞ」

男が流花を向いた。その表情は何もうつさない。視線だけが、ゆっくりとこちらに移動した。切り裂かれた瞳。見えないはずのその目が、わたしの姿をとらえていた。

「じゃあ、お前に訊くしかない」

大蛇のような腕が、わたしの頬に嚙みついた。テープが一瞬で引き剝がされる。

「父親は、どこにいる」

瞳孔の閉じきった、爬虫類の視線。

わたしは声を絞りだそうとした。けれども腹に力が入らず、喉はまるで収縮しない。

たとえ言葉を発したところで、この状況（コンディション）では効果を得られるはずもない。

　わたしは唐突に悟った。

　もうすぐ、殺される。父の居場所は知らない。流花とわたしは、ここで死ぬ。

「言う気がないか」男がテープをわたしの口に貼り直した。「だったら、ここまでだ」

　条件反射で全身が強張る。両足で肉離れが起こるが、それを上回る激痛が走る。

　炸裂音。

　それがいつ鳴り止んだのかを、知ることはなかった。


　——闇が、広がっている。

　それがどこまで続いているのかはわからない。

　わたしは無知で愚かで怯えるだけの存在。だから何かを知ることもできない。

　動こうと思うと、恐怖がめぐる。痛みを伴うことが、本能的にわかる。

　だから、じっとしている。何かが見えるまで、耐えている。

　けれども、光は射さない。このままでは、闇に溶けてしまう。

　自分で動かなければいけない。目を開かなければならない。

　それがとても怖くて、とても痛いのだとしても。

　自分で動く。自分の目で見る。自分の耳で聞く。

この世界を、知る必要がある。

わたしは心身に、ゆっくりと力をこめる。

激痛に、目を見開いた。

首を動かすが、何も見えない。息は苦しく、両手と両足の自由がきかない。硬い床が、頬に当たっている。その下で、轟音がとどろいている。

突然体がバウンドし、壁に激突した。暗闇の中で、床が跳ねている。痛みによって意識が引っ掻かれる。少しずつ、状況がつかめてくる。

ここは、車の荷台だ。車は走っている。わたしは、どこかへと運ばれている。

「――んん」

すぐそばで、くぐもった声がきこえた。流花の声だった。流花も、一緒に乗っている。わたしと同様、手足や口を塞がれているようだった。

わたしは眼を細めた。完全な暗闇だが、なんとなく流花の位置を感じる。ほかに気配はない。中は広くないようだ。中型の貨物用トラックかもしれない。

たびたび車はバウンドし、そのたびに床や壁に体を打ちつけられた。相当な悪路を走行している。いったいどこへ向かっているのか。組織の本部へと連れていくのか。それとも海や山へわたしたちを捨てにいくつもりなのか。

闇の中で、必死に思案する。

そもそも、あの連中はいったい何者だろう。なぜ、わたしたちの居場所がわかったのか。流花の位置情報は、罠だったのか。なんの目的で父を捜しているのか。

ニューヨークの発着日時が遅い？　入国記録を参照したということだ。そんなことができるのはアメリカ政府に限られるはずだ。敵はアメリカなのか、ブラジルなのか。

車の打撃で、思考がまとまらない。論理を積もうにも、積み木はすぐに崩される。

やがて、体が悲鳴をあげはじめる。意識が保てなくなる。どうにか歯を食いしばり、体を車の震動に合わせ、ダメージを軽減することだけに全精力を注いだ。


どのくらいの時間が過ぎたのか。

疲れ果て、朦朧としていた。おそらくは流花も同じだ。限界はとうに超えていた。

まぶしさを感じるまでに、しばらくかかった。気づくと、足下の壁が開け放たれていた。汗で蒸された息苦しい空間に、いつしか涼しい風がなだれ込んでいる。

「大丈夫か、お嬢ちゃんたち」

荷台の扉口で快活な声がした。夕日を背にした男のシルエットが見える。

「女の子には過酷だったな。だがここまで来れば大丈夫だ。車を乗り換えるぞ」

男は背後を親指でさした。土煙のたつ空き地に、一台の乗用車が停まっていた。

状況が呑み込めない。陰になった男の顔に焦点を絞り、徐々に目を慣らしていく。

その目鼻立ちが浮かび上がったとたん、体中に恐怖がよみがえった。立っていたのは、アントニオと呼ばれた男だった。けれども口調や態度が、先ほどとはまるで違う。

「……んん！」

流花が小さく呻いた。背中でしばられた両腕をよじり、半身を起こして睨みつける。

「おい。勘違いするなよ。俺はお前らを助けたんだ」

アントニオは荷台に上がり、わたしの足下でしゃがんだ。

「スタンガンは苦肉の策だ。あれでお前らを気絶させる以外、救い出す術はなかった。痛かったろうが、あんなのは社会勉強の範囲だろう。逆に感謝してもらいたいね」

アントニオはそう言って、ベルトからナイフを抜き出した。反射的に背筋がびくりと脈打つ。けれどもすぐに足のロープが切られるのを見て、恐怖は滲むように薄まった。つづいて手首のロープが切られるとき、アントニオが間近でわたしを見た。

悪寒が走ったが、同時に血の気がもどってくる。この上ない解放感に満たされた。

助かった。わたしたちは、死なずにすんだ。

アントニオの瞳が、ふたたびぐにゃりと歪んだ。

「ブラジル情報庁(ABIN)の中に、敵であるはずのＣＩＡとつながってるグループがいてな。さっきの奴らはそこの連中で、言ってみりゃこの国の裏切り者だ。ＣＩＡの指示で、お前らの父親を捜していた」アントニオは言いながら、流花のロープに手をかけた。「どこの国にもそういう輩がいる。俺はたまたまそこに潜り込んでたんだよ。いわば二重スパイってやつだ。だから、お前らを救えた」

アントニオはロープを切り、ナイフを腰にしまった。流花が自由になった手首を振り、肩を回して息をつく。アントニオは口許を歪め、勢いよく立ちあがった。

「お前たちは、俺と一緒に来てもらう。——俺の本当の名は、バルボーサだ」

そう名乗った男が、二人を立たせようと手をさしのべた。その瞬間、バルボーサの体が後方へと倒れた。わたしはとっさに流花を向く。流花は、しゃがんだ体勢のままさらに右足を突き出し、バルボーサを車外へと蹴り飛ばした。

わたしは絶句した。信じがたい行為だった。必然的に、流花の横顔を睨みつける。

バルボーサが地面の上を転がった。膝をつき、顔をひきつらせる。

「おいおい……なんなんだいったい」

流花がゆらりと立ちあがる。バルボーサを見据え、わたしの足下に唾を吐いた。

「殺してやる、と言ったはずだ」

バルボーサが目を見開く。ついで、くく、と低く笑った。

「見上げた根性だな、お嬢ちゃん。俺はお前たちを助けたと言ったはずだが」

バルボーサが立ちあがる。同時に流花は荷台を飛びだし、跳ね上がりざまに右足を突き出した。バルボーサはとっさに上体をのけぞらせる。

流花は蹴りをよけられ、体勢を崩して着地した。そこへバルボーサの膝と拳が飛ぶ。

流花はかろうじてそれをかわし、背後に回って首をとりにいった。バルボーサが身をよじる。流花は逆に腕をとられ、そのままひねられて地面を転がった。肩を強打する。

「素人にしちゃ筋がいいな。だが俺は元傭兵だ。プロの中でも――」

言い終えるより早く、流花の体がしなった。地を蹴り、一直線に飛びだす。弾丸のように脳天を突きだし、バルボーサの腹に飛びこんだ。

バルボーサは直撃を受けながら、同時に膝を蹴りあげている。それが流花の顔面に音を立てて食い込む。瞬間に流花はその膝をとり、反動を利用して飛び上がっていた。

跳躍。膝蹴りの勢いと重なり、二人の体は伸び上がるようにして宙を舞った。

ぐるりと、弧を描く。

それはスローモーションのように網膜にうつった。バルボーサが背中から落下し、後頭部を強打する。流花は着地の瞬間、バルボーサの腹部に両膝を突き立てていた。

二人は折り重なり、しばらく動かない。そのまま、一瞬の静寂がおとずれる。

わたしは爪が食い込むがままに、両の拳を握りしめている。

やがて、流花がゆらりと立ちあがった。倒れたバルボーサを淡々と見下ろす。流花の鼻からは血が流れている。それを二の腕で拭き払い、吐き捨てるようにつぶやいた。

「……まあまあだな」

言いながら、バルボーサの傍らに屈みこむ。腰のベルトから何かを引き抜き、両手に持って立ちあがった。左手の水筒をからからと振る。歯でキャップをこじ開け、バルボーサの顔に中身をぶちまけた。水が細い滝のようにしたたり落ちる。

バルボーサは顔をそむけ、唸りながら半身を起こした。流花をまじまじと見上げる。

その脇腹に、流花がもういっぽうの右手をそえた。

聞き覚えのある破裂音が辺りに響きわたった。閃光が弾ける。バルボーサの体は弓なりに硬直し、見えない速度で小刻みに痙攣した。

わたしは目を覆った。

音がやみ、辺りに静寂がもどる。

流花はスタンガンを放り捨て、水筒に口をつけた。三口ほど飲んで、唇を拭う。

「殺すのだけは勘弁してやるよ。どうやら、嘘は言ってないみたいだからな」

流花はヘッドフォンをしていない。話を全て聞いていたということだ。

流花は水筒をわたしに投げつけ、踵を返して乗用車に向かう。

その後ろ姿が、かすかに揺れた。

ひときわ大きなゲップの音が、乾いた大地にこだました。

# 06　打倒する者

車はリオデジャネイロに向かっていた。

サンパウロとリオデジャネイロは、地図上で見ればほんの目と鼻の先だ。けれども車で移動すると、ゆうに六時間はかかるらしい。ブラジルの広大さが思い知らされる。

「――それにしても、日本の女の子に忍者がいるとはな。油断した」

バルボーサはハンドルを握りながら顔をしかめた。

「あたしは忍者じゃない」

流花は助手席で窓を向いている。その様子を、わたしは後部席から眺めていた。

先ほどから似たような風景の中を延々と走っている。左手は緑に覆われた山肌、右手は切り立った崖。その下には太い川が這っていた。プレジデンテ・ドゥートラ高速道路は、街並みから一転して自然の中を縫い、山々を切り裂くようにして続いていた。

「ルカ。お前は何をしにブラジルへ来た」

バルボーサが言った。

信じられない。あんな目に遭ったというのに、なぜか親しげだ。

「さっきの技はブラジリアン柔術だろう。もしかして、格闘技の修行か？」

「だったら悪いか」

流花が低くつぶやく。バルボーサは鼻を鳴らして笑った。

「ならなぜ、あんな街にいた。お前が捕まった場所、あそこはただのスラム街（ファベーラ）だぞ」

「ああ……」流花は面倒くさそうにつぶやいた。「談合（コンスピラカーオ）だよ。雇われたんだ」

「なるほど。マフィアと素手で喧嘩か。ある意味、道場破りより危険（ベリーゴ）だ」

「相手にならなかったけどな」

耳を疑った。話の内容もさることながら、どういうわけか会話が成立している。流花が積極的にお喋りをしている。こんな状況は、滅多にお目にかかれない。

流花は基本的には人の話をいっさい聞かない。嘘まみれで聞くに堪えないからだ。よっぽどこのバルボーサは正直者ということなのか。スパイのくせに。

「――でなぜ、裕福な国の年若い女が、そこまでして強くなろうとするんだ」

バルボーサの不可解そうな問いに、流花は一拍おいてつぶやいた。

「目的は精神だ。それを強くするためには、肉体を鍛えなきゃならない。じゃないと恐ろしい場面で必ず怯えや恐怖が先立って、まともな判断ができなくなる」

「正しい判断を下すためには、肉体も精神も強くなきゃいけないって？」

「そうだろ。人は弱いから、つねに自己保身に走る。てめえの身の心配で一杯になる。そいつを断ち切るには、強くなるしかない」流花は言ってから、照れを隠すように声を荒らげた。「そんなことより、お前のその気色悪い目はなんなんだよ」

流花は無礼にも相手の顔を指さした。わたしもおもわずバルボーサを見る。瞳の表面をも切り裂く、一文字に走る裂傷。どうしたら、そういう傷になるのか。「決まってるだろ。敵に捕まったときに、相手を睨みつづけた」バルボーサは左手で、自分の顔面を垂直に引いた。「目を開けたまま、斬られたんだ」

「そんなことがあり得るのか」流花は驚嘆した。「根性あるな」

「お前ほどじゃないさ」

わたしは唖然となり、急いで目をそらした。

——なんだろう、この妙なムードは。

バルボーサが体をかたむけ、照れを隠すように話をこちらに振った。

「ところで体の調子はどうだ、お嬢ちゃん」

その陽気な口調に、どこか苛立ちをおぼえた。わたしはお嬢ちゃんではない。

「むだだ」流花が苦笑した。「こいつは口がきけない」

何を言っている。ふざけるな。わたしは本来、誰よりも口がきける。

腹の底が、ストレスで痛みはじめた。流花に対する鬱積した印象(イメージ)が脳内を満たす。

ゲスで自己中、唯我独尊。この非常識な女は、自分を誇示することにしか興味がない。他人は降りかかる火の粉であり、幼稚な詐欺師であり、だからまるで信用しない。よって人に厳しく、自分に甘い。ひとことで言えば、〝プライドの高いケチ〟だ。

そんな女が、普段とはちがう態度を見せている。いわば、調子に乗っている。

「たいしたもんだよ。あのスタンガンによく耐えたな。スカウトしたいくらいだ」

バルボーサが笑いながらわたしに言うと、流花が声を荒らげた。

「思ってもいないことを言うな。瑠美はべつに耐えたわけじゃない」言いながら、こちらを一瞥する。「――それにあんたは、瑠美の凄さを何一つ知らない」

「ああ?」バルボーサは押し黙ったあと、小さくつぶやいた。「よくわからんが」

「見くびる相手を間違えないほうがいい、てことだよ」

「……ふうん。そりゃすまんね」

バルボーサが肩をすくめてみせたが、流花はそれを黙殺した。

わたしは気まずくなって、窓に視線を逃がした。顔がひきつらないように努力する。

流花は、空気は読まないが真意は見抜く。そして、相手の態度を正す力も持ち合わせている。そんな女だと言わざるを得ない。

「――さてと。もうすぐリオに到着する。そこに俺たちのアジトがある」

バルボーサが時計を一瞥して言った。流花が肩を回しながらつぶやく。

「リオにはまだ立ち寄ってない」

「いいところだぞ。俺の生まれ育った街だ。とはいえ俺も、ファベーラ出身だがな」

「そうなのか」

「じゃなきゃ、こんな顔にはなってない」バルボーサが自虐的な笑みを浮かべた。「俺はドナマルタにいたが、まあ、ガキの頃から犯罪に明け暮れたよ。俺の時代はモラルもクソもなかった。最初は貧困の中で生きぬくために強盗をしていたはずが、いつのまにか欲望を満たすために銃をぶっぱなしてる。ＩＱが高い奴もいるが、関係ない。労働なんかする奴は馬鹿だ。そんなことしてたらいずれ殺されるだけだからな」

　流花は口を閉ざしたまま、窓を向いた。

「平和な国で若者が口げんかをしてる横で、ファベーラじゃガキが銃を撃ち合ってた。それが俺の慣れ親しんだ世界だ。この世界、そのものだった」

「今も、たいして変わらないように見える」

「そうだな。ファベーラなんて腐るほどある。リオだけでも一〇〇〇以上だ。全国民の四人に一人が、未だにそこの住人なんだよ。それが、新興国ブラジルの実態だ」

　わたしは眉をひそめた。いずれ先進国にとってかわると言われるＢＲＩＣｓ（ブリックス）（ブラジル・ロシア・インド・中国）の一角が、そんな現状にあるとは知るよしもなかった。

「ブラジルは資源が豊富なのに、なぜそんなに貧しい？」

流花が、わたしの思いを代弁した。

「たとえば、あれを見ろ」

バルボーサが右手の崖下を指し示す。山の麓が広い荒野になっており、長方形の平らな建屋が整然と並んでいるのが見える。まるでコンピュータの基板のようだった。

「食肉プラントだ。欧米の食料メジャーがすでにこの国を席巻している。あの工場のせいで畜産農家は全滅だ。ブラジルの宝だった彼らから、職も利益も奪っちまった」

「ちょっとまて。あの建物の中に家畜が？」

「知らないのか。ハイテクの殺戮工場だよ。牛に鶏に豚。あの一棟にそれぞれ数万頭、数十万羽が詰めこまれてる。人工授精で大量生産された生命が、糞尿にまみれてぎゅうぎゅう詰めだ。陽の光なんか当たりゃしない。スプリンクラーで成長ホルモン入りの餌がまかれて、ただひたすらそれを食わされる。自然界の二倍の速度で二倍の体重にされ、ろくに歩けないまま殺されて、あとはベルトコンベアで全自動だ」

息を呑んだ。畜産のイメージにあるのどかな牧場や家畜小屋は、もはや存在しないらしい。家畜はもう生物として扱われていないということなのか。

「そうやって生命を金に換えてるわけだが、かといって国民が潤うわけじゃない。そのほとんどは欧米に流れる。これは単なる一例で、だからブラジルは大豆の生産量が世界一でも、四人に一人が飢えてるんだよ」

バルボーサは力をこめてハンドルを切り、高速の出口へと車を滑り込ませた。

リオデジャネイロの街並みは、底抜けに明るかった。サンパウロが灰色とするなら、こちらは原色だ。建物も看板も車でさえも、陽気な色で溢れかえっている。

「ブラジルのスラム街ってのはな、空き地さえあればどこにでもできる」

バルボーサは街並みを走りながら、指をさして説明した。

「街と街との隙間、たとえば公園の脇だとか、河川敷だとか、何かの保留地とかな。そういうところに最初はビニールだの木材だのが持ちこまれて、やがて木造のバラックが建ちはじめる。それがどんどんグレードアップしていき、最後にはレンガとか石造りになる。金のない連中が、自分たちの力で街を作っちまうんだ」

ファベーラの風景が過ぎていく。サンパウロのあの場所とよく似た印象だった。

「俺たちはその風習を利用した。最初に古い工場の跡地を買い取り、その真ん中におんぼろいプレハブを建てた。俺たちがやったのはたったそれだけ。するとその周りに連中が集まってきて、すぐにファベーラができあがったよ」

「なんの話だよ」

「だから、最初に建てたそのプレハブが、俺たちのアジトなんだよ」

バルボーサはそう言って、前方を指さす。その先には低い塀に囲まれた一画があり、中央に扉のない小さな門があった。たしかに、工場の跡地のようだった。車はその塀の隙間をくぐるようにして入りこみ、やがて停車した。

全員がドアを開けて降り立つ。流花もわたしも、その光景に感嘆をおぼえた。

そこは、赤いレンガの街だった。

背の低い家屋が見渡すかぎり整列している。軒先には自転車やバケツや洗濯物といった生活用品が随所に見られ、たしかな人の息吹を感じさせられた。工場の跡地というだけあって敷地はかなり広く、周囲は塀に囲まれ、地面もアスファルトで舗装されている。通りを行く人の姿も多く、かなりの人数が住んでいるように見受けられた。

「ファベーラではあるが、うちの私有地だから誰も文句は言わないし、治安もまずまずだから警察の目も向かない。住人以外は用がないから寄りつかないしな」

「まるで要塞だな。住人すべてがガードマンということか」

流花は興味深そうに辺りを眺めながら、一人で先を歩いていく。その方向に、一つだけ白い壁の建物があった。建築現場の事務所にも似た、三階建ての質素なプレハブ。

「そこだ」バルボーサが後を追いながら言った。「一階がリサイクルショップ、二階が雑貨屋、三階が事務所になっている。表向きはな」

流花が入口の扉を押し開く。中はちょっとしたスーパーマーケット程度の広さがあった。商品棚には家具や家電、生活用品の類が豊富に陳列されている。店員が数名おり、客に対応しているのが見えた。見るかぎり怪しい印象は微塵もなかった。

「金のない者でも、使えるゴミを拾ってきてここで売れる。それを修繕したものを、住人が安く買える。働いてるのも連中だ。電気と水を分けてやるかわりに、ちょっとした自治体も運営してもらってる。おかげでわりと健全なコミュニティになった」

バルボーサがエレベーターの前に立ち、ボタンを押した。

流花が感心したようにつぶやく。

「表向きは完璧。あとは裏がどうなのかだな。——で」

「ん？」

「——そもそもあんたは、何者なんだ」

わたしは心の中でうなずいた。やっと、それを訊いてくれた。彼がなんなのか、ここがどこの根城なのか、そうしたことを何も知らされていない。

「そいつはアジトに入ってからだ。すでにお前たちの仲間も招いている」

「仲間？　……ここにいるのか」

脳裏に、懐かしい面々が立ち現れた。アンソニーとルリ子に秋男。わずか一日の別離だったが、数週間が経過したように錯覚する。あまりにも日常とかけ離れたせいだ。

「乗ってくれ」

エレベーターに乗りこむなり、バルボーサが階数ボタンを目まぐるしく連打した。3、1、2、1、2、3、3、2……と、十数回にわたってそれが続く。最後に指を離した瞬間、点灯したボタンがいっせいに消灯した。同時に、足下がガクンと沈み込んだ。

「面倒だが、地下へ行く手段はこれだけだ。覚えたか？」

わたしは眉をしかめた。覚えられるはずがない。

「覚えた」

流花がこたえ、バルボーサがうなずいた。わたしは目を細めて二人を眺めた。得体がしれない。むしろ、気味が悪い。こんな二人についていく必要はない。

そう自分に言い聞かせた。


地下のアジトというから薄暗い穴蔵のようなイメージを抱いていたが、実際はまるでちがった。華やかなほどに明るい照明、ベージュ色のモダンな絨毯。中は思ったよりも広く、視界がひらけている。いくつもの部屋があるが、壁はすべてガラス張りだった。地下とは思えないような開放感、そしてシンプルで機能的なオフィスのつくりは、どこか最先端のＩＴ企業を彷彿とさせる。ちがうところといえば、行き交っている連中の服装がスーツではなく、ファベーラで見かける薄汚さを醸し出している点だ。だが、むろんそれはカモフラージュで、彼らの動きはじつに機敏に見えた。

「この支部の常駐メンバーは、おもに情報収集と分析、そして作戦の立案をおこなっている。基本的には各国支部との連携行動だ。俺のような実行部隊はここにはいない。だいたい敵の懐に潜伏している」

廊下を歩きながら、ただならない緊張をおぼえた。

作業員たちはバルボーサを認めると、視線で挨拶を交わした。その表情には、いずれも強い意志と知性が感じられる。わたしたち部外者に対しての特別な他意はないようだ。それでもわたしは、妙な気負いのせいかひたすら居心地の悪さを感じていた。

ほどなくすると、前方左手のガラス越しに見慣れた姿を発見した。応接ルームだろうか。サングラスをした女とぼさぼさ頭の男がソファで向かい合っている。その表情にはいつになく深刻な色が宿っていた。傍らで、ダークグレーのスーツが金髪の後頭部をこちらに向けて立っている。三人で何かを話しているようだ。

みんなが、わたしたちの身を案じている。とたんに胸がぎゅっと締めつけられた。

バルボーサが、その部屋の扉を開ける。中から、三人の声がきこえてくる。

「だからなんでフラッシュがストレートより強いの？」

ルリ子の問いにアンソニーの声がかぶさった。

「ルールですから。致し方ありませんよ」

「それよりも、なんで毎回カードを見ずに捨てるの」秋男が言った。「見ないでやったって勝てるわけないじゃん」

「でもほら、ストレートが揃ったじゃない。どう見ても私のほうが見事でしょうが」

いったい、何の話をしているのか。

バルボーサが咳払いをし、三人がようやくこちらを向いた。テーブルの上にはトランプが並べられている。流花の口から大きな舌打ちが放たれた。

「はじめてお目にかかる。俺はバルボーサだ。次女と三女をお連れした」

「うそでしょ！　……瑠美！　流花！　元気だった？」

ルリ子の黄色い声に、流花が面倒そうに手を上げた。そこへアンソニーが歩み寄る。

「……おつかれさまでした、二人とも」

アンソニーはほっとしたようにわたしたちを見やった。流花がうなずく。

「渡す物があります」アンソニーが腰をかがめた。「やはり用意しておいてよかった」

言いながら、傍らに置かれたリュックの中から巨大な塊を取り出す。

でた。遮音密閉率九九パーセントの、業務用ヘッドフォン。

「奪われたことを察してたのか。さすがだな、執事（オペレーター）」

流花はうなずいてそれを受け取り、慣れた手つきで頭に装着した。ヘッドフォンというより、むしろ射撃用の防音保護具（イヤーマフ）だ。これでもう、この女は誰の言うことにも耳を貸さない。その代わり、調子に乗ったお喋りもしばらくは聞かないで済むだろう。

「……瑠美。大丈夫ですか」

アンソニーがわたしに向き直った。二の腕に触れた手のひらから、あたたかい温もりが伝わってくる。アンソニーのべつの手が、白いマスクを持ちあげている。

それを受け取り、さっそく口許を覆った。いくぶん、気持ちが安らいでいく。

「——さて、みなさん揃いましたね」

部屋の奥から、張りのある低い声がきこえた。ガラスではない剛健な扉を開け放ち、黒人の紳士がこちらへ向かって歩いてくる。

年は五〇代の半ばだろうか。目尻に皺を寄せ、紳士がゆっくりと口をひらいた。

「ようこそ、ミスター・カミオージのご一行。我々は〝打倒する者（サベルタ）〟と申します」

穏やかで、力強い声だった。それはそのまま、彼の人格を物語るように響いた。

「私はスヴェイ。組織の長です。あなたがたを守るため、一時的にその身を拘束させていただきました。強引な手段で申し訳なかった」

スヴェイと名乗った紳士の後ろから、東南アジア系の中年女性が入ってくる。

「彼女はもう一人の長、リアサ。世界四〇都市に散らばる〝打倒する者（サベルタ）〟の全支部を取り纏めています」

リアサと呼ばれた女性が小さく会釈した。その瞳は深い漆黒で、えも言われぬ憂いをたたえていた。その独特な眼差しに、複雑な感情が宿っているように見える。

「――正彦やぼくらは、狙われているのですか？　いったい、誰に？」

　アンソニーが口をひらいた。スヴェイは大きくうなずいた。

「まず、これだけはたしかです。ミスター・カミオージやあなたがたは、敵に狙われている。その敵は、我々の敵でもある。我々としては、敵の狙っているものが手中にあると、切り札になります。だから、あなたがたには仲間になっていただきたい」

　リアサが補足するようにあとをつづけた。

「あなたがたにとっても、父親を捜すのならそのほうが好都合なはずです」

「なるほど」アンソニーが眉間に皺をよせた。「――で、この組織はいったい？」

「簡単にいえば、敵を倒すために結成された、特殊なＢＲＩＣｓ連合とでも言いましょうか」スヴェイは背後の扉を指し示した。「詳しいことは、あちらの部屋で」

　スヴェイが歩きだし、リアサがあとにつづいた。

　全員が奥の間に入るところで、スヴェイが振り返った。

「我々について語る前に、まずは敵がなんなのかを知っていただきたい。そして、君たちの知るこの世界は、〝まやかし〟に包まれていることを知っていただきたい。

――みなさん、社会の授業はお好きですかな？」

# 07　滅びの論理（ロジック）

その部屋は、巨大な会議室だった。

四〇名ほどが座れるテーブルが楕円形に組まれており、一番奥にはプロジェクタのスクリーンとプレゼン台が設けてあった。周囲はガラス張りではなく、強固な防音処理の壁に囲まれている。それによって室内には完璧な静けさがもたらされていた。

「現在、我々人類は危機に瀕しています。今に始まったことではないが、近年はとくに酷い。これは実感しているかね」

スヴェイが部屋の奥へと歩きながら、着席した全員の顔を見回した。

「ある者は、人類はいずれ戦争で滅ぶと言う。ある者は、エネルギーや食料が人口に追いつかず滅ぶと言う。ある者は未曽有の自然災害や疫病によって滅ぶと言う」言いながら大きくうなずく。「これらはみな正しい。だが、ひとつ重要な点が見過ごされている。これらはすべて、意図的に引き起こされている、という点です」

「意図的に？」秋男が小さく呻いた。「……誰が？」

「ちょっとまって」
リアサが、静かにさえぎった。流花を指さす。
「あなた。その頭につけているものを取りなさい。こちらは重要なことを話していま
す。それにあなたも、今サングラスをつける必要があるのですか」
「あるんです」ルリ子が臆面もなくこたえた。「でも、さすがにこれはね……」
ルリ子は流花のヘッドフォンをこつこつと叩く。バルボーサが無言で睨みつける。
流花は仏頂面のまま舌打ちをし、しかたなさそうにそれを外した。
「申し訳ありません。続けてください」
アンソニーが言い、スヴェイがうなずいた。
「人類が滅ぶと言われている三つの要素。戦争と、エネルギーや食料の不足、そして
自然災害に疫病。これから一つ一つ説明しますが、まず大前提を頭に叩き込んでおい
てほしい。人類の歴史は、富の略奪だ、ということです。弱者から富を奪うために、
すべてが行われている。それは今も昔も変わらず、当然のように動物の本能そのまま
です。弱肉強食の自然則を、地球最高の叡智が忠実に実行しているに過ぎない」
張りのある声が、一瞬にして室内に緊張をもたらす。
「まず、戦争です。昔からそれは、暴力による略奪にほかならない。逆らう者を皆殺
しにし、土地を奪い、食料や財宝を奪う。女を性の奴隷にし、男を労働の奴隷にする。

相手のもつすべてを奪うためにそれは行われてきた。今もその本質は変わらない。より巧妙で、大衆に気づかれにくい方法がとられているだけです」

スヴェイはプロジェクタに世界地図を映しだした。どの国でいつどんな戦争があったか、地図上に細かく記されている。

「ここ数十年ものあいだ、アフリカでは常に一〇を超える紛争が起きている。これらはすべて、石油やダイヤモンドやレアメタルといった資源を略奪するための争いです。その背後には必ず欧米がいる。大国がそれらの利権を争い、実行部隊としてアフリカの小国が利用され、関係のない民衆が殺されている。紛争が終われば、救済と称して大量の借金を課し、できあがった欧米利権のために重労働を強制する。それらは傍から見れば、アフリカ内の民族対立や独立運動に見えるし、国連やＮＡＴＯがそれを救済しているように見える。事実はまったくの逆です。しかし露見することはない。あらゆる国の政治家やメディアが、真実を覆う大衆煽動の役割を果たすからです」

プロパガンダ、という言葉にわたしたち姉妹は反応した。いつの時代でも、世論は簡単に操られる。その手法や効果については、うんざりするほど叩き込まれてきた。俗世間に真実など存在しない。それが父の研究成果であり、家族の共通認識でもある。

「たとえば近年アメリカが起こしてきた戦争も、すべて同じパターンです」

スヴェイはペンライトを使って、地図上の位置を指し示した。

「ベトナム戦争の目的は麻薬の利権と海峡の支配、湾岸戦争ではクウェートを救うと称して石油利権を奪い取った。アフガン紛争は天然ガスの利権、イラク戦争は石油の利権、ともにテロへの報復という形で戦争をしかけたが、ご存じのとおり中東の巨大テロ組織や大量破壊兵器など最初から存在しない。あの九・一一が戦争口実をつくるための自作自演だということも、もはや一般人でさえ知るところとなっている」

　ああ、と秋男が甲高い声をあげた。

「アメリカはそうやって長いあいだ、嘘のきっかけを作り、嘘の正義をふりかざして戦争を起こしてきた。そうして相手国から利権を奪い、軍事費と称して自国からも金を巻き上げている。それが、戦争というものの実態です」

「ちょっといいですか」秋男が場違いな声を出した。「そういう話を聞くたびに気になってたんですけど、もしそれが本当だってんなら、なんで誰も阻止しないんですか。とくにアメリカ人は、自分の国がそんなことしてて平気なんですかね」

　秋男の声がやむと、会議室にしばし沈黙がおりた。バルボーサがため息をつき、苛立ちの交じった声を絞りだす。

「個人で阻止できるかは別としても、真実を調べて伝えようとする人は大勢いるよ。ネットを叩けばいくらでもこの手の情報が出てくるし、妨害の少ないお前らの国なら、そういう書籍もたくさん出版されているだろう。でも、状況は変わらない」

「なぜ?」

「それは、ひとことで言えば――」

リアサが、代弁した。

「多くの人が――圧倒的多数の人間が、無知で無関心で愚かだからです」

ありきたりな事実を告げるように、さらりとした口調だった。

わたしはおもわず目をそらした。いつだったか、アンソニーから聞いた言葉がある。

――無限なものは二つある。それは宇宙と、人間の愚かさだ。

やりきれない思いが、ため息として漏れる。それはアインシュタインの言葉だった。

リアサは冷静な表情で、教え諭すように言葉をつむぐ。

「自分の身が危険にさらされていなければ、人はどんなに理不尽なことがあっても気にしません。気にかかったとしても、すぐに忘れます。とくに先進国の人々は、自分の不自由のない暮らしが、搾取と虐殺の上に成り立っているなどとは考えたくないのです。そもそも人間の本質は、略奪者です。けれどもそれを意識すると、共同生活が成り立ちません。だから人間には、本質を見ないというスキルが備わっている」

リアサは憂いの滲む瞳をふせ、着席しながらつづけた。

「人も動物であるということです。自分で考える能力や、当たり前のことを感じる力が、そもそも足りていない。自己保存本能にのっとり、目の前のことに対応するので精一杯ですから。だからこそ、醜悪なプロパガンダにも簡単に乗ってしまう」

もう一つの言葉が、立て続けに脳裏に浮かぶ。

——自分自身の目で見、自分自身の心で感じる人は、とても少ない。

同じくアインシュタインの言葉だった。

「……話をつづけてもよろしいかな？」

スヴェイが言い、プロジェクタの表示を切り替えた。

「戦争の話はここで区切ろう。次はエネルギーと食料、いわば資源の問題です」

世界地図の上に、資源国の産出量と、利権保有国のパーセンテージが表示された。

「石油、石炭、天然ガス、原子力。エネルギー資源は世界中に散在しているが、先ほどの例の通り、その利権を牛耳っているのはほぼ欧米です。鉱物などのほかの資源もしかり、食料もしかり。利権をにぎって、紛争やプロパガンダで価格を操作し、富を吸い上げ続けている。エネルギーと食料は、もっともお金になる商品ですから」

プロジェクタが切り替わり、世界各国の原発の導入推移が表示された。

「たとえば原発の台頭は、石油利権を牛耳る勢力から、エネルギーの覇権を奪おうとする別勢力の攻勢によるものです。原発を広めるために、ＣＯ２による地球温暖化という説をふくらませ、化石燃料を批判したプロパガンダを広く流した。つまりは石油と原発の利権戦争であり、地球環境を考えるなら、どちらにせよ恐ろしい」

「――たしかに、ずっと不思議に思っていました」アンソニーが口をひらいた。「そのグラフにもあるとおり、日本の原子炉の数は世界三位だ。イギリスやドイツの三倍、中国と比べたら五倍。世界で唯一原爆を落とされた国で、核の恐ろしさを知る日本に、なぜこうも原発が多いのか？　それも、世界一の地震大国だというのに」

「理由は簡単です」リアサがこたえる。「原発の利権によるお金儲けもそうですが、なによりも欧米が、いつでも日本を脅せるように埋め込んだんですよ」

「埋め込んだ？」

「そうです。原発は、巨大な地雷ともいえます。ちょっと刺激を与えるだけで大爆発を起こす。これ以上ないトラップですから」

「なぜ、地雷を埋めこむ必要が？　日本はアメリカの同盟国では――」

「同盟国というのは、お金を貢ぐ国、という意味でしょうか」リアサが冷淡に言い放った。「年貢が足りないときのために、お仕置きを用意しているのです」

「そう。日本は欧米に股間を握られてるようなもんなのさ」

バルボーサが横でつぶやき、スヴェイが咳払いでそれを諫める。

「――さて」

プロジェクタが再び切り替わり、食料利権の予想分布図が表示された。

「エネルギーと同様、食料の利権も欧米に握られつつあります。切り口は食肉の大量生産技術。それを使ってまずは世界の隅々まで食肉文化を促進させる。やがて肉の消費量が増大すると、比例して家畜の餌となる穀物が必要になります。食肉技術も穀物も、欧米が握っている。強引な貿易条約を押しつけ、各国の輸出入規制を破壊して大量に売りつけるわけです。とくにアメリカは、食用でもあり家畜の餌でもあり石油の代わりにもなるトウモロコシの市場を、理不尽な国際条約によってほぼ掌握した」

ふと脳裏に、あまたのニュース記事がよぎった。輸出入に関する米国主導の国際条約。そうしたことは、日本でもさんざん話題にのぼっていた。

「今ここで私が言いたいのは、すべては〝利権〟だということです。利権はイコール金であり、権力です。それを持つ者が、世界を動かしている。そしてそのごく一部の既得権益者によって、人類は多大なる不利益を被ってもいる」

プロジェクタの表示が、耳慣れない科学技術の羅列に変わった。スヴェイが続ける。

「じつはこれまで、世界の問題を吹き飛ばすような革新的な技術(ネオテクノロジー)が、いくつも発明されてきました。しかし革新的であるがゆえに、それは多くの既得権益をおびやかす。そのため、利権を失墜させる。つまり、力をもつ者にとっては迷惑だということです。そのため、そうした技術は発表されると同時に瞬時につぶされてしまう」

プロジェクタを見つめながら、アンソニーがくぐもった呻き声を漏らした。

「たとえばこの、フリーエネルギー。資源を消費せずに無限のエネルギーを生む方法です。いくつもの方法が発明されてきた。たとえば水で走る車。これは水をわずかな電力で電気分解してそれ以上のエネルギーを得る技術です。ほかにも、大気に生じる電磁波を拾って電気エネルギーを得る発電機。自らの運動エネルギーを循環させて永久に動き続けるモーター。そうした技術がすでに発明されている。これらが実現すれば、人々はタダでエネルギーを使え、あらゆる産業が飛躍的に発展するでしょう」

スヴェイがこちらを見回す。

「ところが、だからこそ闇に葬られた。多くの富豪や権力者たちは、エネルギーで富を得ているからです。――たとえば、家畜を殺さずにすむ安価な人造肉や人造卵の製造技術にしても、食料利権を持つ者たちがけっして許さない」

息を呑んだ。にわかに信じられることではない。

ルリ子も秋男も同様に絶句していた。けれどもアンソニーと流花は、険しい表情で耳を傾けている。とすれば、この話はまぎれもなく真実だということになる。

表示が医療技術の分野に切り替わった。

「医療もめざましい発見がなされてきました。じつは、ガンもエイズもとっくに特効薬はできている。寿命を大幅に延ばす方法もある。倫理に反するが、人間の完全なクローンをつくることさえも可能だ。だがそういう技術が発見されるたび、やはりもみ消される。例によって、製薬利権やバイオ利権をことごとく壊滅させるからです」

次に、人物の一覧が表示された。その名前の半分以上に赤いバツ印がついている。

「偉大な科学者がそうした発見を発表すると、すぐに既得権益を持つ勢力が動きます。まず技術を買い取るか、黙秘させるような買収を持ちかける。拒否されれば、逆に融資をする。融資をしたうえで途中で打ち切り、研究を頓挫させる。それでも諦めない科学者は、殺す。そうやって、独創的で優秀な科学者が今までに何人も暗殺されています。もちろん、技術だけは残らず奪う。それらは封印され、ごく一部がべつの分野に応用される。そう、既得権益をさらに増大させてくれる分野に」

まさか、とアンソニーがつぶやく。

「――そう、戦争です」

リアサが口をひらいた。

「人を救うための技術は、人を殺すために使われている」

アンソニーが目をつむり、秋男がうつむいて首を左右に振った。流花が舌打ちをし、ルリ子が小さくつぶやく。すべてはお金のため、か……。

スヴェイが息をつき、一呼吸おいた。机上に目を落とし、プロジェクタを操作する。

「――では最後の一つ、自然災害についても簡単に触れておきましょう」

画面が最初の世界地図にもどる。この半世紀に起きた災害の分布が表示されていた。

「まず、シンプルな理屈を。これまで人類は、他者から奪うために何をしてきたか。

方法はたったの二つです。叩くか、脅すか」

スヴェイが天井を仰ぎ、虚空に向かって声を発した。

「かつてはやみくもに戦争をしていました。叩いて、奪う。けれどもそれは効率的ではない。消耗するし、負ける可能性もある。だったら、脅すだけで奪えないか。そうして脅す手法が発達していきました。まずは武力による脅しです。相手より強大な武力をもつことで、言うことを聞かせる。次に、金融や貿易による経済的な脅しです。輸出入を不当に制限したり、市場を攻撃して相手の価値を暴落させる」

たしかにそれらは、〝外交〟という名の普遍的な戦略としてまかり通っている。

「そして最近では、新たな脅しの方法が生まれました。大衆にはまったく気づかれず、非難されることのないクリーンな脅迫方法。——それが、自然災害です」

世界地図がズームアップされ、日本が映し出された。

「あなたがたにわかりやすく喩えるなら、日本でも三・一一をはじめとする数々の災害や、今回の富士山噴火がそれにあたります」

全員に戦慄が走る。すでにそうした予感はあった。けれどもいざそれが示唆されると、体が拒絶反応を起こす。身の毛のよだつような怖気が、全身を這い上がってくる。

「とくに活火山を噴火させるのは非常に簡単です。山岳作業用のロボットが爆薬を積んで火口を降りていき、最下層で爆発させるだけで誘発できる」

スヴェイの口調は、淡々としていた。

「大地震や津波を起こすには海底に原爆を埋める必要がありますが、火山噴火の場合はそれすら必要ないため、痕跡も残ることがない。今回は楽だったはずです」

全員の顔が歪んでいた。沈黙の中を、スヴェイの視線がゆっくりと這っていく。

「……目的は、なんでしょう」アンソニーが訊いた。「なぜ、そんなことを」

「ですから、シンプルです。金をよこせ、という脅しなのですよ」

リアサがこたえ、秋男とアンソニーが同時にため息をついた。

「今回はより恐ろしい思惑が裏にありますが――」スヴェイがあとをつづける。「ともあれ、これが自然災害による脅しです。地震、津波、ハリケーン、火山噴火、異常気象、そして伝染病。ありとあらゆる災害を、今では人工的に引き起こせる」

「ハリケーンや異常気象も？」秋男がつぶやいた。「……いったいどうやって」

「気象兵器ですよ。周知の事実です。ネットや一般書籍でも情報は出回っていますが、より詳細な資料をあとでみなさんにお配りしましょう。どれだけの惨事が意図的になされているか、我々は膨大な証拠を掴んでいます」

唖然となり、体が虚脱感をおぼえる。アンソニーがかろうじて口をひらいた。

「日本の話に戻りますが、アメリカに脅されているのなら、日本政府はもちろん全てを知っているわけですよね。ならばなぜ、それを国民や他国に公表しないのですか」

語尾がかすかに震えているのがわかる。スヴェイがゆっくりと首をふった。

「明かすことなどできません。なぜなら、真実を伝えた瞬間に大衆は豹変するからです。憤怒にまみれ、疑心に染まる。それがどのような結果をもたらすのか、おわかりでしょう。――戦争です。そうなれば世界中を敵に回さなければならないですし、それは徹底的に国益と反する。――それにそもそも、敵はアメリカではないのですよ」

「――え?」

だれもが、眉をひそめた。

敵はアメリカではない……?

「さて。ここからが本題です」

スヴェイはプロジェクタの表示を消し、全員を見回した。

「これまで世界の前提を語るうえで、便宜上、欧米を敵に見立てて話をしてきました。ですが、敵はアメリカやヨーロッパ諸国ではない。あなたがた日本人にわかりやすいよう、アメリカを主軸にして話しましたが、そのアメリカですら犠牲者に過ぎないのです。――我々の敵は、国家ではない」

「じゃあ……?」

「国家をも私物にする存在です。あらゆる利権を掌握し、金融市場をも支配し、世界を顎先で動かしている者たちがいる。その集団を、我々はこう呼んでいます」

プロジェクタの画面にふたたび光がともる。そこには、敵を指し示す名称が大きく表示されていた。

「〝四八人委員会（Committee of 48）〟。——通称、〝CMT48〟」

スヴェイは身を乗りだし、画面を直接指でさす。

「そしてそのグループを纏めているのが、世界皇帝と呼ばれるこの男です」

スヴェイは表示を切り替え、画面を平手で叩いた。

薄いピンク色の肌をした白髪の老人が映し出される。こぢんまりとしたスーツ姿。ぎょろりとした黒目に、魔女のような細い鷲鼻。薄い唇は笑みをかたちづくっているが、そのかたちとは裏腹に、周囲を恫喝しているような威圧感が滲んでいる。

「彼が現在、この世界を実質的に支配している。約一世紀にもわたって」

「……こいつが……」

全員が、その顔と名前を目に焼き付けた。


フレイロジャー財団、三代目当主。〝ダビデ・フレイロジャー〟。


室内が異様な静けさに包まれる。

世界を混沌の渦に叩き落とし、それによって富を吸い上げる支配者がいる。

それが今、この世界に、現実に存在している。

目に見える事実は真実ではない。それを、まざまざと見せつけられた。

そして父は、この者たちに狙われている。

――おそらく人類は二度と、立ち上がれなくなる。


「我々は、彼らを打倒するために結成された、いわば秘密組織です」

スヴェイが声を張り上げた。

「このダビデ・フレイロジャー率いるCMT48は、活動拠点としてアメリカやヨーロッパに根城を持っている。ゆえにそれらの国の中枢はすべて彼らの手駒だと言えます。必然的に、こちら側にはそれらと闘うほどの規模が要求される。だから我々は国を超え、BRICsを主軸に連合を組もうと奔走している。まだ力は弱いが、彼らに正面から挑む初の連合組織だと言えるでしょう。それがこの、〝打倒する者(サベルタ)〟です」

スヴェイが着席し、リアサが代わりに正面に立った。

「時間がありません。彼らには凶悪な計画があり、それが実行されようとしている」

「計画……？」

秋男とアンソニーが同時につぶやいた。リアサが小さくうなずく。

「そしてミスター・カミオージは、おそらくはその計画を知っている。そのうえで邪魔立てをしているのかもしれない。でなければ、彼が狙われる必然性はありません」

アンソニーが低く呻くが、それは驚愕というより、諒解であるように聞こえた。

「我々は全力でその計画を阻止しなければなりません。あなたたちにも協力してほしい。あなたたちが重要なキーになる可能性がある。我々はそう考えています」

「――ちょっといいか」

流花が、突然口をひらいた。

「嘘を言っていないのはわかる。けど――リアサ」流花の語調が強まる。「あんたいったい、どうしたいんだ」

あまりにも無礼なその声音に、バルボーサが目を見開いた。

リアサは眉をひそめ、淡々と返す。

「どうしたい、とは？」

「だから、人類を救いたいのか。それとも、滅ぼしたいのか」

「なんだと……！」

バルボーサが怒声を発し、スヴェイが顔をしかめて立ちあがった。

リアサはそれらを手で制し、一歩前へ踏みだした。口許をつり上げる。

「ならばあなた自身は、今までの話を聞いた上で、どうしたいと思うのですか」

「あたしはあんたに訊いている」

リアサが、わずかに微笑んだ。憂いをたたえた瞳が、一瞬揺らめいたように見えた。

「正直に言うと、わかりません。救いたいのか、滅ぼしたいのか。それが本音です」

部屋中が、無言のざわめきに満ちた。バルボーサが愕然と目を見開く。スヴェイは黙って小さくかぶりを振った。

「人間は愚かです。それは真実です。力を持とうが、弱ろうが、救われようが、それは変わりません。人間が愚かでなくなることは、あり得ない。ゆえに論理を重視するならば――存続する価値があるようには、私には思えません」

リアサは誰の顔も見ずに、淡々と告げる。

「ですが、我々は人間なのです。たとえ愚かであろうと、それが不変であろうと、そのことを認めるしかない。否定することは許されていないのですから」

リアサが流花を見つめる。けれども、焦点はどこにも合っていない。

「愚かであることを嘆き、排除する。と同時に誇らしく思い、育む。己の内にある善悪の天秤を消し去れないのならば、どうにかして平衡させなくてはいけない。それができるようになるにはどうすればいいのか。我々は模索しつづけるしかないのです」

リアサが目を伏せた。その圧倒的なジレンマが、底知れない絶望と希望が、わたしの心身をしびれさせる。そのしびれが、リアサとのあいだに見えない共振を生む。

唐突に言葉が浮かぶ。

――人間性について絶望してはならない。なぜなら私たちは、人間なのだから。

アンソニーはこの言葉を、いつ引用したのだったか。

「そんな話はどうでもいいよ。救うしかないからしかたなく救うのか、救いたいから救うのか、どっちなんだ」流花が、なおも強い語調で言った。「そこがはっきりしない奴に、どうやって手を貸せと言う」

リアサは、かぶりを振る。

「それはあなたが、あなた自身のためにはっきりさせればいいことです。あなた自身がはっきりしないから、私に問うたのでしょう」

「なにを言ってる」

「――あなたは、どうしたいのですか」

リアサは流花を見つめ、全員を見つめた。その眼差しにはしらけたような冷たさと、抑えがたい情熱が渦巻いているように見えた。

言葉を発する者はいない。

リアサは目を伏せ、ゆっくりと歩きだした。やがて一人で部屋を出ていく。

流花は立ちつくしている。

ルリ子が大きく息をついた。ヘッドフォンを持ち上げ、流花の頭にそっとかぶせた。

# 08 計画の蠕動（ぜんどう）

いつからだろう。アンソニーがまだいないころ。物心つくようになったわたしたちは、自分らが三つ子であるという事実に嫌悪を示すようになった。

そっくりな容姿。そっくりな性格。そっくりな言動。

最初は自分たちを特別な存在だと自負していたし、幼少時には友達からも淡い羨望を集めていたはずだった。それが年を追うごとに、周りからは揶揄されるようになり、その内容にも徐々に毒気が漂うようになった。

「わたしたちは、まったく同じなの？　同じじゃないよね？」

ある日の食卓で、ルリ子がぼそりと言った。父は手作りのカレーを卓に並べながら、きょとんとした顔でわたしたちを眺めた。

「ちがうよ。同じであるはずがないだろう」

父はさも当然の事実を述べるかのように、さらりと返した。ルリ子は納得のいかない顔で腕を組み、代わりに流花が身を乗り出した。

「でも、みんなは同じだって。コピーだって言ってるけど」

「まさか」父は呆れたように苦笑した。「そんなのあり得ない。しかもつまらん」

「でも――」

「お前たちはまるで別々の人間だよ。みんな、それぞれに良いところがある」

「たとえば？」

わたしの口から、間髪入れずに言葉が飛び出した。父は椅子に座り、わたしたちをゆっくりと見回した。その目が柔らかく緩んでいる。

「たとえば――ルリ子はね、目が綺麗だろ。いろんなものをちゃんと見ているね」

「……え？」

ルリ子はおどろいて目を見開いた。そのままぼんやりと虚空を見つめる。

父は微笑みながら、その視線を横に移動させた。

「流花はね、すごく我慢強い。人の話をよく聞くし、きちんと理解できるよな」

流花は一瞬眉をひそめ、苦笑いのように頬をゆがめた。

「瑠美は、とてもいい声をしているね。外で鼻歌をうたっているときなんか、大人たちがいつも振り向いてるぞ」

父はわたしを見つめ、うんうんとうなずいた。わたしは恥ずかしくなってうつむき、もじもじと指をいじった。

そのまま三人は黙ってしまい、父を見ることも、互いを見ることもままならなかった。突然父から出た言葉について、それぞれの個性というものについて、わたしたちは初めて思いを巡らし、そして放心した。まるで思い当たる節がなかったのだと思う。

「さて、食べようか。パパ特製のスペシャル茄子カレーが冷めちゃうぞ」

このときから三人は、自分自身の特性というものを意識するようになった。今思えば、父に褒められたことで見事に誘導された――と捉えられなくもない。

わたしは二段ベッドで身を起こし、しばらく頭を垂れたまま静止していた。

最近、やけに輪郭がはっきりとした夢を見る。まるで走馬灯のように。つねに神経が昂っているせいかもしれない。

ベッドから降りて体を伸ばす。二段ベッドの上部ではルリ子が、となりのソファでは流花がまだ寝息をたてていた。テーブルの上には膨大な資料が散乱している。

打倒する者（サベルタ）のリオデジャネイロ支部。

ここをおとずれてから、三日が過ぎていた。

わたしたちには男女ごとにゲストルームが割り当てられ、当面の生活に不自由しないよう配慮されていた。このフロアにはそうしたスペースがいくつもあり、働いている作業メンバーのほとんどが居住しているようだった。

エレベーターから向かって左右と奥の三辺が、防音壁による会議室と居住スペースになっている。中央がオフィスで、ガラスの壁で一六もの部屋が仕切られていた。壁は不透明にもできるが、基本的にはオープンドワークが遵守されているようだった。

わたしたちの荷物はすべて没収されていた。盗聴器や発信器の類をチェックされた後、衣類などの最低限の生活用品だけが返却された。通信機器類は、すべて粉々に破壊された。これには全員が愕然としたが、とはいえ命に代えることはできない。敵は強力な通信傍受網を持ち、政府権限で個人情報を隅から隅まで吸い尽くしている。

〝打倒する者〟(サベルタ)はまだ微力で、敵に太刀打ちする武力を持っていなかった。なので隠密活動の成果をもって各国とのパイプを強め、武力援助と連携についてＢＲＩＣｓを中心に日々交渉を重ねている段階にあった。

そのため、スヴェイとリアサは会った初日にすぐに国外へと発った。各国要人との会合が詰まっているらしく、ブラジルへはこの面談のためだけに立ち寄ったらしい。

わたしたちはバルボーサと行動をともにすることを命じられ、しばらくここで待機することになった。サベルタが敵に関する確定的な情報を掴むまで、こちらも現状把握に努めるという姿勢だ。そうしてこの三日間、ＣＭＴ48やフレイロジャーに関する全貌を、バルボーサから執拗に叩き込まれた。

今のこの世界の権力構造は、大きく分けて三つの勢力に分類される。欧州(ヨーロッパ)の王族たちと、そこに取り入って莫大な力を得たウェストミドルス家、そのウェストミドルスの腹心としてアメリカで頭角を現したフレイロジャー家。それ以外の細かな勢力分布は、すべてこの三つのどこかに与(くみ)するとのことだった。

もともとは五〇〇年前の植民地時代に、ヨーロッパの貴族たちが絶大な富と権力を有したことからはじまる。あらゆる国を私物化して民を奴隷化するという、それは信じがたい略奪を繰り返した結果だった。

たとえば——アフリカから膨大な数の黒人を狩りで捕まえ奴隷にし、農場で働かせた時代が長くあった。そのときに株式会社が生まれ、農業が爆発的に発展し、結果的に世界経済が飛躍した。わたしたちはそうして耕された社会に住んでいる。

そのような略奪と搾取によって、権力者たちは揺るぎない富を手にした。その資産の規模は想像を絶する。たとえばカナダやオーストラリアを含めた地球の表面積の六分の一は、未だにエリザベス女王の個人所有物なのだという。

一八世紀中頃、そうした王族たちのもとへ、ある有力な実業家が姿を現すようになった。それが古代バビロニア帝国ニムロデ王の末裔、ウェストミドルス家であり、いわゆる金貸しだった。彼らはヨーロッパ諸国の貴族に金をばらまき、顔を広げ、事業を肩代わりしながら、欧州全土の金融市場を掌握していった。やがては金融だけでなく、裏で麻薬を世界中にばらまき、そこで得た巨額の資金を表のあらゆる利権獲得にあてる、という循環を繰り返した。そうして一九世紀には世界全土の利権を保有するに至り、その総資産は全世界の富の半分以上に値すると言われるまでになる。

　ところが一九世紀の中頃から、様相が少しずつ変化する。ウェストミドルス家の腹心であるフレイロジャー家が、アメリカで石油の利権を掌握し、めきめきと頭角を現しはじめた。フレイロジャー家はいわば子分であり、親方のウェストミドルスとは身内であるにもかかわらず、アメリカを拠点に独自の権力構造を築き上げていったのだ。

　フレイロジャー家は王族のいないアメリカの政治中枢をその金脈によって支配した。まずは経済の要であった金本位制を破壊し、後ろ盾のない無価値な経済がまかり通るようにする。それからバブルと大恐慌を引きおこして、破綻した企業や金融機関、国家事業をタダ同然に買い叩き、利権を集める。さらには連邦準備銀行（FRB）をつくって自分たちの好きなようにドル紙幣を印刷し、それを自国に高利で貸し付ける。同様に国際通貨基金（IMF）を作り、救済と称して世界中の国家に高利で貸し付ける。

　恐慌による産業の掌握、金融市場の支配、国家への高利貸し、政府を使った戦争ビジネス。ありとあらゆる方法を使い、二〇世紀にはアメリカ帝国を通じて世界の四割の富を牛耳るまでになった。

　そうして二〇世紀後半では、名実ともに本家のウェストミドルスをも凌駕し、他の名だたる権力者や資産家を集め、世界を束ねる中枢組織を形成するに至る。それが国家をも超越した支配者集団、この世のピラミッドの頂点である〝ＣＭＴ48〟である。

ウェストミドルス家もそこへ参画している。現在の当主であるグレアム・ウェストミドルスはまだ五〇代であるが、〝肉食の英国紳士〟と揶揄されるほどに傲岸（ごうがん）な存在であり、欧州（ヨーロッパ）を統べる実力者としてフレイロジャー家に次ぐ影響力を行使している。

ＣＭＴ48には欧州の王族とウェストミドルスとフレイロジャーというかつての三勢力に加え、現在の財界のトップらが集結している。そのメンバーは、互いに対立せず協業して既得権益を発展させ合うという掟のもと、世界の動向を随時話し合って決めている。そこでの実質的な決定権をもつのが、委員会（ＣＭＴ）の創始者でありフレイロジャー財団の当主、世界皇帝と呼ばれるダビデ・フレイロジャーだった。

たびたびモニタに映し出される白髪の老人。ピンク色の枯れた肌に、真っ黒なぎょろ目、鷲鼻。その典型的な黒幕の相貌に、誰もが異様なまでの嫌悪をおぼえた。


「――ちょっといいですかね」

会議室で、秋男が疲れたようにつぶやいた。目が極限まで細められている。あまりにも浮き世離れした講義に頭が追いつかず、整理の算段もたたないという表情だった。

「恐慌をおこして世界の富を巻き上げるって話、どうもしっくりこないんすよね。市場が破綻したら、フレイロジャー自身も損するんじゃ？」

その問いを受け、バルボーサがあからさまに面倒そうな顔をした。

「損するどころか、奴らはいつだって莫大に儲けるんだよ。そうなるように、今の経済システムを作った」

秋男が顔をしかめ、長髪をかきむしる。アンソニーが代わって口をひらいた。

「たとえばそうですね、株式や為替や資源の取引市場に、一〇〇〇兆円の投資が流入しているとします。とすると本来、これらは一〇〇〇兆円の価値があるということになります。そこへフレイロジャーが一〇〇〇兆円の資金を投入し、すべてを買いまくる。そうすると市場は二〇〇〇兆円になり、価値が突然二倍になるわけです。市場が沸騰しますね。みんながそれに便乗して、儲けるためにさらに買いまくります。あっという間に市場は四〇〇〇兆円に膨れあがる。本来の価値の四倍になりました。まず、これがバブルです。フレイロジャーが買った一〇〇〇兆円分の何かも、二〇〇〇兆円に値上がりしているわけです。そこで、それらをすべて売ってしまう。ここでまず、フレイロジャーは一〇〇〇兆円のボロ儲けです。そして市場では、二〇〇〇兆円がいきなり消えたため、すべての価値が突然半分に下がります。慌ててみんなが手持ちを売ろうとする。価値が下がる前に売り逃げようとするわけです。そうなると市場は連鎖的に値が下がり続けていきます。あっという間に一〇〇〇兆円、五〇〇〇兆円、一〇〇兆円と下がっていく。これが、恐慌です。株式も資源も本来の一〇分の一に価値が下がり、会社は倒産し、国さえも破綻します。そこで、フレイロジャーは今度は儲けた金を使って、瀕死の状態の会社や国家事業を買い漁っていく。救済と称し、タダ同然で買い叩くんですよ。そうして市場がゆっくりと元通りになるころには、多くの企業や事業利権がフレイロジャーの持ち物になっている。誰も太刀打ちできない帝国が、こうしてできあがるわけです」

「そうだ。そういうことだ」

バルボーサが腕を組んでうなずく。秋男は納得したような顔をしたあと、やはり腑に落ちないかのように首をかしげた。

「だとしても、そもそも事業家が国を操るというのがイメージできないんだよ。どうやって政府や国民や他国を騙すのか。民主主義なわけだし、そんなに簡単には――」

「騙しているわけではない」バルボーサが強い語調で返した。「そもそも政治家に献金をするあらゆる企業には、フレイロジャーの息がかかっている。マスメディアも軍もすべてフレイロジャーの私物だ。つまり資金と大衆煽動（プロパガンダ）、暴力まで、政治に必要なすべてが奴らの手中にあるんだよ。どの政治家を育て、当選させ、どういう法案を作らせるか、すべてが思いのままだ。それらは間接的におこなわれるから、奴らの意図が世間に露呈することもない。政治家自身すら操られていることに気づかない」

「気づかない？　なんで」

「なんでってお前……」

　バルボーサは呆れたように秋男を眺め、ふたたび腕を組み、ついでアンソニーを一瞥した。アンソニーは説明の方法を思案するかのように、しばし目を閉じる。

「そうですね……。操る、という表現は誤解を招きますね。操っているんじゃない。ただシステムがあるだけです。人はルールにしたがって動く。そのルール、システムをフレイロジャーが作っているわけです」

「システム……？」

「たとえば政治家や学者、マスメディアや企業家。彼らは世界の裏側にある真の目的を知る必要はありません。因果関係をたどる必要もない。この世界のシステムの中で、自分なりの大義名分にしたがって、自分の利益のために動く」

「……まあ、それはそうだろうね」

「それぞれがシステムの中で、自分や家族のために頑張っている。そうすると、結果的にそのシステムを作った者が潤う。ただそれだけのことなんですよ」

　秋男は複雑な表情で腕を組み、震えるようなため息をついた。

　関係者のほとんどが真実を知ることなく、自分のためにシステムの中で動いている。トップの意向に反した者は、ただ単に解雇される。ふいに、先日まで勤めていた職場のムードがよみがえった。セントラルグループの構造も、まさにそれと一緒だった。どの位置の人間も、与えられたミッションを自身の向上心に基づいて必死にこなしている。会社の目標はオープンにされているが、それがもつ真の理由を知る者はいない。グループのトップの胸中を知る術など、そもそも存在しない。

バルボーサがやり切れない語調であとをつづける。

「もしも誰かが、ただならない真実の匂いを嗅いだとしてもな、だからといってどうこうしようなんて思わないんだよ。そういうふうに人間ってやつはできてる。組織に属する者は組織に不利益なことはしない。生まれたときからそういう教育を受けて育ってるし、それが当然だという感性が染み付いてるんだ」

バルボーサは秋男を指さした。

「もしお前が飲食店で働いていたとして、厨房の片隅でネズミの死骸を見つけたらどうする。わざわざそれを客に見せるか。見せるはずがない。騒いで客に知らせて自らも店を飛び出すような馬鹿は、万に一人もいない。いてもクビになって消えるだけだ。実際はもっとひどいぞ。たとえばコックたちに、その食材の牛肉がじつは人肉だと伝えても、けっして信じないだろう。荒唐無稽だと一笑に付すか、もしくは屁理屈で反論するか、苦笑いして話題を変えてくるだろう」

「それはたとえがぶっ飛んでるよ。さすがに人肉って言われても――」

「だが俺が潜り込んだいくつかの地域では、実際に人肉が使われていた。毎日飢餓で何百人も死ぬような場所では、我々のモラルなど役には立たない」

一同が絶句する。

ふと、昔読んだ三国志の美談を思いだした。劉備が曹操に追われ、ある民家に逃げ込む。その民家の主人は劉備をもてなそうとするが、食料がない。そこで自分の妻を殺し、その人肉を劉備にふるまう。劉備はその行為に、……ひどく感動する。

それがどういうことなのか、当時のわたしには見当もつかなかった。国や時代が違うだけで、こんな話が美談になる。

「言いたいことは人肉云々じゃない」バルボーサが言った。「人は、目の前のことしか見ないし、実感できないことからは目を背けるということだ。モラルや価値観というものは、それほどに危うい。そして、相手の真意をつかむことよりも、馬鹿にするほうが好きだということだ。それすら面倒な奴は、苦笑するか、すべてを聞き流す。だから、こういうろくでもない世界が成立する」

会議室に、じめじめとした沈黙がおりた。

言いようのない嫌悪感が部屋を満たすが、それが何に対するものかは判然としない。

その矛先が自分に向かないようにと、誰もが心を強張らせるような気配があった。

リアサの憂いに満ちた眼差しが、ふと脳裏をよぎる。

人間は、どうしてこんなにも愚かなのだろう。

「これがこの世の実態だ。愛と知性に満ちあふれた、これぞ人間社会ってやつさ」

バルボーサが疲れた表情を見せる。嫌悪感を無理に皮肉に変えているようだった。

ウォール街から発展した大規模なデモを思いだす。その怒りの矛先である金融機関それ自体は、大衆から金を吸い上げるための単なる機械に過ぎない。むろん、エネルギーや食料などの必須産業もそうだ。国家が国民に課す税金もそうだ。金を吸い上げるための、高性能なバキューム。そのバキュームを、人知れず操作する者がいる。方向を定め、吸引の強弱を決め、どこからどの程度吸い上げるかを自在に操る者が。

ＷＡＷ（ウィー・アー・ザ・ワールド）の連中は、その操作者に対して非難を浴びせているのだ。自分の身辺も顧みずに。けれども、その操作者が誰なのかを、彼らは知らない。知るよしもない。

だが、そのまぎれもない正体が、今ここで判明している。

「米国ＧＤＰの六〇％を掌握し、ＣＭＴ48を従え世界を支配するフレイロジャー財団。その当主である世界皇帝、ダビデ・フレイロジャー。――これから、奴の企てる最終計画について話そう」

バルボーサがプロジェクタのスイッチを入れた。静寂の中に、低いモーター音がかすかに漂う。次の瞬間、なんの前触れもなく背後の扉が開け放たれた。

「――バルボーサ！」

作業メンバーの女性が、血相を変えて飛びこんでくる。

「緊急事態です。急いで本部のネットワークにつないでください」

バルボーサの顔が瞬時に硬直した。手元のＰＣを操作し、画面をプロジェクタに映し出す。顔認証と同時にすばやく文字列を打ちこみ、サーバーにつなげる。

その画面には見覚えがあった。サベルタ本部のデータベースだ。

「これは……」

データベース内の新着一覧に、赤い英文の見出しがいくつも躍っていた。そこには世界で報道されるよりも早く、あるいはほぼ同時に、あらゆる国際情勢が集められる。

会議室の全員が目をこらした。その内容に、誰もが言葉を失った。

南アフリカ・ペリンダバの核研究施設をテロリストが襲撃　核融合炉を爆破

イラン・ブシェールの原発から放射線が大量漏出　作業員の人的ミス

台湾・万里区沖で大地震　津波により第二原発の原子炉二基が炉心溶融

カナダ・オンタリオ湖に巨大竜巻　トロントの原発が大破　米都市にも被害侵出

エボラ出血熱に酷似したウイルスをＷＨＯが検出　世界で同時多発

ウイルスの潜伏期間は二〇時間、発症から一二時間で死亡　致死率九二％

「なんなんだこりゃあ……」

　バルボーサが呻きながら、それらの詳細を一件ずつ確認していく。

「すべてこの四時間以内の情報です。一〇分後に本部との緊急通信会議があります。参加してください」

　メンバーの女性はそう言い、踵を返して部屋を出ていった。

「世界各地で一斉に原発事故が起き、致死率の高いウイルスが同時多発した……」バルボーサが情報を追いながら、声を荒らげた。「言うまでもないが、これは偶然じゃない。奴らがしかけた攻撃だ。我々の予測より早く、計画が実行に移されている」

　秋男がごくりと唾を飲み込んだ。ルリ子は眉をひそめ、流花は腕を組んでいる。

「その、計画とは？」

　アンソニーが訊いた。ルリ子が立ちあがり、なぜかそれにこたえた。

「決まってるでしょ。この世を一つにまとめようって魂胆よ」

「この世を一つに……？」

「だってそのほうが、効率良く世界を支配できるでしょ」

　バルボーサがルリ子を一瞥し、うなずいた。

「その通りだ。奴らは、〝世界統一政府（ワン・ワールド）〟をつくるつもりなんだよ」

〝世界統一政府（ワン・ワールド）〟——そのフレーズは、どこかで聞いた覚えがある。連鎖的に、

〝新世界秩序（ニュー・ワールド・オーダー）〟という言葉がひらめく。まったく新しい秩序のもとに、世界を一つにするという構想。それをわたしが知っているということは、その概念自体はすでに極秘ではなく、世間にもある程度は認知されているということだ。

「奴らは世界を一つにまとめ上げ、より効率良く支配しようとしている。そのためにはどうすりゃいいか」バルボーサは拳を握りしめた。「あらゆる国家から機能を奪う、経済を崩壊させる、世界大戦を引き起こす、いろいろな手段があるが、肝心なのは大衆の心理だ。それがそろわないと実行できない。大衆が、世界が一つになることを望まなくちゃならない。国家の壁を取り払ってでも、みんなが力を合わせるべきだと願わなくちゃならない。だからそのために——」

　バルボーサは顔を上げた。傷に貫かれた瞳が、険しく歪められた。

「そのために奴らは、**世界中を恐怖のどん底に叩き落とそうとしている**」

　アンソニーがゆっくりと息を吐き出す。ルリ子と流花は黙して動かず、秋男は呆然と虚空を見つめている。

　バルボーサはふたたび画面を目で追っていた。ウイルスに関する詳細にさしかかったとき、その視線が止まった。上半身に硬直が走る。

――出血熱ウイルスの同時多発地域
中国・広州、ベトナム・ハノイ、インド・バンガロール、オーストラリア・ケアンズ、メキシコ・カンペチェ、アルゼンチン・ロサリオ、ブラジル・リオデジャネイロ

「リオって……！　ここもかよ！」

秋男が叫んだ。

「いずれも大都市ですね」アンソニーがつぶやくように言う。「しかもアフリカのエボラとは無縁の場所ばかりです。こんなに広範囲に、突然同時多発するはずがない」

バルボーサが力任せに机を叩いた。

「……やられた！　ぜんぶ、サベルタの有力支部がある都市だ」

そこで、画面が自動で切り替わった。

四〇分割された枠が現れる。そこにあらゆる人種の顔が並んでいた。どうやら、各国のサベルタ支部のメンバーのようだった。

その中の見覚えのある二人がズームアップし、片方の黒人紳士が口をひらく。

「――全員そろったようだな。会議を始める前に、リオのバルボーサに確認したい」

スヴェイの苦悩に抗うような声が、会議室内に響き渡った。

「なんですか」

　バルボーサが落ち着きを取り戻した声でこたえる。

「情報は確認したな。そこにカミオージの一同はいるのか」

「はい、います」

「被害が予測できない。そのためウイルスのまかれた地区からは、いったん撤退することを決議した。君らもすぐにそこを脱出してもらう。行き先はこれから検討する。パスポートは使用できない。国外脱出には緊急の移動手段が必要になるだろう」

「はい」

「まずは、アマゾンに向かってもらいたい。会議終了後、即実行だ」

　バルボーサはうなずき、こちらに向きなおった。

　その背に、スヴェイの声が重なる。

「我々はＢＲＩＣｓ各国と最終的な交渉に入っている。いずれ力を借りられる見通しではあるが、現時点ではまだ対抗する武力がない。何らかの可能性があるとすれば、それはカミオージにある。敵がカミオージを追っているからだ。だから今は、彼女らを死守する以外に――為す術はない」

# 09　脱出、アマゾンへ

サベルタの会議中は自室に帰され、そのあいだに急いで荷物をまとめた。

ほどなくしてバルボーサが会議からもどってくる。これまでになく険しい表情だった。両手に抱えていた大きな段ボールを、どさりとテーブルに投げ出す。

「こいつを着用してくれ」

段ボールの中には、ＳＦ映画で見るような無骨なガスマスクが入っていた。

「対化学兵器用のマスクだ。ウイルスから身を守るためのな」

「こんなものをしないと防げないの？」

ルリ子が眉をひそめる。バルボーサはマスクを手にとり、次々と全員に放り投げた。

「ばらまかれたウイルスはエボラに似て凶悪だ。だが、決定的にちがう特徴がある」

バルボーサは自らガスマスクを装着した。

「――空気感染するんだよ」

背筋に、怖気が走った。致死率九二％の殺人ウイルスが、空気感染をする。その事実がどういう結果をもたらすのか、とっさには想像できなかった。

バルボーサのくぐもった声が響く。

「幸い、潜伏期間も、発症から死亡するまでの時間も短い。つまり、感染者が移動して広範囲に伝染させる可能性は低い。裏を返せば、これは局所的な攻撃だってことだ。ヒロシマに原爆を落とすのと同じ効果をもつ。都市の一つを壊滅させて、その国を混乱に陥れる」

「そんなウイルス、いったいいつのまに」

アンソニーのつぶやきに、バルボーサが早口で応じる。

「本部の見解では、だいぶ前に完成していたとのことだ。二〇年前にコンゴ共和国のジャングルで、エボラの症状で死んだゴリラが五五〇〇頭も見つかっている。おそらくは感染の速度と範囲を確認するための、奴らの最終実験だ。我々はそう見ている」

バルボーサが荷物を持つように全員をうながした。

「気象兵器にしろ化学兵器にしろ、奴らはだいぶ前から周到に準備を重ねてるんだ。そうしてあるタイミングで、それらを一斉に解き放つ。地球上を地獄に変えるためにな。そのXデーが、まさしく今なんだよ」

全員でガスマスクを装着し、ファベーラを離れて郊外の山岳地帯へと向かった。

空港から飛行機に乗ることはできない。国内線であってもパスポートが要求される。そこでバルボーサは、ブラジル特有の移動手段を採用した。

ブラジルは国土が広いため、移動にヘリコプターが常用されるという文化をもつ。一部の富豪を相手に、ハイヤーのようなヘリの送迎サービスが存在している。

わたしたちは郊外にあるサベルタ御用達のヘリタクシーに乗り込み、パスポートフリーで北西のジャングルへと向かった。

距離は約三〇〇〇キロ。札幌～福岡間の二倍の距離を、約一〇時間かけて移動する。

最初は初めてのヘリ搭乗にわずかに高揚を見せた一同だったが、緊急の長距離移動を強要したため、優雅な短距離移動とは乗り心地に雲泥の差が生じていた。三〇分もしないうちに秋男が嘔吐し、つられてルリ子が吐く。機内にはエチケット袋が常備されていたが、二人がすべてを使い果たした。眼下の景色を楽しむ余裕など、ない。

やがて限界高度の五〇〇〇メートルに達すると、ガスマスクを機内の酸素マスクに替えるよう指示された。酸素が希薄になり、気温が急激に下がっていく。

「外はマイナス一〇度だ……」

秋男が外気の気温表示を指さし、マスクの下でガチガチと歯を鳴らした。

寒さと揺れと騒音。機内はたちまち根比べの場となり、誰もが腕を組んだまま黙してうつむいた。燃料を補給するために、途中二回ほど中継地点に降りたが、トイレに立ち寄るだけですぐにまた飛び立つ。休憩らしい休憩もなく、食事は機内でサンドイッチをかじってすませた。

ローターの回転音だけが延々とつづく。その音は頭痛を伴うほどにやかましく、単調で、まるで拷問のようだった。信じがたいことに、そんな中でバルボーサと流花は眠っている。アンソニーは淡々と視線を眼下にさまよわせ、ルリ子と秋男はひたすら顔を歪めていた。

轟音を音楽と思うように努めるが、まったくうまくはいかない。この時ばかりは、流花のヘッドフォンを拝借したいという思いに駆られた。

やがて意識が朦朧としはじめ、ようやく眠りに落ちそうになったときだった。アンソニーが、眼下を指さして高らかに告げた。

「見てください。アマゾン川です」

まず目に飛びこんだのは、真っ赤な夕日だった。出発したのは朝だったが、いつしか空が赤く染まりはじめている。

ヘリの高度が下がっていき、風景が鮮明に迫った。濃い深緑を縫うようにして、アマゾン川の茶色く太い帯が視界を横切っていた。

空は群青と赤が混ざり合い、大地は緑と茶がどこまでもつづいている。その鮮やかなコントラストに、ただただ目を奪われた。

「ここらへんはもう、まとまった都市は数えるほどしかない」バルボーサが目を覚まし、身を乗りだした。「川沿いに小さな町や村が点在するが、どこもおそろしく貧しい。まるで現代とは思えない暮らしぶりだ。未だに文明未踏の土地も多く、未開の種族も存在する。だが、ここもれっきとしたブラジルだ」

あらためて、眼下を見わたす。未知なる大自然の景観が、畏怖をもって迫っていた。そもそもこんな場所に人が住んでいるということ自体が、驚異に思える。

流花が身を乗りだし、目を見開いていた。何かを凝視している。

「なんだあれ！」

秋男が気づき、指をさした。全員がその方向に目をこらす。

アマゾン川の下流で、巨大な波が立ち上がっていた。それが川面をすごい勢いで走り、上流へと逆流している。まるでサーフィンで見るビッグウェーブのようだった。

「そうか。今日は満月だな」バルボーサが言った。「あれはポロロッカだ。満月と新月のときに河口で大潮がおこり、それがばかでかい波になって川を逆流するんだ」

「すげえ……」

秋男が目を剝いた。

「波の高さは五メートル、時速は六〇キロを超える。毎年サーフィンの大会があるくらいだ。あの波をうまくつかまえて、延々三〇分ライドする奴もいる」

巨大な波が、衰えることなく川面を滑っていく。さらに目をこらすと、その波の先にいくつもの白い物体が跳ねていた。まるで波を先導するように、何かが泳いでいる。

「カワイルカだ」

「イルカ？　どこどこ」ルリ子がサングラスをずらしながら言った。「なんで川に」

「だからカワイルカだよ。知らないのか」

十数匹はいるようだった。ピンクがかった真っ白の体が、波の先で交互に飛び跳ねている。それは遊んでいるようにも、競っているようにも見えた。

「……すごいなアマゾンって。知らないことだらけだ」

秋男の何気ない一言に、わたしは深く同意した。

わたしたちは日本での都会暮らししか知らない。それ以外は何も知らない。本物の自然がどんなものかも、戦争がどんなものかも――理不尽や脅威という言葉の意味すら、よくわかっていない。

地球で生まれ育ちながら、地球のことを知らずに死ぬ。金を得ようと、知識を得ようと、それは変わらない。実感というものに、極度に乏しい人種なのだ。

そしてそれは――CMT48も同様のはずだ。

「そろそろだ。もうすぐマカパという街に着く。赤道直下、南半球と北半球のちょうど境目だ。そこでヘリを降りて、徒歩でさらに北へと向かう」

バルボーサの声と同時に、機体がガクンと揺れた。高度がさらに下がる。前方のジャングルが途絶え、唐突に街が出現した。その上空をさらに川沿いに飛びつづける。

街を越え、ふたたび濃い緑が出現したところで、機体が減速した。木々に囲まれた草原地帯へ、ゆっくりと下降していく。着地する瞬間、秋男がふたたび吐いた。

「よし、降りるぞ」

ふらふらする足取りで地面へと降りたつ。とたんに暖かい大気が全身を包みこんだ。おもわず大きく伸びをする。

ルリ子も同様に両手を広げ、流花は不機嫌そうに肩を回した。秋男は両膝に手をついてうなだれている。アンソニーに目をやると、わずかに微笑みを返してきた。

「大丈夫ですか、瑠美」

わたしは黙ってうなずいた。

ヘリはわたしたちを降ろすと、すぐに上昇して飛び去った。

「今回の敵の目的は二つだ。人類を恐怖に陥れること、と同時に敵対する勢力をあぶり出すこと。おそらくダビデは、我々が動くことに期待している。小さなアクションをも残らず監視しているだろう。だからこそ、隠密を極める必要がある。我々は最小限の人数を保ち、気づかれないように逃げるしかない。そこのところを覚悟しておけ。

——では、行くぞ」

バルボーサのかけ声で休む間もなく移動が開始される。誰も口をはさむことはなかった。異論がないというより、おそらくは気力が追いついていない。草原を歩きはじめてすぐに、全身から汗が噴き出した。暖かいだなんてとんでもない。気づけば、辺りはむせ返るような暑さだった。

「……さすが熱帯雨林気候ですね」アンソニーがスーツの上着を脱ぎ、額を手の甲で拭った。「雨が降らなければいいですが」

「無理だな。夕方には決まってスコールがくる」

バルボーサがつぶやき、それが一〇分後に現実となった。

まるで、滝が空から落ちてきたようだった。一瞬にして、全員がずぶ濡れになる。

「とんでもないな……」

まるで川に飛びこんだかのようだった。秋男とアンソニーが、必死になって荷物を腹で守る。ルリ子ははしゃぎ、流花も気持ちよさそうに天を仰いだ。未体験の豪雨に、気力が若干もちあがる。バルボーサが苦笑し、前方を指で示した。

「そこからジャングルに分け入る。川沿いに二時間歩けば、我々のロッジに着く」

「二時間？　うそでしょ」

ルリ子の顔からとたんに笑みが消えた。

スコールがやみ、唐突に静けさがもどる。先ほどとは打って変わり、辺りは一気に涼しくなっていた。同時に、太陽が山間に隠れる。ふいに視界が暗くなり、世界が一変したかのような錯覚をおぼえた。

太陽にかわって、満月が存在感を増していく。行く手には鬱蒼と茂る森が広がっている。その先にはおそらく、さらなる闇が立ちこめている。

「……ねえ」ルリ子が不安そうに立ち止まった。「今日は街に泊まって、明日にしない？私、鳥目なの」

それは鳥目とは言わない。サングラスのせいで見えないだけだ。けれどもそのルリ子の言い分に、全員が賛同した。今あの森に踏み入りたいとは誰も思わない。

しかしバルボーサは首を振る。

「むしろ絶好だ。言っただろう、隠密を極める必要がある」歩きながら、手を振って合図を出す。「固まって歩くぞ。離れないように気をつけろ」

声に重なるようにして、鳥の羽音が響いた。満月を横切るいくつものシルエットが、わたしたちの存在を威嚇しているように見えた。

森の中に踏み入る。

辺りは、闇一色だった。まるで空からの恵みを独り占めするかのように、生い茂った樹冠が視界のすべてを覆い尽くしていた。

バルボーサが懐中電灯で前方を照らす。木々を舐めるように這わせると、そこかしこで何かが光った。おそらくそれは、得体のしれない野生たちの目だ。

「……ちょっと、大丈夫なんすか……襲われるんじゃ……」

秋男が小声をしぼりだす。

「あれは鳥や猿だ。一人なら危険だが、群れて移動すれば大丈夫。向こうさんにとっても、こちらの存在は怖い。だからとにかく、歩みを止めるな」

バルボーサはそう言って歩きだした。

とたんに、ジャングルの圧力が一同を包み込む。

喉が詰まる。体が絡め取られるような湿気。濃密な樹の匂い、草の匂い、土の匂い。それは、密度の濃すぎる刺激そのものだった。

木々のあいだで、何かの気配が絶え間なく動く。その微かな音を、野鳥のさえずりがかき消す。視界が霞み、呼吸がままならない。汗がしたたり落ち、全身が虚脱する。ひとしきり弛緩したあと、脳が危険を感じて筋肉を収縮させる。顔面が強張る。

風が吹き、葉が唸る。樹冠の隙間でちらつく満月が、獰猛な獣の目のように追ってくる。大地では音にならないざわめきが這っている。虫たちがいっせいに動き回るような気配。闇の奥から、何かが確実に忍び寄ってきている。

それは感じたことのない恐怖だった。この場所に、自分たちがいてはいけない。

極度の緊張がつづく。数十分歩いただけで、全身が疲労で重くなる。結果的に、意思とは無関係に歩みが遅くなっていく。

「もたもたするな。一定の速度を保て」

バルボーサが厳しい口調でつぶやいた。同時に右手のほうでバシャン！　と音がする。全員が思わず足を止め、その獰猛な気配に目をこらす。暗くて見えないが、すぐ横にはアマゾン川が併行しているようだった。

「なんなの、今の音……？」

「なんでもない。いいから歩け」

バルボーサが一蹴する。それから大きくため息をつき、秋男とルリ子の肩をパンパン、と叩いた。歩き出し、やがて穏やかな口調で全員に問いかける。

「なあ、アマゾン川で一番怖いのはなんだと思う？」

どうやら、場を和ませようとしているようだった。

「……そりゃまあ、ワニでしょ」

秋男が即答し、ルリ子が「ピラニアよ」と反論した。バルボーサは首を振る。

「ワニは怖いが、そんなに遭遇しないいし、見つけたらただ逃げればいい。ピラニアは臆病だから、基本的には近寄ってこない。むしろ貴重な食料だ」

「じゃあ？」

「カンディルという小さなナマズだよ。やたらと細い奴で、川の中にうようよいる。肛門や尿道なんかの穴から体内に侵入し、中で内臓を食い荒らすんだよ」

　秋男が、ぶるりと体を震わせた。

「ナマズが……？」

「そうだ。だから原住民たちは、肛門と股間をしっかりと布で隠す。縛るようにしてな。それが、Tバックの起源だ」

　おお、と秋男が感嘆し、だったら私は安心ね、とルリ子が言った。アンソニーがたじろぐ素振りを見せ、わたしはマスクの下で舌打ちをした。

「それじゃあ、このジャングルの森で一番怖いのはなんだと思う？」

　バルボーサが楽しそうに言う。秋男が「蛇でしょ」とこたえ、アンソニーが「いや」とつぶやいた。

「密林の王者といえば、ジャガーですよね」

「ジャガー？　うそでしょ……ここにいるの？」

　ルリ子が小さく悲鳴をあげ、アンソニーが頭上を指し示した。

「どこかの樹の上から、我々を狙っているはずです」

　おもわず全員が足を止め、周囲を見わたした。そこかしこで目が光っているように錯覚し、震えながら身を寄せ合う。バルボーサがたしなめるように咳払いした。

「たしかにジャガーはやばい。だが、ここら一帯にはもういない。毛皮が目的ですべて狩られちまったんだ。むしろ奴らは被害者だよ」

歩きだしながら、懐中電灯を足下にむける。

「いいか。もっとも恐ろしいのは、アリだ。体長三センチのパラポネラってやつは、羽のないスズメバチと呼ばれている。しかも夜行性だ。数回刺されたら、死ぬ」

悲鳴があがる。全員が地面を凝視し、足をばたばたと振った。

「刺されたくなければ、とにかく歩け。速度を緩めず、一定に。わかったか」

バルボーサが一喝する。全員が無言でうなずいた。

それをあざ笑うように、野鳥がひときわ高く鳴く。

それから一同は、めざましい速度で行進をつづけた。


ロッジは、唐突に現れた。立ち並ぶ樹木の中に、ぽっかりと土地が開けている。その数十メートル四方の狭い広場に、高床式の木造家屋が三棟連なっているのが見えた。

軽装の女性が中から現れ、笑顔で六人を出迎える。四〇歳前後だろうか。アジア系の顔立ちに見えた。

「ここは、表向きは観光客用の寂れた宿だ。彼女は、イライダ。ここではロッジの使用人という名目だが、れっきとしたサベルタのメンバーだよ」

バルボーサが言い、わたしたちはイライダと呼ばれた女性と握手を交わした。

「イライダって名前にしては」

秋男がぶしつけに言い出すと、さえぎるようにイライダがうなずいた。

「ええ、中国人です。今はロシア国籍を得て、ロシア対外情報庁（SVR）に所属してます」

「そう。だから俺よりも優秀だ」

バルボーサの言葉に苦笑し、イライダが歩き出す。

「バルボーサ。久しぶりに会えたというのに、抱擁（ハグ）する時間もないようね」

「やれやれ。本部から連絡が？」

「ええ。こちらへ」

一同は、もつれるようにしてロッジの中へと入った。

入るなり、腰がくだける。全員がソファや床に倒れ込んだ。

空調のきいた涼しい部屋、明るい照明、陽気な音楽（サンバ）。文明がこれほどありがたいものだということを、生まれてはじめて実感した。人類という存在に、心の底から感謝の念が湧く。

「俺が本部と連絡をとるあいだに、全員トイレとシャワーを済ませろ。急げ」

バルボーサが言い捨て、イライダとともに奥の部屋へと消えた。アンソニーが力なく肩をすくめる。わたしたちは顔を見合わせ、ゆらゆらと重い腰をあげた。

それから三〇分もしないうちに、追い出されるようにしてロッジを出た。

小休止を入れたせいで、体が鉛のように重くなっている。バルボーサ以外の全員が肩を落とし、声もなくただ足を動かしていた。

広場を横切り、木々の中を数分歩く。やがて前方に、さらに開けた空間が広がった。

満月が、眼下で揺れている。

広大なアマゾンの水面が、そこに悠々と横たわっていた。

「ここから、船に乗る」

バルボーサが川岸で振り返った。

「おそらくCIAとつながってる連中が、ブラジル情報庁(ABIN)のネットワークをつかって我々を追っている。今回の騒動で国外へ脱出することを見越して、空路や航路をすべて監視しているはずだ。もちろん沿岸も危ない。だから、海に潜る」

「潜る……?」

アンソニーが聞き返すのと同時に、川面が激しく揺らめいた。水面でぼこぼこと気泡が弾ける。やがて川を割るようにして、何かがゆっくりとせり上がってくるのが見えた。そのシルエットが、徐々に視界全体を覆った。

まるで、巨大なサメだった。水を跳ね上げ波を起こし、月光を浴びて鈍色(にびいろ)に輝いている。その無骨な質感によって、それが人工物であることがわかった。

「中国海軍から払い下げられた、哨戒型潜水艦だ」

うそだろ、と秋男がつぶやく。それを押しのけ、流花が足を一歩踏み出した。

「信じられない。ちょうど先月、思ったんだ。潜水艦に乗りたいって」

知らないわよ、私は乗りたくないわよ、とルリ子が叫ぶ。バルボーサは頬を歪め、潜水艦を親指で指した。

「こいつに乗ってブラジルを離れる。ここから川を下ればすぐに大西洋だ。そのまま北東へ二〇〇キロ進み、監視網の届かない無人島まで出る」

「なるほど。潜水艦は究極のステルス機だからな」

流花が、聞こえないくせに相づちを入れる。

「その無人島でセスナに乗り換え、さらに北東へ行くと、カーボベルデ共和国という島国がある。そこでジェット機を調達して、ようやく目的地へと出発だ」

アンソニーが訊いた。

「その、目的地とは？」

バルボーサは左目を細める。鋭利な傷が、ぐにゃりと歪んだ。

「——日本だ。奴らの裏をかく」

# 10　父の行方

父はとても優しかった。

けれども、いつも疲れていた。平日はほとんど口を開かなかった。仕事のせいだ。人間の心をいじくり回して、何をどうすればどう動くのかを研究する仕事。その内容は想像できないけれど、それが大変だということは子供ながらに感じていた。

それでも、まとまった休みが取れたときなどは、父は豹変したように明るくなり、わたしたちの手を取っては外の世界へと連れ出した。伊豆の海や箱根の山にディズニーランド。大阪で食べ歩き、京都では寺院をめぐり、沖縄で太陽を浴びた。幼かったわたしたちの思い出は、つねに高揚した記憶で満たされている。

だから、父が単身アメリカに渡るという話を聞かされたときは、ひどいショックを受けた。わたしは泣き続けたし、ルリ子は嫌だと訴え続け、流花は怒って塞ぎ込んだ。

それでも父は辛抱強くわたしたちを説き伏せ、二週間ほどで状況を一変させた。

ルリ子は将来に希望を抱いて目を輝かせるようになり、流花はしつこいほどに父を激励しはじめ、わたしは残された姉妹と家を守る使命感に駆られた。今思えば、父がわたしたちの心を動かすのは、それほど難しいことではなかったのだろう。

　それから父は、自分の誕生パーティーを自分の職場でおこなうようになった。

　父はわたしたちに料理を作らせ、気まずい質問をぶつけ、テーブルでゲームを囲みながら、いつも笑っていた。年を追うごとに離ればなれになっていくわたしたちに、父はとかく共同作業をやらせた。わたしたち三人を、いつもつないでくれていた。

　海に行ったときなどは、決まって砂浜で城を作らせる。わたしたちが四苦八苦して砂をこね回しているのを、父は腕を組んで見つめている。けれども、幼い姉妹では砂の城などなかなか作れるものではない。完成半ばにして乾いた砂が崩れ、やがて喧嘩がはじまる。父は苦笑しながら仲裁に入る。

「じゃあ、パパが作ってよ」

　流花が言うが、父は肩をすくめる。

「今度な。シンデレラ城みたいなすごいのを、いつか作ってあげるよ」

「なんで今作ってくれないの？　うそだ、シンデレラ城なんて作れないんでしょ」

「うそなもんか。パパが本気出したらすごいぞ。でも集中してしまうから、とっても時間がかかる。一日じゃ無理だなあ。家に帰れなくなってもいいのか」

　そうしていつも、三人が何かに失敗したとき、誰かがふてくされて投げ出したとき、父は決まって同じ台詞を言う。

――自分だけ楽をしようとすれば、必ずそれは失敗するんだよ。

あまりにも聞き慣れていたので、当時はその真意を考えたことはなかった。

そんな偉大で寛大な父でも、たまには何かに揺れ動く瞬間もあったように思う。

こんな会話を、今でもときおり思い出す。

「――お父さんの夢って、なに？」

わたしが訊くと、父は気まずそうに鼻をすすった。

「夢というかまあ、だーれもいないところに、しばらく住んでみたいね」

「誰もいないところ？」

父はずっと人間関係のプロと言われていたから、わたしはとても意外に思った。

「人間なんて一人もいないところだよ。真っ白な世界、みたいなさ。そんなところ」

「それって、雪国じゃない？　北海道の奥のほうとか、ヒマラヤとか？」

「うーん、雪国かあ。雪国ってのは嫌だなあ」

父は鼻をすすった。

「パパは寒いところが何より、一番苦手なんだよな」

寒さに、おもわず身震いが走る。

二の腕をこすりながら、うっすらと目を開けた。

周りを見回し、ここがジェット機の機内だということを思いだした。向かいあった四名席で、隣にはアンソニーが、正面ではルリ子と流花が眠っている。奥のバルボーサと秋男もおそらく同様だろう。さすがにみんな疲れている。

想像以上の長旅だった。まずはアマゾン川から潜水艦で六時間、そこではさすがに全員が泥のように眠った。そして無人島からカーボベルデ共和国のフォゴ島まで、セスナで一〇時間。これはヘリでの移動と同様、根比べの様相を呈した。そしてフォゴ島で小型のビジネスジェット機をチャーターし、今また泥のように眠っている。

もうすぐ、日本だ。富士山が噴火してから、すでに一〇日が経過していた。

窓の外は、果てしなく雲海が広がっている。その光景は、あらゆる現実を無視していた。まるで地上のおぞましい様子をすべて覆い隠しているかのようだった。

見渡すかぎりの純白。胸中にふと、根源的な疑問が湧き起こる。

あの雲の下で起きている惨劇は、本当に事実なのだろうか、と。

日本で富士山が噴火し、南アフリカやイランなどで大規模な原発事故が起こった。中国やインド、ブラジルなどの七つの国では、殺人ウイルスが今もなお蔓延している。

狙われた都市はどこも大惨事となっており、死者は全世界ですでに二〇〇〇万人に達していた。今後もさらに倍増するだろう。

それにしても、と思う。

これほどのことが同時に起こったというのに、世界中のほとんどの人はそれを事故や天災だと思っている。ウイルスにしても、輸入品を通じて同時に七ヶ国に至ったとか、アフリカで感染したボランティアチームが各国に広めてしまったとか、およそあり得ない理由がまかり通っていた。とはいえ、世間にはそれ以外の情報が示されないのだから、受け入れる以外に選択肢はないのかもしれない。

各国政府はただ全力をあげてパニックの沈静化に奔走し、情報の規制を敷き、希望的観測を提示しつづける。それはむしろ、善意のプロパガンダだと言えるだろう。

ルリ子が腕を伸ばし、大きく欠伸をした。

「……はあ、パパの夢見ちゃったわよ」サングラスの下から涙がしたたり、それを指でぬぐう。欠伸の涙らしい。「本当に一日に会えるのかな。生きてるわよね？」

そののんびりとした声に心底呆れながら、わたしは即座にうなずいた。

生きているに決まってる。

「親父はたぶん、この瞬間にもどこかで闘ってるんじゃないのか」

流花がいつのまにか目を開けていた。ヘッドフォンの片側をずらしている。

「闘ってる？　逃げてるんじゃないの」

ルリ子は言いながら、何かに気づいたようにうなずいた。

「そうか、なるほどね。パパの専門は社会心理学だから――」

「というより、ずばりプロパガンダだろ。そんな研究を、なぜ専門にしていた？」

「敵と闘うため、てこと？　敵の流すプロパガンダを逆手にとって、手を加えてバレるようにする……それで政府や企業の情報を書き換えてたわけね」

「けど、敵に感づかれた。それで逃げた。でも、逃げるだけじゃないはずだ」

「今もどこかで、孤軍奮闘してるってこと？　隠れながら、何をしてるのかしら」

ルリ子の問いに、流花は黙って腕を組んだ。わたしは眉をひそめ、歯を噛みしめる。何を話したところで、それは単なる可能性に過ぎない。疑問が解消されることはない。

「執事(オペレーター)。起きてるんだろ」

流花が正面のアンソニーを足で小突いた。アンソニーが薄目を開ける。

「親父は、サベルタの存在を知ってると思うか？」

アンソニーは腰の据わりを直しながら、ええ、とこたえた。

「もし何らかの形でＣＭＴ48に関わっているならば、知らないほうがおかしいです」

「だったら、あたしらがサベルタに加わっていることを伝えないといけない」

「ですが、どうやって。正彦の居場所はわからず、彼も我々の居場所を知りません」

流花はふたたび腕を組んだ。険のある眼差しが、ふいにわたしを捕らえる。

「瑠美。なにか考えは？」

わたしはその目を見つめ返した。うなずくことも、かぶりを振ることもできなかった。わたしの中にはまだ、なんの実感も湧いていない。明瞭な印象が浮かばない。

そもそも父はどうやって、敵の存在と陰謀の内容を知り得たのか。サベルタとは無縁だとしても、そうした類の組織に属しているのか。あるいは本当に孤立無援なのか。

ふと、前方に目をうつした。座席からはみ出しているぼさぼさの頭頂部を眺める。

「なるほど。彼氏に相談してみるってのも、ありかもね」ルリ子は寝ている秋男を起こし、こちらへと連れてきた。「ねえ。パパと連絡とる方法、何かないの?」

秋男は眠そうな目をこすりながら、しばらく考えて言った。

「それはまあ考えてはいるんだけど、思いつかないんだよね。唯一の連絡手段はメールだったんだけど、今となってはもう使えないし。神大路さんも使うはずがない」

「でしょうね」アンソニーが顎に手を当てる。「ならばほかに何か、二人だけの連絡法だとか、合図だとかは」

「ないよ」秋男は投げやりに頭を掻いた。「たとえば仕事でやったのと同じ手法で、メッセージをいろんなサイトに埋めこむ方法も考えた。けど、その手法に敵が気づいてる可能性は高いし、だとしたら逆に捕まえてくれと言ってるようなもんでしょ」

「何かないの? パパの秘密の隠れ家とか、秘密のデータ保存場所とか——」

「知らないんだよ、ルリ子さん」秋男はため息をついた。「逆に訊きたいよ。みなさん、娘なんでしょ。親子でしか知らないとっておきのネタはないの？」

ルリ子が肩をすくめた。そんなものはない。強いて言えば、それがあの大学の第二研究室（プライベートルーム）だった。ずっと考えてはいるが、それ以外に思い当たるふしがない。

しばらく、沈黙が流れた。

「……そういえば今日、何日だっけ」

ルリ子がつぶやき、アンソニーが腕時計を一瞥する。

「一一月八日です」

全員が口を閉ざした。勘定をするまでもない。

一一月一一日まで、あと三日。

父の焦燥に満ちた顔が浮かぶ。険しい眼差しと紡がれる言葉が、克明によみがえる。

いいか。

敵の正体をつかみ、暴虐を食い止めてくれ。

それができるのはおそらく、お前たちだけだ。

敵の正体はつかんだ。でも、どうやって暴虐を食い止めればいいのか。そもそも、なぜわたしたちなのだろう。わたしたちに何ができるというのか。

わたしは奥の座席にいるバルボーサの後頭部を見やり、流花に向けてささやいた。

「サベルタは——スヴェイとリアサは、信用できるんでしょ?」

流花が眉の片側を持ちあげ、腕を組む。

「言っていることに嘘はない。……けど、信念がよくわからない。ぐちゃぐちゃだ」

「葛藤してるってことじゃない?」ルリ子が言った。「とっても人間的だってことよ。敵は〝動物本能〟そのままなんだから、こっちは〝理性との葛藤〟で迎え撃つのよ」

流花が「そんなとこだろうな」とうなずいた。わたしも同様にうなずく。

どうやら全員が、サベルタを信用している。共に行動することに異存はなかった。

「そうと決まれば、急ぎましょう」アンソニーが言った。「彼らに正彦のメッセージとぼくらの見解を伝えて、全面協力を仰ぎます。あと三日で敵の動きを止め、正彦から何かを受け取らなければならない。日本に着いたら、すぐに緊急会議です」

「——俺たちも、そのつもりだ」

奥の座席から、バルボーサがこちらに歩いてきた。

「奴らの計画は急ピッチで進んでいる。そろそろ大詰めだ。最後に、何か決定的なことが起こされる。世界を奈落に突き落とすために、な」

「……決定的なこと?」

「それが何かはわからない。戦争なのか、災害なのか——。いずれにせよ、奴らの動きも最大限活発になる。つまり、付け入る隙が生まれる」

全員が、固唾をのむ。

世界を包む恐怖は、まだ終わらない。次はいったい、何が起きるのか。

「君らのタイムリミットがあと三日だというのは初耳だが、我々も、近く絶好の機会がおとずれると予測している。そのときに、ダビデ・フレイロジャーやグレアム・ウエストミドルスを含めたＣＭＴの全員を一網打尽にする。ダビデはこの一年、動向が摑めていない。計画を実行するために完璧に身を潜めている。だがようやく、姿を現すはずだ。我々はいま全力で、そのタイミングを探っている」

バルボーサが窓の外を見やる。飛行機が高度を落とし、雲海にもぐった。

「チャンスは何度もない。我々にも、お前たちが必要だ」

窓の外が、純白から鉛色に変わった。現実の世界がその姿をあらわす。

広大な太平洋の先に、大地の輪郭が垣間見えた。おそらく、千葉の房総半島だ。

どことなく大地が霞んで見える。色の乏しい、殺伐とした風景。その雰囲気に違和感をおぼえていると、ふいに、まぎれもない現実を思いだす。

関東全域が、火山灰に覆われている。それが荒廃の色となり、違和感を生んでいる。

そうだ。日本はまさに今、未曽有の危機の只中にあるのだ。

# 11　ピース・アイランド

九十九里は灰に覆われていた。

工場地帯は見渡すかぎり、そのほとんどが封鎖されている。幸いこの辺りは西からの風雨によって火山灰の多くが海へと流れたが、現実問題として作業を再開する目処が立たず、人だけが撤退したままだというのが見てとれた。

成田空港への着陸から九十九里への送迎、そして滞在場所の手配には、日本のある非財閥系企業の全面的な協力があった。その企業はフレイロジャーの系列企業と競合しており、そのためサベルタとは強力な提携を取り結んでいる。おかげで成田のプレミアムゲートでの入国工作もスムーズにいき、隠密を保ったまま潜入を果たせた。

廃墟と化した広大な建屋で、二人の人物に出迎えられた。いずれも日本人で、工場長と従業員といった風貌だった。バルボーサは彼らと握手を交わし、何事かを話しはじめる。その振る舞いから、どうやら初対面であるように見えた。

「大丈夫かな……」秋男がつぶやく。「本当に信用できる相手なのか」

その声にアンソニーがうなずき、流花が意を汲んでヘッドフォンを外した。

しばらく動向を見守る。

「――問題ないね」流花が小声で言った。「全力で支援してくれる腹づもりだ」

「そうみたいね」ルリ子もサングラスをずらして注視する。「怖いくらい熱心」

アンソニーが満足そうにうなずいた。それを眺めていた秋男が、怪訝そうに尋ねる。

「ちょっといい？　君らにはなんていうか、特殊な力があるわけ？」わたしたちを順に見回して、腕を組んだ。「薄々はわかってるつもりだけど――君らはつまり、人の真意を視たり、聴いたり、伝えたりできるってことなのかな」

ルリ子がにこりと笑い、流花は馬鹿にしたように鼻を鳴らす。アンソニーは肩をすくめながらも、渋々とうなずいてみせた。

「でも、だったらなぜ普段は封印してるの。むやみに使っちゃいけないってやつ？」

「まあ――そういう解釈でかまわないと思います」

「そっか。見ざる言わざる聞かざる――真実に向き合う三猿か、もしくは禅の……」

秋男がぶつぶつ言う横で、アンソニーは目を細めて辺りを見わたした。

建ち並ぶ工場の隙間から、ざらついた風が吹き付けている。ほかに人はいない。

やがて工場の彼らはモバイルＰＣとワゴン車をわたしたちに提供し、去っていった。

ひとけのない道路を、西に向かってひたすら走った。過ぎゆく風景のすべてが、灰褐色に霞んでいた。まるで埃だらけのジオラマのような、非現実的で退廃的な箱庭。

市街地に出ても人の気配はほとんどなかった。交差点ごとにマスクとゴーグルをした警官が立っており、黙々と手信号を送っているだけだ。信号が故障したまま、未だに復旧されていないらしい。かつてないその奇妙な光景に、一同は言葉を詰まらせた。

さらに、異様な風景が車窓を通り過ぎていく。

「なんだありゃ？」

バルボーサがハンドルを握りながら、小さく呻いた。

道路脇にゴミ袋がうずたかく積み上げられていた。いたるところに小山がある。その数はあまりにも膨大で、ゴミがたまっただけのようにはとても思えない。

アンソニーが眉をひそめ、訝しげにモバイルＰＣを開く。

いったい、日本はどうなっているのだろう。わたしもいてもたってもいられず、アンソニーにならった。移動しながらここ最近の現状を調べる。

日本を離れてから、ちょうど一〇日が経過した。わたしたちがブラジルに到着したころ、噴火から約三日後には、関東全域がパニックに陥っていた。直接的な被害は関東近郊であるものの、それによる経済活動の停滞や物資の補給の問題によって、そのダメージと混乱は全国の隅々にまでおよんだ。

関東への火山灰はすでに降り止んでいたが、風が吹けば舞い上がる。それが人体に尋常ならざる影響をおよぼすという噂が飛び交っていた。火山灰は細かいガラスの破片であり、それが肺に侵入すると内側に張りつき、呼吸困難や肺気腫をきたす。塵肺（じんぱい）や珪肺（けいはい）という病だ。そのため灰が舞う日には人々の行動が奪われた。防塵マスクなどで防げないことはないが、人々は必要以上に外出を恐れ、行動を閉ざしてしまった。

政府はそこで、ある決断をくだした。とにかく火山灰の除去こそが最優先課題だ。これまでの災害経験がものを言い、今回は迅速かつ大胆な判断がなされ、それが功を奏したと言える。

政府はあえて全国民に協力を仰いだ。火山灰の除去量に応じて、企業には助成金を、個人には報奨金を出すという法案を決議し、実行した。火山灰の入ったゴミ袋を回収し、そこに刻印された収集者のＩＤを記録し、後に現金を給付するというシンプルな仕組みだった。経済活動はどちらにせよストップしていたし、さらには運良く、何度か雨が降りそそいだ。雨で濡れれば火山灰は収集しやすくなり、体内へ侵入することもない。

企業はこぞって従業員に呼びかけ、火山灰の除去に全力を尽くした。あらゆる世帯も防塵マスクとゴーグルをして、行動時間の多くを火山灰の除去にあてた。道路の脇にはまたたく間にゴミ袋が積み上げられ、その結果、市街地の火山灰は早い段階で除去が進んだ。おかげで三日前から航空会社や鉄道会社が試験運行を開始し、幹線道路も次々と封鎖が解かれていった。信号の交換が間に合わない場所では、警官による人海戦術がとられた。

とはいえ、雨がやんで火山灰が乾いてしまうと、人々の行動力はやはり半減した。交通網が復旧しはじめても、それを利用する経済活動のほうが追いつかない。企業は就業を止めたままだし、教育機関や保育機関も機能を停止している。さらには、電子機器の故障や生活必需品の枯渇に加え、食料の生産ラインもまったく復旧していない。あらゆる意味において、この国が立ち直るにはまだ多くの時間を必要としていた。

「……水については、どうにか持ち堪えているようですね」

アンソニーがつぶやき、情報を要約してみんなに伝えた。

浄水場の構造や水不足の実態に関して、おおよその真実がすでに公表されていた。その上で政府は徹底的な節水を国民に訴え、唯一と思われる解決策を実行に移しはじめた。取水制限を発令し、細かく断水時間を設け、そのあいだに浄水場のフィルタから火山灰を除去する。非常に地道で気の遠くなるような作業だが、それ以外に方法がない。根気よくつづけることによって、火山灰を着実に除去しようという策だった。

「取水制限があまりにも厳しいため、国民がパニックを起こしてもおかしくはない。けれど、よく耐えています」

アンソニーの説明に、ルリ子が沈んだため息をもらす。

「お風呂とかシャワーも使えないわけね。食器もなるべく洗わずに、拭いて使えと」

「強制ではなく自粛を呼びかけているわけですが、国民の多くは従っているようです。食料についても、全国からひっきりなしに支援物資が寄せられ、なんとか持ち堪えている。日本人はさすがですね。非常に忍耐強く、団結力がある」

アンソニーが感心したようにうなずき、秋男がなぜか得意げに返した。

「あんたらガイジンから見たらさぞ驚異的だろうね。しかしオレらからしたら、これが当然。これが日本人なんだよ」

アンソニーが「わかってます」と肩をすくめた。秋男が満足げにとなりのルリ子に微笑む。その頬が、突然鈍い音とともに弾かれた。

「……いて！」

秋男は椅子の背に後頭部を打ちつけ、うずくまった。わたしのとなりで、流花が拳を握っていた。ルリ子が身を乗りだしてその拳をはたき、声を張り上げた。

「なにするのよ流花！」

ルリ子は流花のヘッドフォンをずらし、もう一度同じ言葉を叫んだ。流花はしらけたように鼻を鳴らし、つまらなそうにつぶやく。

「しょぼいくせに、知った風な顔をしてるからだよ」

「殴るほどのこと?」

「……いいよ、ルリ子さん」秋男が頬をおさえて顔をあげた。「まったく、こういう奴もいるんだよな、同じ日本人でも」

流花の双眸が険しく歪んだが、それでも秋男はひるまなかった。

「年上の男を突然殴るようなお転婆ちゃんが、それこそ知った風な口をきくよね」

流花は目をつむり、ため息をはいた。押し殺したような声で言う。

「執事(オペレーター)のお世辞にまんまと浮かれやがって。言っとくけど、日本人だってそれほど我慢強くはないし、団結力もない。ただ裕福なだけだ。残虐で凶暴になるまでのタイミングが、ほかのガイジンより少し遅いだけなんだよ」

「へえ……」秋男は眉をひそめた。「めずらしく話きいてたんだ?」

「それくらい見てりゃわかる。お前ほど鈍感じゃないからな」

「――おいおい、そのくらいにしておけよ」

バルボーサが運転席からふり向いた。

「まったく……。こんなところですでに仲間割れがあるくらいだ。日本のど真ん中じゃ、さぞかしヤバイことになってるんだろうな」

秋男が歯を噛んでうつむいた。アンソニーがその肩に手をおく。ルリ子が小さくため息をつき、流花はヘッドフォンを定位置にもどした。

わたしは黙ってモバイルPCの画面に目を落とす。

たしかに、流花やバルボーサの言うとおりだった。それは雨の止んだ一昨日から突如としてはじまり、昨日は一気に三四件が報告されている。ついに日本の各地で、暴動や強盗事件が起きはじめていた。

閉鎖されたコンビニやスーパーから商品を強奪する事件や、裕福な家庭を狙った押し入り強盗、政府の庁舎に火炎瓶を投げ込む暴動事件など、全国で同時多発的にそれらは起こっていた。犯行に及んでいるのは日雇いや派遣の労働者たちが多く、言い換えればそれは、蓄えのない者たちの生死を賭けた行動だった。

この混乱は、まだはじまったばかりに過ぎない。いくら日本人といえども、飢えた状態のまま黙って果てていくとは思えない。どんな時代でも、どんな国でも、人間は本質的に変わらない。たとえば生きていく術が暴力しかなくなったとき、あらゆる場所で惨事が巻き起こるだろう。

「まずいです。いったん車を停めて、席を交代しませんか」

アンソニーが前方を見ながらささやいた。その先には、東京湾アクアラインの入口がある。木更津と川崎を結ぶ、海底の高速道路だ。

「ここから先は、僕らが前にいたら目立ちます」

アンソニーの言葉に、バルボーサがハンドルを叩いて低く笑った。

「たしかに、ガイジン二人だと人目につくわな」

「そもそも、あなたのそのお顔がまずいわよ」ルリ子がバルボーサに言う。「顔面凶器というか、テロリストにしか見えないもん。富士山爆破した犯人と思われるよね」

バルボーサが振り返り、サングラスをずらしてみせた。左目がぐにゃりと歪む。

「で？　誰が運転するんだ」

車が路肩に寄せられる。アンソニーがすかさずわたしに視線をおくった。わたしは同時に秋男を見る。秋男は無免許だと言って手を懸命にふり、ルリ子が「しかたないわね」と車を降りようとする。その肩をうしろから流花がつかみ、こちらを一瞥する。わたしはため息をつくしかなかった。

ルリ子に運転などできるわけがない。目の前の情報に反応しないで、どうやって道路を走るというのだ。流花はべつの意味で危ない。たとえ運転が上手かろうと、警察がこのばかでかいヘッドフォンを見逃すはずがない。必然的に、残るはわたしだ。

アンソニーが苦笑いですれ違い、わたしの二の腕を叩いた。助手席にはなぜか秋男が収まり、後部席には長女と次女、その後ろにガイジン二人が仲良く並んだ。

「行き先はナビに入れてある。カワサキに出て川を越えてくれ。安全運転で頼むぞ」

バルボーサの声にうなずき、わたしはシートベルトをしめた。

川崎から国道一五号線を北上し、多摩川を越えて環状七号線を東に折れる。ほどなくして、倉庫の建ち並ぶ広大で殺伐とした風景にさしかかった。高速道路や幹線道路が立体的に絡み合い、巨大なトラックがそこかしこで行き交っている。

「運河をはさんだ向こうには羽田空港がある。この辺りは日本の流通を司る人工島で、平和島（ピースアイランド）と呼ばれている。ここにあの企業の社宅があるから、それを拠点とする」

バルボーサの言葉に、秋男が感心した声をあげる。

「ここが流通を司ってるの？　よく知ってるね、そんなこと」

「気づいてないのかもしれんが、俺は諜報部員だ」バルボーサはまんざらでもないように笑った。「この辺りは、第二次大戦中に捕虜収容所があったと聞いている。つまりここは、キチクベーエーを封印する聖なる場所だったわけだ。だから平和島（ピースアイランド）と名づけられた。――どうだよ？　今の俺たちには、おあつらえ向きの場所じゃねえか」

ナビが目的地の接近を告げ、わたしは指示のままに倉庫街を縫った。

「ほら、あれ」秋男が驚嘆の声をあげる。「働いてる人がいるよ」

たしかに、車の往来が盛んになったように感じた。過ぎゆく倉庫の搬入口では頻繁にトラックの出入りがあり、マスクをした人の姿をちらほら見かける。さすがに物流の要だけあって、ようやくそれらしい社会活動を目にすることができた。

「その先を右だ」バルボーサがナビを指しながら言った。「もうすぐ着くぞ」

指示通りに右折すると、前方に巨大なコンテナ埠頭が広がった。同時に、それが目的地であることをナビが告げる。目をこらすと、隅に古い団地のような建物が二棟連なっているのが見えた。どうやらその建物が、目標の社宅らしい。

「やっと着いたのね。ちょっとコンビニに寄りたいんだけど」

ルリ子の声に、秋男が即座にこたえた。

「そんなものないみたいよ。というより、なーんにもないみたいだけど」

倉庫と海と青空。あるのはただそれだけだった。埠頭には灰を被った貨物船が三隻と、十数台のトラックが鎮座している。営業はしておらず、見渡す限り人の姿もない。

わたしは車を停め、サイドブレーキを引いた。

「なるほど。ここなら敵に見つかることもなさそうですね」

アンソニーがつぶやき、バルボーサが「だろ?」と笑う。

「まさにうってつけの場所だ。そもそも——」バルボーサは得意げに左目を歪めた。「サベルタの支部は全世界四〇都市にある。なのにわざわざこの日本に潜伏するとは奴らも考えないだろう。日本は真っ先に攻撃され、身動きが取れないほど酷い状況に陥っている。だからこそ、あえて裏をかいた」

全員で車を降り、思い思いに周囲を見わたす。社宅はとても古く、築数十年は経っているように見えた。壁はひび割れ、潮のせいであらゆる金属部分が錆びついている。

その光景を眺めながら、ふと思い出す。

四宮園香。彼女は元気だろうか。

会社はおそらく営業していないはずだ。彼女は今どうしているのだろう。あれからどのようにしてこの苦難を乗り切ったのか。多くの人々と同様に部屋にこもり、節水し、この非日常を辛抱しているのだろうか。火山灰をゴミ袋に詰めているのだろうか。

イメージが湧かない。彼女の不敵な微笑みが、颯爽とした佇まいとともに去来する。

と同時に、ある疑念が——閃光のように脳裏をかすめた。

「どうしました、瑠美」

園香と最後に会った、あの夜。高層ビルのレストランで聞いた、彼女の他愛のない話。だがその中に、たしかに、違和感を放つ何かがあった。

一語一句。彼女の表情。すべてを思い出そうと試みる。

——今後とも、よろしくどうぞよろしく。

「瑠美？」

アンソニーの背後から、ルリ子が顔をのぞかせた。わたしが得た直感に興味を抱いたらしい。けれど、わたし自身にもそれが何なのかまだわからない。

確かめる必要がある。

「ちょっと出かけてくる。みんな、先に部屋へ行ってて」

わたしは小声でつぶやき、車のほうへとって返した。

「出かけるって、どこへ」

アンソニーが後ろから腕をつかむ。わたしは振り向き、感情をこめずに微笑んだ。

「友達に会いに行くだけ」

ルリ子と流花が眉をひそめるが、そのまま黙認を示す。だがアンソニーは腕を離そうとしない。

「こんなときに何を……あまりにも危険だ。一人で行くつもりですか」

わたしだって一人は怖い。けれども、この面々を引き連れて彼女に会うのは気が引ける。あまりにもややこしいし、なにより道中が目立ちすぎる。

わたしはアンソニーの手を軽く叩き、そっと腕から離した。

「一人で行かせて。もしかしたら、お父さんの手がかりが掴めるかもしれない」

# 12　淑女の変貌、１０９

陽はかたむきはじめていた。

　首都高速が火山灰除去のために全線封鎖されていたため、やむを得ず一般道を走った。

　まずはうろおぼえで園香の自宅へとたどり着いたが、部屋には誰もいなかった。想定はしていたが、だからといって為す術はない。しばし途方に暮れたのち、待つよりも行動するほうを選択した。渋谷のセントラルスタッフ——かつての勤務先へと向かう。

　彼女に電話で連絡をとりたかったが、あらゆる通信手段は使用を禁じられていた。会社への連絡も危険だ。敵の傍受網に果たしてどのくらいの効力があるのかはわからないが、リスクは残らず回避しなければならない。

　幸い、道は極端にすいている。飛ばしたい衝動を抑え、手信号の警官を横目で見ながら、ようやく渋谷へと辿り着いた。明治通りを左折し、ハチ公前をさらに左折する。

目を疑った。街が、死んでいる。

普段は往来の人数が世界一と言われる交差点だが、今は行き交う人が数えるほどしかいない。ビルを覆うモニタ群は一様に真っ暗であり、ほとんどの店がシャッターを下ろしている。ここにはもはや色も音も匂いもない。息の詰まるような欲望や、それに抗うジレンマも存在しない。ただ目的のない無機質な空間が、茫漠と広がっている。

寒気をおぼえながら車を降り、早足でオフィスビルの中へと入った。

エントランスのドアは開いたが、エレベーターは停止していた。やむなく階段を三七階までのぼる。辿り着くのに二〇分を要した。全身が虚脱し、嘔吐がこみ上げる。

エレベーターホールで息を整え、窓からあらためて渋谷を見下ろす。夕日に照らされた街は、ここから見下ろすといつもと代わりばえしないように見える。けれどもその中身は今、からっぽだ。その事実にまたしてもおぞましさを感じる。

セントラルスタッフのエントランスも、案の定閉まっていた。しかし、ガラスの壁を通してかすかな灯りが伝わってくる。奥のオフィスに、誰かがいるということだ。

エントランスを迂回し、廊下の奥へと進む。オフィス側の通用口であるセキュリティドアの前に立ち、知り合いがいることを、もしくは園香本人がいることを願いながら、インターフォンを押す。わずかな間のあと、スピーカーから反応があった。

『――はい』聞き慣れた声が、カメラに映るわたしに気づいた。『……あれ、え？』

ドアが開き、懐かしい顔が満面の笑みで出迎えてくれた。

「神大路さん。いったいどうしたの」

部長が、一心にわたしを見つめている。ふいに、動揺にも似た感情が湧き起こる。

この一〇日間の、あまりにも非現実的な日々。それが一瞬にして吹き飛び、それ以前の、儚くも淡く退屈な日常、そしてそこにあったごくわずかな慕情が唐突によみがえってくる。じわじわとした熱が体中を巡り、涙腺を包み、膝を震わせる。

おもわず号泣したい衝動に駆られ、それを必死になって抑えこむ。

いったいわたしは、今どんな顔をしているのだろう。

「ちょっと、大丈夫？」

わたしはマスクを目の下まで持ち上げながら、部長を押しのけるようにして中へと入った。五〇名ほどがひしめくはずのオフィスには、ほかに人の気配はない。

「まだ全社的に自宅勤務令が出ててね。けど、ここ何日かでクライアントにも動きが出始めてるから、誰かがオフィスにいないといけない。それでひとまず、僕がね」

部長が間を埋めるように慌ただしく説明した。わたしは深呼吸をして感情を静める。

部長に向きなおる。マスクをしたまま、小さく声を発した。

「お願いがあります。四宮さんを、ここへ呼んでいただけませんか」

部長は丸い目をさらに見開いた。その驚愕は、言葉の内容に対してではない。わたしが口をきいたことに対してだった。

わたしはもう一度、淡々と言葉を紡いだ。いっさいの感情を含めないように。

「わたしのことは言わずに、電話で、四宮さんに連絡をとってほしいんです。もしここへ来られないのなら、せめて彼女の居場所を聞いていただけませんか」

言い終えるころには、わたし自身の胸の内までもが淡々と冷えきっていた。先ほどまでの特殊な感情はすでに跡形もない。

部長は無言でうなずき、奥の自分のデスクへと歩いていった。かつてと同じように、背筋を伸ばして椅子に座る。わたしはその仕草を、いっさいの感慨を排して見つめた。

無理に冷やした胸の奥で、わずかにうずくものがある。大切だったものをぎゅうぎゅうに潰して奥に押し込めたあとの、残りかすのようなもの。ときおり心の隅をついては、すぐに消えてしまう蛍のような淡い光。それらは、どのくらい胸中に散らばっているのだろう。今までどのくらい、わたしはこんなことを繰り返してきたのか。

「やっぱりだめだ」

受話器を置いた部長が、うつむきがちに首を振った。こちらに歩いてくる。

「じつは今日も、本来なら僕だけでなく彼女にも出社してもらいたかったんだ。彼女はサブマネージャーだからね。でも、いくら電話してもつながらない」

一瞬、焦燥にも似た不安がよぎる。

「……もしかして、彼女の身に」

「いや、僕も最初はそう思ったんだけど、どうやらそうでもないらしい」

部長は手近の椅子に腰をおろし、わたしの顔を見上げた。

「彼女と同期の大林くん、知ってるだろ。彼がつい二日前に、そこの１０９で彼女とばったり会ったらしいよ。なんだか普通じゃないくらい、生き生きとしてたって」

わたしは眉をひそめ、先をうながした。

「とにかく驚いたのが――」部長は困惑に顔を歪めた。「あの彼女が、まるでそこらへんのギャルのような派手な格好をして、髪を茶色に染めてたって」

「……え？」

耳を疑った。それは園香のイメージではない。彼女はどこまでもシックで、シンプルで、内面から滲むような美しさがトレードマークだったはずだ。

「信じられるか？　まるで別人で、すれ違う直前まで気づかなかったって」

しばらく、沈黙がおりた。

わたしはただ、園香に会って質問をしたいだけだった。彼女にいったい、何が起こっているというのだろう。派手な格好で、１０９の周辺に出没していた？

部長が間を取り繕うように、勢いよく立ち上がった。

「ところで神大路さん、君のほうは大丈夫なの？　あれから大変だったんじゃゃ――」

その声を、わたしはお辞儀をしてさえぎった。ここに長居するわけにはいかない。
耳に手をかけようとした瞬間、ふいに部長の手が肩に触れた。あたたかなぬくもり。
部長がわたしの目を覗き込んでいる。気の抜けたようで、それでいて真摯な眼差し。
どうやら、わたしのことを励まそうとしているようだった。
寂しさのようなものが、ふたたび心に満ちてゆく。
部長の無邪気さ。何もわかっていないのに、わかっているかのようなおおらかさ。
誰のことも認めてしまうような、純朴な心。そういう部分に、わたしは惹かれていた。
だったらなおさら、それに負けない感情を、言葉にこめなければならない。
わたしは部長を見据え、耳に手をかけた。マスクを、外す。
「わたしがここへ来たことは、誰にも言わないでください」
言葉はなめらかに喉を通った。
頭に思い浮かんだのは、夕暮れの公園で遊び疲れた、純真無垢な少年と少女だった。
「楽しかったです。わたしは大丈夫ですから、どうか心配しないでください」
小さく頭を傾けると、自然に笑みが漏れた。部長も同じように、口元をゆるめる。
しばしのあいだ、見つめ合う。この人とはきっと、二度と会うことはない。
「それじゃあ、さようなら。部長」
踵を返す。すると、弾むような部長の声が、わたしの背中を押してくれた。

「気をつけて帰ってね。バイバイ」

オフィスビルを出ると、強い夕日が目に差し込んだ。

まぶしさに目を細める。マスクの位置を直しながら、徒歩で１０９へと向かった。

髪に違和感を感じてかき上げると、ざらざらとした感触が指を覆う。目には見えないが、火山灰が未だに街全体をただよっているのが否応なく実感される。都心はだいぶ除去が進んでいると聞いていたが、それでもまだこの有様だ。

１０９に到着しても、そこにはただ絶望があるだけだった。入口は当然のようにシャッターが下りており、その周囲にたたずむ者もいない。園香に巡り会う手がかりなど存在するはずもなく、その場に居続ける気力もまったく湧いてこなかった。

途方に暮れながら道玄坂をのぼっていく。路地に目を走らせながら、しばらく歩き回る以外ない。ほかに何の案も思い浮かばなかった。

行き交う人はまばらにいたが、どの人も恐怖から逃れるようにマスクをしてうつむき、自分という存在を消すようにして足早に過ぎ去っていく。表情はうかがえず、個性も感情も閉じ込められているため、それはまるでロボットの行軍のように見えた。

人間性の消えた世界。

だがその中に、唐突に人間性に満ちた存在が出現した。

道玄坂の中程で、シャッターの前にたむろする集団があった。――五、六人の女性。思い思いの派手な服装で、壁に寄りかかったり座り込んだりしている。一一月だというのに露出度が高い。年齢はバラバラで、一〇代のギャルから三〇手前まで見受けられる。なぜかみなマスクをしておらず、無防備に平然と街路を眺めていた。顔を隠したくない、ということなのだろう。男を誘うのが目的であるように見えた。

とはいえ、いったいこの状況で、どこの風俗店が営業しているというのだろう。そう思いながら近づいていくと、その集団の中の一人が勢いよく立ち上がった。つけ睫毛をバチバチとまばたきながら、わたしを凝視してくる。

気づいた。もしかして――。

「ちょっと瑠美！　なにやってんのこんなところで！」

それはこっちのセリフだ。

やたらと丈の短いラメ入りのワンピースに、ふわふわのファーマフラー。首や耳や手首や腰に、きらきらと金属を纏わりつかせている女。

信じられない。これがあの、四宮園香なのか？

「元気だった？　でもなんか、ちょっと見ないうちに雰囲気変わったねえ」

それはこっちのセリフだ。

いったいどういうことだろう。部長の言っていたことは本当だった。園香はどうやら、この一〇日間でどうにかなってしまったらしい。

園香はわたしの驚愕をくみ取り、肩をすくめて背後を振り返った。一緒にいた女たちに向かって、凛とした声を張り上げる。

「ちょっと外すけど、みんなしっかりやってね。何度も言うけど今日の目標は五〇」

はい！　と女たちがいっせいに答える。まるで体育会系のノリだった。

いったい、なんのつもりか。

園香は置いてあった紙袋からペットボトルを二本取り出し、一本を差し出した。

「歩きながら話そうか」

言いながらぞんざいにわたしの肩を抱き、大股で歩き出す。わたしは差し出されたミルクティーを受け取り、その動きに従った。

「飲みなよ。それ、今となってはご馳走なんだからね」

そういえば、辺りの自販機はほとんど動いていない。稼働しているものがあってもすべて売り切れだ。この国では、飲み物すら自由に買うことができなくなっている。

「瑠美と別れたあと、当然だけどいろいろあってね。で、今こういう状況なわけ」

園香はわたしの不審に満ちた視線に苦笑し、饒舌に語り始めた。

「私ほら、株やＦＸをやってたって言ったでしょ。もう、大変なことになっちゃったわけ。ぜんぶがぜんぶ、大暴落よ。それで、貯めてたお金もすっからかん、逆に借金できちゃってね。もう本当、こんな恐ろしいことがあるのか、てかんじ」

　園香はまるで天気の話でもするように朗らかに笑った。

「日本は、とんでもないことになるよ。これから多くの企業が倒産して、大勢の人が破産してしまうと思うけど、本当の地獄はそのあと。目に見えて物が無くなり、お金が無くなり、仕事が無くなり、何もかも無くなっていく。国全体が、すっからかんになる。それを痛烈に実感してしまったわけよ。だから、会社は辞めることにした」

　園香がペットボトルのふたを開け、口をつける。わたしもそれにならい、渇いていた喉を潤した。ミルクティーのなめらかな甘さが喉を通っていく。

「どうすればいいか、いろいろ悩んだの。これから始まる地獄を、どうやってチャンスに変えればいいのかって」園香の喉が、ぐびりと鳴る。「――ねえ瑠美。どんなにひどい世の中でも、必ず儲かるビジネスってなんだと思う?」

　わたしは首をひねった。あいかわらず、返事がないと知ってて質問してくる。

「たとえ経済が破綻してもね、最低限の商業活動は残される。それが、食料売買と性売買だよ。なにしろそれが人間の根源的欲求だからね。だから私は、渋谷の女の子たちを集めることにした。風俗に、人材ビジネスのシステマチックな仕組みを取り入れて、今のうちに組織を作りたいの。みんなが部屋に閉じこもってるあいだに、本当の地獄がはじまる前に、風俗業界を塗り替えてやろうと思ってね。どう、名案でしょ」

瑠美も参加する？　と、園香が楽しそうに笑った。

なんということか。

破産してぼろぼろになったのに、逆にその破天荒な成り上がり精神に火がついたというのか。その尋常じゃないモチベーションは、いったいどこからくるのだろう。

呆然とするわたしを尻目に、園香はすたすたと道玄坂を下っていく。１０９を過ぎ、ハチ公前の広場に着くと、さも気持ちよさそうに植木のふちに腰をおろした。

はあぁ〜、という爽快な吐息が、辺りに響きわたった。

木陰に潜んでいた鳩たちがいっせいに飛び上がる。呼応するように次々と羽音が連なり、一団となって夕日を横切っていく。

ざあぁ、と空気が揺れた。

いま気づいた。この死んだ街にさえ、こんなにも力強い生命の息吹がある。

わたしは一瞬、軽い浮遊感を味わいながら、夕暮れに彩られる街並みを眺めた。

風景に、園香の声がさしこむ。

ねえ瑠美、どんなひどい時代でも、変わらないことがあるよ。

この世はよく見れば、おかしなほど、希望に満ちあふれてる。

ふわふわとした、ぽっかりとした時間。

鳩が、空を旋回している。

カラスが、空を旋回している。

ギャアギャアと――鳴いている。

心地よいまどろみがふいに途絶え、わたしは我に返った。

「ちょっと……なんだか変じゃない？」園香の声がカラスの鳴き声に重なる。「なんで鳥があんなに飛び回ってるの？」

そうだ。ぜったいにおかしい。

鳩もカラスも、あんなふうに空を飛ばない。とんびのように旋回などしない。

「瑠美……ちょっと、なにそれ」

園香がわたしの頭を指さした。わたしの視線は、園香の頭に注がれた。彼女の髪がちりちりと逆立ち、その幾筋かがゆらゆらと天をついている。頬がぴくぴくと痙攣している。同時に、わたしの頬にも針を刺すような刺激がおこる。

「なんなのこれ……」

園香が手を伸ばし、逆立っているわたしの髪をなでつけようとした。その瞬間、バチッという音とともに頭頂部を激痛が走る。

「痛っ……なに、静電気？」

園香が叫んだが、わたしの視線はもう彼女をとらえてはいなかった。その遥か後方、陽の沈みかけた濃紺の空に釘付けになる。

不思議な光景が、広がっていた。

淡くなった陽を反射し、きらきらと光り輝いている物体。それが一〇個だか二〇個、薄暗い空にちりばめられている。空に、きらきらした物が浮かんでいる。

大きさはよくわからない。大きな円に小さな円が二つくっついており、それはクマの頭のシルエットのように見えた。目をこらすと、それらは徐々に大きくなっている。こちらへと近づいているようだった。物体の表面は、どうやら金属の鏡面加工であるらしい。人工物のようだが、これまでに見たことはない。

きらきらしたクマさん。それらが、群れをなして１０９の頭上に静止した。

「……きもちわるい」園香が口をおさえる。「もしかして……ＵＦＯ？」

鳥たちが暴れ回る。頬がびりびりと強張る。

空気中の静電気がみるみる膨らんでいくような錯覚をおぼえた。全身に鳥肌が立つ。かつて体験したことのない、異常な現象。ふいに襲うデジャヴ。

富士山が噴火した日、あのときもこの場所で、園香と一緒だったな。

そんな思いが脳裏をかすめた。そのときだった。

ピカッ

渋谷の空が白く輝いた。

暗転し、音が消え、体が宙をスライドする。


激痛に目を見開いた。わたしは地面に倒れていた。

視界がぼやけていてよく見えない。鼓膜がびりびりと震え、音も聞こえない。両肘をつき、半身を起こす。顔面を熱風が襲い、濃密な刺激が鼻腔を刺す。激しく咳き込み、目から涙があふれる。後頭部から背中に激痛。ふたたび地面に倒れこむ。

アスファルト。砂煙に満ちている。バチバチ、ごおお。鼓膜のふるえが、辺りの騒音であることがわかる。視界が涙で洗われ、徐々に風景の輪郭が浮かび上がってくる。

園香が、すぐそばに倒れていた。這うように近寄り、その身を抱き起こす。

数秒か、数分か。おそらくは意識を失っていた。いったい何が、起きたのか。

「……うう」

園香が顔を持ち上げた。目を細め、わたしを確認する。周囲を見渡す。

一面の砂煙。ハチ公前。わたしたちは身を寄せ合って、ゆっくりと立ち上がった。

無意識に空を見上げる。先ほどの異様な物体は跡形もなく消えていた。

そしてもうひとつ、消えたものがあった。

「……！」

園香が息をのむ。熱風の漂ってくるその先。巨大な瓦礫の山から、轟々と炎が噴き上がっている。噴煙と騒音をまきちらし、この街の象徴だったものが、慟哭している。その変わり果てた風景に、愕然となる。体が波動を受けたように、どくんと震える。あるべきものがない。それは破壊され、崩れ果てた。

渋谷の、１０９が。


園香の手を取って走った。

燃え狂う瓦礫を背に、パーキングエリアへと急ぐ。

「……待って！　あの子たちがまだ――」

園香が手に力を込めて抵抗したが、構っている余裕はなかった。この場から一刻も早く立ち去らなければならない。それはむろん、体を駆り立てる恐怖のせいもあったが、それに加えて、誰にも見られてはならないという焦燥があった。まもなくこの辺りは、報道陣やら救急隊やらでごった返すに違いない。

停めてあったワゴン車に辿り着き、助手席へ園香をうながした。園香はかぶりをふり、脂汗の浮いた額をぬぐった。そのまま道ばたに走ってかがみ、激しく嘔吐した。

「……いったいなんだっていうの」園香はファーマフラーを肩から外し、口元をぬぐいながら立ち上がった。「――宇宙人が？　あれ、ＵＦＯだったよねえ？」

わたしは硬直し、立ち尽くした。動悸が収まらない。園香が振り向く。

「殺されるところだった……なんなの？　……109を壊すなんて――」

園香はファーマフラーを投げ捨て、目尻から垂れ下がったつけ睫毛を引きちぎった。

膝ががくがくと震えている。

――大丈夫だから。落ち着いて。

わたしは耳に手をかけた。マスクを外し、園香の双眸を見据える。

園香をこのまま、放っておくわけにはいかない。わたしは声を震わせた。

「一緒に来て。お願い」


車に乗り込み、来た道を引き返した。

途中何台もの救急車や消防車とすれ違う。夜空にはヘリコプターが飛んでいた。が、それは報道ヘリではなく、自衛隊のようだった。もしかしたら戦闘機や戦車も出動しているかもしれない。日本はこれでまた、どうしようもないパニックに陥ってしまう。今回ばかりは、だめかもしれない。めちゃくちゃになってしまうかもしれない。なにしろ、宇宙人に攻撃されたのだ。映画ではない。現実だ。

いったい誰が、こんな状況を救えるというのか。

もしも、救うものが現れるとすれば――。

ダビデ・フレイロジャー。ＣＭＴ48。

そうだ。彼らが、救世主の出現を演出する――。

――そのために奴らは、世界中を恐怖のどん底に叩き落とそうとしている。

バルボーサの言葉が脳裏にこだまし、ついで父のメールが頭をよぎった。

父は、このことも知っていたのだろうか。いったいどこにいるのだろう。

そこで、思い出した。四宮園香に会いに来た理由。

あまりの急展開に、訊くタイミングを逸したままだった。

助手席の園香を振り返る。彼女は大きく吐息をはき、紅茶を置き忘れてきたのは痛いね、とつぶやいてみせた。だいぶ落ち着いたように見える。いつもの園香だ。

わたしはマスクをしたまま、小声で訊いた。

「……わたしの父のことだけど」

「え？」園香はきょとんと目を丸くした。「やっぱりあんた、普通に喋れるんだね。なによ……、すごくいい声じゃない」

おもわずうつむいた。園香がくすりと笑う。

「ああ、そうそう。瑠美のお父さんね。そのことでじつは、あんたに何回か電話してたんだよ。全然つながらないから、まいってたとこよ」園香は何かを思い出すように虚空を見つめた。「お父さんの名前、神大路正彦、ていうんだよね？」

どくん、と心臓が高鳴った。――やはり。

「びっくりよ。どういうわけか、私の自宅に郵便物が届いてね。封筒で、手紙が一枚入っててさ。その出だしが〝瑠美の父親の、神大路正彦と申します〟って」

予感は的中した。

あのときの違和感は、やはり伏線だった。父が、わたしの会社に電話をかけ、上司に挨拶などどするはずがない。園香を情報伝達に使う、という宣言だったのだ。それがわたしに間違いなく伝わるように、妙な日本語の言い回しを用いた。

「……手紙には、なんて？」

「〝他言無用、瑠美にお伝え頂きたい〟って前置きがあってね。古い言い回しよね」

園香はおかしそうに笑ったが、わたしが取り合わないため、肩をすくめた。

でね、その内容が――。

わたしは続くその一言を聞き、身を硬直させる。

じわじわと、汗が染み出てくる。

手のひらを拭い、ハンドルを握り直す。

――急がなければ。

意識を集中させる。その焦燥が園香にも伝わり、無言を強要する。

街灯のない暗闇の先に向けて、わたしは強くアクセルを踏み込んだ。

# 13　決定的な事態

社宅に着くと、眼前には真の闇が広がっていた。

埠頭の先の、広大な海。空との境目がなく、どこまでもつづく闇。

車を降りて呆然と眺めていると、園香がうしろから肩を叩いた。

「ほら、あそこ。誰かが手を振ってるよ」

さした指の先には、社宅のバルコニーが並んでいた。一〇階建てで、一〇〇世帯は入れそうな建物だった。しかし居住者はあまりいないようで、灯りは数えるほどしかない。その中のひとつに、人が立っているのが見えた。

ルリ子が手を振っている。六階の、右から四番目。

「あの部屋じゃないの」

わたしはうなずき、建物の玄関へと向かった。

部屋へ入ると、全員が待ち構えていた。

大丈夫でしたか、ちょうど渋谷が大変なことに。アンソニーが駆け寄り、その後ろで流花があからさまに眉をひそめた。誰だそいつ。バルボーサが苦笑し、英語でつぶやく。また女が一人増えたか。あら、男のほうがよかったのかしら。園香が英語で返し、ルリ子と秋男が声をあげて笑った。

「お邪魔いたします。瑠美さんの元上司の、四宮園香と申します」

広い3LDK。リビングの中央には応接ソファと大型テレビ、少し離れたダイニングテーブルには三台のモバイルPCが載っている。わたしは一同に視線を投げかけたあと、すぐさまテレビ画面に釘付けになった。

見たことのないビルが映し出されている。長細い三角錐で先が尖っており、街の周囲と比較して圧倒的に高い。まるで青空を突き破るようにしてそびえ立っている。

その周囲に、ハエのように何かが群がっている。きらきらと陽差しを反射している。見覚えのあるシルエット。背筋に悪寒が走る。おそらく、渋谷で見たものと一緒だ。

「ドバイのブルジュ・ハリファだよ。全長八二八メートル、世界一の高層ビルだ」

バルボーサが低くつぶやいた。

画面では、その世界一のビルを取り囲むように、UFOが隊列を組んで静止した。次の瞬間、画面がホワイトアウトする。別のアングルの映像に切り替わる。ビルの中腹から炎と煙が噴き上がり、それはまたたく間に、一直線に倒壊していった。

世界一のビルが、いとも簡単に崩れていく。

「私、これを間近で見たわ！　宇宙人が、ＵＦＯが、１０９を壊すところを……」

園香が声を震わせる。アンソニーがうなずき、秋男が口をはさんだ。

「凄い破壊力だよ。たぶんあれ、プラズマだと思う。アメリカでＬＩＰＣっていうプラズマ兵器が開発されたけど、それより凄い。一瞬でビルを破壊できるなんて」

「失われた革新的な技術（ネオテクノロジー）、ですね。奴らは、いつのまにこんなものを――」

アンソニーがつぶやき、園香が目を見開く。

「……ちょっと、どういうこと？　奴らって――」

「たしかにあれは未確認飛行物体（ＵＦＯ）ですが、作ったのは宇宙人ではありません。この地球を支配している、一部の金持ちですよ」

「……ええ？　でも――」

画面は打って変わり、砂漠に墜落したＵＦＯが映し出されていた。戦闘機ほどの大きさの、丸い鏡面の物体。そこへ、どこかの国の軍隊が近づいていく。ＵＦＯのアップになる。上部中央の鏡面が割れるようにして開き、コクピットの内部が拡大される。目を疑う光景。

そこには、緑色の、ぶよぶよとした、見たこともない生物の死骸があった。身体は粘膜質に覆われ、上部に巨大な目が離れて乗っており、口がぱっくりと割れている。

「……いや！」園香が顔をそむける。「ほら！　やっぱり宇宙人じゃない！」

「しかし……何度見ても気持ち悪いね」

秋男が辟易したようにつぶやき、アンソニーが同意するように肩をすくめた。

「原型はおそらく、カエルでしょうね。バイオテクノロジーで巨大化し、遺伝子を操作してヒトのかたちに似せた。でも、機体の作りと生物に相関性が見られない。この軟体が操縦できるとはとても思えません。おそらくはじめから、死骸をコクピットに乗せているんでしょう。ＵＦＯ自体は、別の場所から遠隔操作しているはずです」

背後で、流花の舌打ちが聞こえる。怒りに満ちた気配が感じられた。

奴らは、偉大な科学者たちから奪った革新的な技術（ネオテクノロジー）をつかって、密かに宇宙人を生み出し、ＵＦＯを作り上げていた。そしてあまりにも幼稚な、きわめて未曽有である大惨事を、こうしてこの世に巻き起こした。

「このＵＦＯや宇宙人に関しては、ＣＩＡが調査の指揮を執り、アメリカ航空宇宙局（ＮＡＳＡ）が分析と解明を担っているようです」アンソニーが苦々しく告げた。「ＮＡＳＡはもっともらしい科学データを列挙して、ＵＦＯと宇宙人の実在を断定し、未知の技術や宇宙人の真意について、恐怖心を煽るような推論をすでに公表しはじめました」

「ＣＩＡを設立したのはフレイロジャーだし、ＮＡＳＡの資金源もフレイロジャーだからな。もともとは税金対策だったはずだが、まさかこういう使い方があるとは」

バルボーサが大きくため息をつき、吐き捨てるようにつづける。

「とにかく――これで奴らの思惑通り、世界中が大パニックだ。ブルジュ・ハリファと渋谷１０９のほかに、台湾の台北一〇一、マレーシアのツインタワーがやられた。世界は宇宙人の襲撃を目の当たりにし、一瞬にしてそれを信じてしまった」

「……まったく、うまくやったよな」秋男がしみじみとため息をつく。「ＮＡＳＡは何年も前から、生命居住可能領域（ハビタブルゾーン）にある外惑星が銀河系に二〇〇億個あるとか、わりと近場にも地球に似た惑星が二四個あるって発表してるし、それを受けて宇宙人襲来の可能性をまともに論じたドキュメンタリーやノンフィクションもたくさん世に出たからね。オレも完全に真に受けてハマってた時期があったし」

「そうだな。実際に宇宙人がいて地球を訪れても不思議はない。科学的に追えば必ずそういう結論になる。そして、高度な技術をもった宇宙人がもし攻撃してきた場合、地球にとってこれ以上の脅威はない。核戦争や天変地異より遥かに恐ろしい事態だ」

「まさに黙示録……」アンソニーがつぶやく。「最後の審判というわけですか」

背筋に怖気が走る。その宣告は、つい先日に聞いて間もない。

――最後に、何か決定的なことが起こされる。世界を奈落に突き落とすために、な。

深い沈黙がおりる。

さらに言えば、またしても狙われたのはアジアと中東で、欧米は無傷だ。あまりにも露骨すぎる。けれどもそこに関連性を見出せる人がどれほどいるというのだろう。

「……そういえばなんで、渋谷の109がやられたんだろう」秋男がふいに、腕を組んでつぶやいた。「109以外は世界でも有数の超高層ビルだよね。つまり、宇宙人はまず地球上の一番高い人工物をみせしめに破壊した、という設定だと思うんだけど。だったら日本で狙われるべきは、109じゃなくてスカイツリーなんじゃないの」

ルリ子がうなずくが、アンソニーはそれを否定した。

「スカイツリーは電波塔ですからね。あれを壊すと、この凄惨な状況を発信できなくなる。そうなると逆効果です。奴らは恐怖を広めるためにやっているんですから」

「それにな」バルボーサが補足する。「スカイツリーなんざ誰も知らねえよ。けど109は、アジアでもヨーロッパでも有名だ。パリの若者たちでさえ、世界一おしゃれなのはシブヤだ、って言うらしいからな。世界に与えるショックは大きい」

園香が、がたりと椅子に腰を沈めた。どうやら、話についていけないのだろう。無理もない。そう思った矢先に、園香が声を荒らげた。

「もしかしてこれみんな、奴らの仕業なの？　奴らっていうのは、フレイロジャーとかウェストミドルスなわけ？」

全員が、顔を見合わせた。

「ちょっと瑠美」

ルリ子が即座にわたしを向くが、むろん首を振って応じた。わたしは園香に、何一つ話してはいない。

「だって、地球を支配する金持ちといえば、そいつらしかいないでしょう。私、ずっと投資の世界にいたから、それくらいは知ってます」

「厳密に言えば、CMT48だ」バルボーサが英語でこたえる。「それにしても——ここまで話しておいて今さらだが、この子を巻き込むつもりなのか？」

バルボーサがわたしを見つめ、ついでアンソニーと流花に視線を投げる。当然のように、わたし以外の全員が難色を示した。ルリ子は腕を組み、流花はヘッドフォンをずらす。秋男は首をひねり、アンソニーは黙したまま動かなかった。

「……巻き込むってなに？　いったいあなたたち、何をしようっていうの」

園香は座ったまま、あらためてわたしたち全員を眺めわたす。

雰囲気のまるで違う三つ子の姉妹、異形の目をしたブラジル人、ぼさぼさ頭のニート、金髪碧眼のアメリカ人。

冷たくなった彼女の目に、わたしたちはどのように映ったのか。

園香はやがて目を伏せ、何かを思案し、思い立ったように顔を上げた。その視線には、いつしか場違いな力強さが宿っていた。

「バブルが弾けたときに、私の父は自殺した。その四年後に母が病気で倒れ、急死した。私は六歳だった。それからは、ただ金持ちになることを目指して生きてきた。両親のようにはなりたくなかったから」

園香は突然、堰を切ったように語り出す。

「でも、ビジネスに身を投じるうちに、お金を得るうちに、気づいたんです。敵は貧しさではなかった。逆だったんだって。お金自体が、そしてそれをたくさん持った人たちが、父と母を殺したんだって。それから私は、よりいっそう金儲けに心血をそそいだ。私自身が金持ちになって、金持ちを見返すために」

園香は立ち上がった。

「もしもあなたたちが、その金持ちの親玉を倒そうとしているのなら、お願いします。私を、どうか仲間に入れてください」深々と頭を下げる。その長い髪が床を打つ。「私はそのために、これまで生きてきたんだから」

園香が顔を上げる。わたしを真っ直ぐに見つめる。わたしはゆっくりとうなずいた。けれども、部屋は静まりかえったままだった。

しばらくして、アンソニーが口を開いた。何かを言おうとしたが、それを打ち消すようにして、流花の声が響いた。

「あんたは、奴らと一緒だよ」

「……え?」

園香の顔がゆがんだ。かまわず、流花がたたみかけるように言葉を吐く。

「あんたの両親が死んだのは、奴らのせいじゃない。ただ弱かったからだ。あんたが金儲けに走ったのは、復讐をするためじゃない。強くなりたかったからだ。この世には聖者も愚者もいない。ただ、強者と弱者がいるだけだ。あんたは強者に憧れて、強者になりたいがために、だから強者に喧嘩を売ってるんだよ。それはそのまま、奴らが日頃やってることと何も変わらない」

園香は目を見開いた。突然の反論に体が硬直したようだった。声を絞り出す。

「……そうなのかもしれない。けど、そんなこと言ったら――」

「あたしだって同じだ。強くなるために生きている。ただ、それを自覚してるぶん、あんたとは違う」流花はソファにどっかりと身を沈めた。「この世には、強者とか弱者とかいう分類をまったく気にしない人たちだっている。あんたみたいな人間は自覚がないぶん、たまにそういう人たちの真似事をしたりする。それを悪いとは言わない。けど、奴らと喧嘩するには力不足だ。奴らは根っからの強者だからな。はっきり言ってあんたは、足手まといにしかならない」

園香は立ち尽くしたまま、微動だにしなかった。流花の目を見つめている。

ふと、その心境を案じてしまう。かつて、彼女にここまで物申した人間はいなかったにちがいない。初対面の人間に、知った風な、あたかも本質を突いたようなことを言われて、どんな気分になるだろう。怒りがこみ上げるか、拒絶がついて出るか。

ところが園香は、突然吹っ切れたような笑顔を見せた。

「ありがとう。おかげで、自覚しました」

流花が眉間にしわを寄せる。園香はほがらかに、微笑みをこぼした。

「これで、私とあなたは一緒ってことよね。もう自覚したんだから」

「ああ？」

「私は強くなりたい。今は何もできないかもしれないけど、あなたたちといれば絶対に強くなれる。だから、とことんついていきます。よろしくお願いしますよ、先輩」

「ふざけるな！　なに言って――」

「……まあまあ」

アンソニーが一歩踏み出し、二人の視界に割って入った。

「気持ちはわかりますが、今ここで追い払うというのは、それはそれで危険です」

「だめだ。これは遊びじゃない。わかってるだろ」

「俺も反対だ」バルボーサが口を開いた。「言っちゃ悪いが、ただの小娘だろう。そもそも第三者が加わるなんて、言語道断だ」

「でも――」秋男が小声で口をはさむ。「オレだって、第三者なんだけど……」

「ああ。だから迷惑してるんだよ」流花が吐き捨てるように言った。「お前が役に立ったことなどないし、今後立つこともない」

「そんなのわからないでしょうに」ルリ子がパンパン、と手を叩いた。「もういいんじゃないの？　とりあえず夜も遅いんだし。時間もったいないし」

「時間の無駄だから、帰れと言ってる」

流花が食い下がるが、ルリ子は無視して園香の手を引いた。

「今日はとんだ目に遭って疲れたでしょう。寝室はこっちだから、行きましょ」

そのままリビングを出る。園香が手を引かれながら、ちらりとこちらを振り向いた。かつてのように、殊勝な表情でぱちりとウインクをする。

わたしは呆気にとられた。その、変わり身の早さ。思えばそれこそが、彼女の持ち味なのかもしれない。

「――たしかに、時間を無駄にしたな」二人が廊下へ消えたのを見て、バルボーサが大きく息をついた。「ルミ、ここへ座れ。情報を共有する」

バルボーサはダイニングテーブルにどかりと腰をおろした。その隣にアンソニーがつづき、向かいの席にわたしも座る。秋男は腕を組んでそばに立ち、流花は離れたソファで仰向けに寝転がった。

「お前が出かけたあと、ここへ着いてすぐに、サベルタの緊急会議を開いた。各国の支部は寝る間も惜しんで情報収集に奔走している。それをまず吸い上げた」

バルボーサはモバイルPCに資料を映し出した。

「まず、立て続けに起きた惨事の裏取り。やはりすべてにおいて、CMT48が絡んでいるのは間違いない。計画実行のタイミングがこちらの予測より早いのも、おそらくは計画通りなんだろう。時期を早めることで第三者からの妨害を防げるからな」

バルボーサはキーを打ち、めまぐるしく資料をめくっていく。

「奴らは惨事を連発させてあらゆる国家の資産と行動力を根こそぎ奪い、社会システムを崩壊させ、最後に決定的なことを起こした。――それが宇宙人襲撃だったわけだが、このあとはおそらく、救世主が現れる。世界を団結させ、共通の敵に立ち向かうための指導者だ。そうして宇宙人の問題を片付けたあとは、崩壊した国々を統一し、新しい経済の仕組みと友愛の法律を打ち出す。表向きは、世界は苦難を経てより完全な状態に生まれ変わる。そういう筋書きだ。その救世主は、誰でもいい。フレイロジャーの傀儡(かいらい)でさえあれば」

ダビデ・フレイロジャー。ピンク色の肌に、ぎょろりとした瞳。その憎々しげな表情が思い出される。

「大事なのはここからだ。まもなく、奴らが動き出す。世界のどこかに全員で集合し、会議を開くという情報を摑んでる。奴らが定期的におこなう、ゴールドバーグ会議ってやつだよ。議長であり最終決定者であるダビデ・フレイロジャーも、必ず姿を見せる。そうして、四八人の有力者たちが集う。いよいよ、世界統一を実現するための最終段階を煮詰めるつもりだろう。いつ誰が、何をどうやって実行するのか、てな」

　バルボーサは肘をつき、身を乗り出した。秋男が割って入る。

「……本当に、ＣＭＴの全員が集まるの？」

「どういうことだ」

「だって、今どきこのネット社会でさ、わざわざ大物が一堂に会する必要なんてあるのかな。連絡する手段はいくらでもあるでしょ。集まったら逆に危ないじゃない」

　バルボーサは「またか」とでも言うように肩をすくめた。

「重要なことほど、顔を合わせないと駄目なんだよ。人は面と向かって命令しないと動かない。ネットや電話だと口答えの率が上がる。メラビアンの法則ってやつだ。ましてや相手はいつも一緒にいる仕事仲間じゃない、誰もがお山の大将だからな」

「メラビアン……？」

　眉をひそめる秋男に向かって、アンソニーが代弁した。

「相手に意思を伝達するのに、言葉はたった七パーセントの効力しかもたないんですよ。それに対して口調や声音が三八パーセント、ボディランゲージが五五パーセントを占める、という法則です」

「要するに、百聞は一見にしかず（Seeing is believing）、だ。わかるかよ小僧？　ええ？」

バルボーサは言いながら、突然全身から異様なオーラを漂わせた。凝り固まった肩、ぎらついた双眸、小刻みに痙攣する頬。一瞬にして、場が兇悪なムードに包まれる。

秋男は息を呑み、身を震わせた。納得したように首を縦に振る。

「――とにかく、だ」

バルボーサは肩から力を抜き、腕時計にちらりと目を走らせる。

「その会議がおそらく、三日後に開かれる。――そう、一一月一一日だ」

胸が、どくんと疼く。

バルボーサが大きく息をつき、腕を組んだ。数瞬のあいだ、沈黙がおとずれる。


一一月一一日に、お前たちに渡すものがある。

私からの、遺産だ。

もしもそれを受け取れなかった場合――

おそらく人類は二度と、立ち上がれなくなる。


「我々にとっても、人類にとっても、おそらく最後のチャンスだ。ゴールドバーグ会議に乗り込み、ダビデ・フレイロジャーとＣＭＴ48のすべてを捕らえる」

「捕らえる？」

「ああ。殺しても解決はしない。後継者があとを継ぐだけだ。我々は奴らを失墜させなければならない。完膚無きまでに負かさなければならない。その方法をカミオージが握っていると、我々は見ている。もし違っても、別の手段を用意するまでだ」

「正彦もおそらく、その場に合流するものと思われます」アンソニーが腕を組む。「僕たちはそこで〝遺産〟を受け取らなければならない。それが何なのかは不明ですが、人類の行く末を左右するような重要なものであると、彼自身が言っている」

わたしはうなずいた。それはおそらく、これまでに父が身を挺して集めたもの、父にしか集め得なかったものにちがいない。たとえば、CMT48の権力を消し去るような、重要証拠の類いであるとか。もしくは、フレイロジャー家やウェストミドルス家を解体するに足る何かかもしれない。

たとえ彼らの身柄を押さえられたとしても、そうした〝決め手〟がなければ意味がない。神に等しい権力者に対して、絶大な拘束力をもち、失墜させることのできる何か。父はそれを見つけたからこそ、奴らに執拗に追われているのではないか。

バルボーサがうなずき、画面の資料を切り替えた。当該戦力、とある。

「スヴェイとリアサはBRICsの各国をずっと走り回っていたが、ついに武力協力を得ることに成功した。各国ももう黙って見ているわけにはいかなくなったからな。すでにロシア対外情報庁（SVR）とインド研究・分析局（RAW）、そしてブラジル情報庁（ABIN）が動き出している。中国からは物資の支援だ。それぞれの戦力から選りすぐり、出自を不明にした特殊工作部隊を編成した。すでにいつでも出動できる状態だ」

「感慨深いですね」アンソニーがつぶやく。「普段はけっして組むことのない国が、ついにこうして、打倒する者（サベルタ）のもとに集結した」

ああ、とバルボーサが大きくうなずく。

いよいよ、準備が整った。体の奥底が震えているのがわかる。

廊下の奥からルリ子がもどり、隣の席に腰をおろした。振り返ると、流花がソファで半身を起こしてこちらを見ている。

父は、無事だろうか。わたしたち三人に、何ができるのだろうか。この世界は果たして、救われるのだろうか。様々な思いが胸中でぶつかり合い、あえいでいる。

「――だが、ここで大きな問題がある」

バルボーサが両の腕をテーブルに乗せた。ずしん、と圧力がかかる。

「各国総動員で情報を追ってはいるが、肝心な部分がまだ不明だ。どうしても、会議の開催場所を絞り込めない。欧米の数ヶ所が候補にあがっているが、決め手がない」

バルボーサは歯噛みし、アンソニーが深く息をつく。

「――ちがう」

わたしは言った。全員がこちらを凝視する。

「ちがう、欧米じゃない」

わたしはまぶたを閉じ、脳裏に刻まれた言葉を反芻した。

園香に届けられた、父の手紙。そこに書かれた、たった一行の伝言。

一語一句を噛みしめるように、その言葉を紡いだ。

「――決戦は、エルサレム。神殿の丘へ登り、聖なる岩を囲め」


「……まさか、イスラエルだと？　そんなばかな」

わたしが事情を話し終えると、バルボーサは身を乗り出して呻いた。

「世界中で今、もっとも緊迫しているエリアが中東だ。これまでもずっと第三次大戦の火種として懸念されてきたのに、今回はまた例の惨事でイランとアラブ首長国連邦がパニックに陥っている。この機に乗じて、何が起きるかわからない。欧米の手綱など効きやしない。よりによってイスラエルは――」

「だからこそ、ふさわしいとは言えないですか？」アンソニーが手をかざし、言葉を切る。「もっとも考えられない場所こそ、奴らにとってふさわしいのでは？」

バルボーサが低くうなる。アンソニーは顎に手をそえ、思案しながら言った。

「そもそもイスラエルは、ユダヤ、キリスト、イスラムと、三つの宗教の聖地です。世界を統べるための会議をするには、これ以上の舞台はないでしょう。それに――」

「……あの国は、ユダヤ人の国、か」

バルボーサがあとをとり、アンソニーがうなずく。フレイロジャー家に欧州のウェストミドルス家、そして世界各地のＣＭＴメンバー、そのほとんどがユダヤ人だ。

「たしかに、おあつらえむきだな」バルボーサは顔をゆがめた。「奴らは世界をまとめたあと、その統一政府をエルサレムに置く気なのかもな」

「三〇〇〇年前のように、ですか」

アンソニーが腕を組む。

そういえば、イスラエルは紀元前一〇世紀ころに初めて統一王国がつくられたとされる。そのときの王の名はたしか――ダビデではなかったか。

「どうでもいいけど」ルリ子が興奮したように腰を浮かせた。「パパが伝えてきた情報なんだから、ああだこうだ言う必要ないじゃない。確かに決まってるでしょ。早くみんなに知らせたら？　時間ないんだから」

「――もう伝わってるよ」

バルボーサがキーを打ち、画面に二つのウインドウを表示した。スヴェイとリアサがこちらを覗き込んでいる。どうやら回線をつなぎっぱなしにしていたようだ。

『――事態は把握した。とんでもない収穫だ。よくやってくれた！』

スヴェイが目を見開き、大きく両手を広げた。リアサが隣でうなずく。

『すぐに戦力をエルサレムへ集結させせましょう。神殿の丘の、〝岩のドーム〟ね』

『奴らも考えたな。あそこは聖域の中の聖域で、あまりに目立ちすぎる。しかも中へはイスラム教徒（ムスリム）しか入れない。そんな場所で会議があるなど、まだ信じられないが』

『だからこそ信じるに値する。ギリギリまで周囲に潜伏して、最良のタイミングで強行突破するしかないわ。――それより、問題は……』

リアサが言葉を詰まらせ、バルボーサが渋面もあらわに引きつぐ。

「ああ。――空路、だな」

三人が、押し黙る。

まだ問題があるというのか。

「……空路？」

アンソニーが眉をひそめる。バルボーサは背もたれに身を沈め、深く息をついた。

「ＵＦＯの襲撃のせいで、世界中のすべての空路が封鎖されたんだよ。我々は今、いっさいの身動きがとれない」

その言葉に、全員の気配が凍り付く。

スヴェイの表情に、よりいっそうの険しさが刻まれる。

『――つい先ほど、全世界一九六ヶ国が半ば強制的に同意させられ、史上最大規模の国連軍が組織された。むろん、宇宙人の攻撃に対抗するという名目だ。その実情はＮ

ＡＴＯ軍であり、実権は米軍にあるのだが、この国連軍が現在、地球の表面をすべて監視している。もしも許可なく飛行すれば、それがＵＦＯでなくても撃墜される』

スヴェイの視線が、ことの重大さを物語っていた。リアサが淡々と付け加える。

『つまり宇宙人の襲撃は、人類を錯乱させる決定打であるだけでなく、各国の武力を完全に監視下におくためのものでもあったのよ。同時に、イスラエルでの彼らの密談も、これで誰にも邪魔されることがない』

一石三鳥、ということですか……。アンソニーが聞こえないほどの声でつぶやいた。

『なんとかしてこの状況を打破しなければ。……時間が、ない』

スヴェイが拳を顎に押しつける。リアサの憂いに満ちた瞳が、焦燥に揺れている。

バルボーサは歯をかみしめてうつむき、アンソニーは画面を見つめたまま動かない。

八方塞がり、だ。空路を封鎖されただけで、我々に為す術はない。陸路も航路も同様だ。たとえ使えたとしても、間に合わない。とにかく時間がないのだ。

部屋の空気が、圧力を帯びて重くのしかかっていた。

打開策など、あるのだろうか……。絶望が時間とともに結実していく恐怖。自分たちがどれほど無力であるのかが思い知らされる。

そのとき、背後で何かが掻きむしられるような音がした。

わたしとルリ子が押しのけられ、ぼさぼさの頭があいだに割って入る。

「――ようやく、オレの出番がきたね」

秋男が頭を掻きながら、中腰でモニタを覗き込んだ。

「こういうときは、難しく考えちゃいけない。どんなことにも必ず穴があるもんだよ。そう、致命的なセキュリティホールが」

『……？』

スヴェイが顔を歪ませる。いったいお前は何者だ、と言おうとしたのだろう。

「空路は完全に封鎖されてるわけでしょ。どの国のどんな飛行機だろうと、飛べば撃墜されちゃう。でも、そこに大きな矛盾があるじゃない」秋男は得意げに鼻を鳴らした。「それでもイスラエルでは、三日後に会議が開かれるんでしょ？　各国の悪者たちが、こぞって集まってくる。どうやって？　――飛行機に乗って、でしょう？」

『……ああ』

スヴェイの表情がよりいっそう歪んだ。リアサは興味深そうに目を細めたが、バルボーサは呆れたようにかぶりを振った。秋男がすっとんきょうな声をあげる。

「あれ……？　知ってたの？」

「当然だ」バルボーサがたしなめるように言った。「奴らは特別なんだよ。これは当たり前のことだが、国連軍すら奴らがコントロールしている。自分たちの空路を確保することなど、朝飯前だ」

「だったら、簡単じゃない」秋男がふたたび鼻を鳴らす。「その、奴らが確保した空路を探し出して、そこに便乗すればいい。あちこちから集まるわけだから、何十もの道が用意されてるはずでしょ。要は、いつ、どの空路がセキュリティ解除されるのかを調べて、登録されている飛行機の数や種類を改ざんしておけばいいわけ」

「……なんだと？」バルボーサが息をのむ。「たしかに……もしもそれが可能なら、最低でも四八人が使う空路に便乗できることになる。だがそのためには、国連かあるいはＮＡＴＯ、米軍のサーバーに、最上級アカウントで侵入する必要があるぞ。それも、痕跡をいっさい残さずに」

『……できるの？　そんなことが』

リアサが眉をひそめた。その目元が、心なしかゆるんでいるように見えた。

「オレを誰だと思ってんの」

秋男が片眉をつり上げ、不快そうに頭を掻きむしる。ルリ子が得意げに秋男の肩に腕を乗せた。ソファのほうからは流花の舌打ちが聞こえる。

惚けたような間が、しばし部屋を包んだ。

もしかしたら、と思う。秋男はこれまで、あらゆる国の政府機関に侵入（ハック）してきた。ひょっとすると、本当に可能なのかもしれない。いや、というよりも――。

奇妙なひらめきが脳裏をよぎった。

父は、こういう場面を想定して、あらかじめ秋男を確保していたのではないのか。これまでの数々の依頼というのは、今このときに備えた訓練だったのではないのか。

沈黙の中に、ばりばりという音が響き渡る。そのぼさぼさの髪から、目には見えない不衛生な何かが解き放たれている気がした。

スヴェイが渋面を保ったまま、咳払いをする。

そして、たまりかねたように声を発した。

『……お前はいったい、何者なんだ』

# 14　三女の叫び

どん、という音がした。

ベッドがわさわさと揺れている。とっさに飛び起き、部屋を見回す。となりで園香が半身を起こした。

——地震……？

揺れはすぐにおさまった。ベッドに座ったまま、暗がりに目をこらす。時計の針は八時を指している。ここは、社宅の中の一室。べつの部屋にはルリ子と流花、アンソニーとバルボーサが寝ているはずだ。現状が徐々に思い出される。

昨夜、秋男が打開策を見出し、すぐに作業がはじまった。秋男はサベルタ本部のワークステーションを暗号回線を経由して占有し、加えて手持ちのモバイルＰＣ三台も併用して一心不乱にキーを叩き始めた。わたしたちはしばらくそれを見守っていたが、やがて各々に部屋を割り当て、体力温存のため床についた。とすると、今は朝だ。

「……ちょっと、地震にしては変じゃなかった？」

園香がベッドの上でうなだれたまま言った。髪を布団に垂らし、力なく静止している。やがて決意したように顔を上げ、胸ポケットからヘアピンを取り出した。

「そういえば、ゆっくり寝てる場合じゃなかったね」

言いながら長い髪をかき上げ、ピンでサイドを留める。

次の瞬間、その体が真上へと跳ねた。

どん！

部屋全体を衝撃が襲った。タンスが倒れ、時計が落下して砕け散る。衝撃の余韻でベッドが揺れるが、すぐにおさまった。部屋は静止し、ふたたび静寂がおとずれる。

あきらかに地震ではない。この建物のどこかで、爆発が起きている。

「——大丈夫か」

ドアが開き、人影が言った。バルボーサの声だった。

「灯りはつけるな。そのまま静かに、リビングへ来い」

言いながら廊下の奥へと消える。わたしは園香と顔を見合わせ、耳にマスクをかけながらそのあとを追った。

リビングには全員がそろっていた。流花は不機嫌そうにヘッドフォンをいじり、ルリ子は弛緩した顔面にサングラスを乗せている。たった今部屋から出てきたのだろう。

ダイニングテーブルでは、昨夜と同様、まるで何事もないかのように秋男が作業を続けていた。三台のモバイルPCを前にめまぐるしく両手を動かしている。その様子を一瞥し、バルボーサが窓のカーテンに視線をうつした。

「これはいったい――」

窓際に立ったアンソニーが、カーテンの隙間から外をうかがっていた。

「……いったい、どういうことでしょう」

横顔が歪んでいる。そのつぶやきに答えるかのように、窓の外でキーンという耳障りな音がした。拡声器のハウリング音。つづいて、割れるような叫び声がこだまする。

『――社員寮にお住まいの皆様！　我々は陸上自衛隊です！　その建物には現在、何者かによって爆発物がしかけられています！　今すぐそこから退避してください！』

ぞくり、と鳥肌が立つ。

……陸上自衛隊？

「罠だ」バルボーサが即座に吐き捨てた。「今の爆発も、こいつらの仕業だ」

「……我々をあぶり出す気ですね」アンソニーがカーテンの隙間を閉じて振り返る。「本物の自衛隊のようです。三〇人以上はいますよ。機銃を載せたジープが四台、装甲車が二台。背広を着たアメリカ人もいますね」

「なるほどな」バルボーサが苦々しくつぶやいた。「指揮を執っているのはＣＩＡだ」

「……それにしても、なぜここが？」

わたしたちは、奴らに見つかったということなのか。いったい、どうして。

「わからない。見つかる要素などなかったはずだ。……いや――」

バルボーサは目を見開き、鋭い形相で園香を振り返った。園香の手元に視線を落とし、くそ！　と声を荒らげる。園香の右手には、スマートフォンが握られていた。

「……貴様の、そのおもちゃが――」

バルボーサが怒りに声を詰まらせ、アンソニーが天を仰ぐ。

「……油断しましたね。我々のミスです」

すぐそばで、露骨な舌打ちが響いた。だから言っただろうが。流花が吐き捨てる。

「……あの、どういう……？」

園香が蒼白になりながら声を絞り出す。わけもわからずスマートフォンを握りしめ、手で覆い隠そうとする。アンソニーが窓際から小声でささやいた。

「あなたは瑠美と親交のあった元上司だ。位置情報をマークされてたんですよ」

「位置情報……？」

「ＵＦＯの一件のあと、あなたは都心を離れ、ここに移動した。あなたには無縁のはずの場所だ。すべて、チェックされてたんです。この社宅はフレイロジャー系列と競合する企業の所有物ですから、我々との関連に気づかれたとしてもおかしくはない」

園香は自分の手元に視線を落とし、信じがたいという目でわたしを見た。

「ですが、あなたは悪くない。チェックを怠った我々の責任です。昨日は忌々しいほどに、いろいろなことがあった」

言い訳はやめろ執事（オペレーター）、と流花が言い放ち、なに言ってんのあんただって気づかなかったでしょうが、とルリ子がたしなめる。

「――ちょっと静かにしてくれないかな！」秋男がキーを打ちながら大声をあげた。「今クライマックスなんだよ！　みんな出てってくれ！」

全員が一瞬息を呑む。お前こそ大声を出すな。バルボーサが低く叱責するが、秋男は構わずに手を動かし続ける。トタン屋根を打つ豪雨。激しいタッチ音が響き渡る。

「出てけって言われてもねえ……」

ルリ子が不安げにため息をもらす。ふたたび拡声器の声がこだました。

『――繰り返します！　こちらの社員寮にお住まいの皆様！　我々は陸上自衛隊です！　その建物には現在、何者かによって爆発物が――』

どん！

建物がバウンドしたかのような衝撃が襲った。階下での爆発。先ほどよりもさらに振動が大きい。おもわずひざまずく。遠くで悲鳴のような喧噪が聞こえる。

爆発が、徐々にこの部屋に近づいている。

アンソニーが窓際に身をすり寄せ、外をうかがった。

「……住人たちがすごい勢いでここを飛び出しています。埠頭の奥に集合させて、おそらくはそこで本人確認をしている」アンソニーは目を細める。「まずいですね」

「ああ。敵はまだ我々の部屋を特定できていない。だが、住人が全員避難したら、一気に襲いかかってくるつもりだろう」バルボーサが落ち着きなく歩き回る。「もしくは、本当にこの建物を吹き飛ばすつもりかもな」

「そんなことしていいわけ？」ルリ子が甲高い声をあげた。「自衛隊がそんな――」

「自衛隊じゃなく、架空の犯罪者の仕業になるんだよ。それに、日本でも今じゃあちこちで暴動が起きてる。こんなことはいくらでも揉み消せるだろうさ」

「どうやって切り抜けるつもりです？　ここに武器は――」

「武器などない。あったらここにじっとしてなどいない」

「ちょっと……どうするの？　このままだと殺され――」

「そんなことはわかってる。だからこうして考えてるんだよ！」

「――だからうるさいって！」

秋男が腰を浮かせて叫んだ。

「早くみんな外へ出てくれよ！　急いで屋上に向かってくれ」

全員が秋男を振り向く。

「……屋上に？」

「そうだよ。屋上！」秋男は手を止めずに早口で言い放った。「アジア一帯の空路はとっくに攻略済みだから。あと一〇分くらいで迎えがくる。ヘリだよ」

本当か！　バルボーサが唸り、ルリ子が手を叩く。

「マジかよ……」

流花がヘッドフォンをずらし、驚きに満ちた視線を秋男に投げかけた。

「言っとくけど、ヘリといっても民間ヘリだから、武装はしてないからね」秋男は一瞬作業を止め、全員を振り返った。「──だから、気をつけて」

その目に、何かが込められていた。覚悟のような、何かが。

「気をつけてって……なに。──彼氏は？　一緒にこないつもり？」

ルリ子が秋男に歩み寄り、肩を揺さぶる。秋男は無言で両手を動かしていた。

「ちょっと……！」

「邪魔しないでルリ子さん」秋男の表情は、能面のように硬かった。「最重要局面なんだ。もう少しでイスラエルへの空路を解除できる。あとちょっとなの」

「あとちょっとって……どのくらい？」

「やってみないとわからない。だからオレは、ルリ子さんたちとは行けない」

「だめよそんなの！　あいつらがここへ──」

ぱあん、とキーの音が響く。

「オレがこいつを片付けないとすべてが終わりなんだよ。ほかに選択肢はない」秋男がルリ子を振り仰ぎ、その目を探る。「それにね。今回の標的(ターゲット)は史上最強なんだ」

秋男は、照れたように笑った。

「こいつを倒さずして、オレは死ねない」

「そんな――」

どおん！

床が揺れ、全員が体勢を崩した。何度目かの爆発。ルリ子がよろめいて倒れかける。その肩を秋男が抱きとめた。大丈夫。オレを信じて。秋男のささやき声が聞こえる。オレが必ず、道を作るから。ルリ子さんは、その道を走って。

どおおん！

立て続けの爆発。テレビが倒れ、パネルが砕け散った。キッチンの食器棚もはじけ飛び、モバイルＰＣの一台が床へ落下した。部屋中にガラスの割れる音がこだまする。

「くそ！」秋男がＰＣを拾い上げながら叫んだ。「早く！　いそいで！」

「――よし！」

バルボーサが身を屈めたまま叫んだ。

「行くぞ！　アキオ以外の全員で屋上へ向かう。……アキオ、あとは頼んだ」

「まかせといて」

バルボーサが先頭に立ち、障害物をよけながらリビングを出た。ルリ子と園香、流花が続き、そのあとをわたしとアンソニーが追う。

リビングを抜ける瞬間、流花が後ろを振り返った。眉間に皺を刻み、険しい表情で何かを見つめる。わたしもつられて振り向く。視線の先には、秋男の姿があった。

秋男はふいに顔を上げ、流花の眼差しを受け止める。そしてうなずき、ふたたび画面に目を落とした。

「――死ぬなよ」

流花がつぶやき、前に向きなおる。その背を追って、わたしは玄関の外へと出た。


廊下を走る途中、人の気配はいっさいなかった。爆発音も途絶えている。

階段は建物の両脇と中央にあった。両脇の非常階段は外から丸見えのため、中央の屋内階段を使う。六階から、最上階の一〇階へと向かった。

「――奴らはけっきょく、ここを爆破するつもりはないのかもな」

バルボーサがささやき、アンソニーがうなずいた。その横顔には脂汗が浮いている。

「逃げ道を完璧にふさいでいる以上、爆破する必要はないでしょう」

密閉された中央階段の空間に、押し殺した声と足音だけが漂う。

「てことはさ」ルリ子が小走りにアンソニーへと近寄る。「すでにあいつら、下の階からしらみつぶしに部屋を捜索してるってことじゃないの」

「そういうことでしょうね」

わたしは歯噛みした。極度の緊張で今にも嘔吐しそうだった。全身が圧迫されたように締め付けられ、視界も狭められているように感じる。階段を踏みしめる足が、痺れて重くなっている。最後方を守る流花が、早く上れと背中を押してくる。隣を見ると、園香の表情にも深い険が走っていた。

心の中では凄惨なフレーズが繰り返されている。

見つかったら殺される。見つかったら殺される。

「――着いた」

最上階を越え、行き止まりにさしかかった。バルボーサが身を低くし、屋上へとつづく扉に手をかけ、ノブをひねる。扉を押すが、それは微動だにしなかった。

「案の定、鍵がかかってやがる」

言いながら、こちらを振り返る。わたしの頭を一瞥し、ついで園香に目をとめた。

「お嬢ちゃん。その髪留めを貸してくれ」

バルボーサの見えない左目が歪む。園香は一瞬呆然とするが、すぐに後ろ手に髪をまさぐる。細いヘアピン。髪の毛を引きちぎりながら外し、それら数本を手渡した。

「ピッキング……できるんですか」

「得意じゃないがな」

園香の問いに、バルボーサの左目がふたたび歪む。

「し！　……静かに」

ふいにアンソニーが手をかざし、ささやいた。眉をひそめ、静寂に耳をすませる。

「……うそ」

戦慄が走る。園香の体が、目に見えてぶるりと震えた。

はるか階下。複数の足音が微かに聞こえてくる。脳裏に鮮明なイメージが宿った。銃を構えた自衛隊員が、こちらへ向かって近づいてくる映像。一歩一歩、確実に。

バルボーサが小さく舌打ちし、ピンを折り曲げて針金のように伸ばした。

全神経が、聴覚に集中している。階下の微かな音よりも、自分の鼓動のほうが大きく感じられた。目を閉じ、息を止め、闇の中で祈る。

ふいに、足音が聞こえなくなった。

「廊下へ出たか。しらみつぶしだな。……やつら、何階まで来てやがるんだ」

「五階だ」

バルボーサの問いに、流花が答えた。流花はヘッドフォンを肩にかけ、今なお階下の音を探っている。半目を開け、淡々とつぶやいた。

「敵は二手に分かれて行動してる。今は四階と五階、次は六階と七階に来るぞ」

「まずいな……」

バルボーサが低く唸った。ピンを両手に持ち鍵穴に差し込む。

かちゃかちゃとした音が、心臓を圧迫する。誰もが固唾をのみ、それを見守った。

聴覚が、今度は皮膚の触感と連動する。首筋から肩、二の腕にかけて、ふつふつと鳥肌がたつ。気配を消すように努めるが、体がいうことをきかない。

「……まだですか」

アンソニーがしびれを切らしてささやく。バルボーサは一度大きく深呼吸をした。

「さっきも言ったが、得意じゃねえんだよ」

「……それにしてもさ――」

ルリ子が何かを言おうとし、途中でやめた。顔をうつむかせ、階下に意識を漂わせている。その心中が、痛いほどに伝わってきた。わたしも同じ思いに至る。こちらも危機に立たされているが、それ以上に危ないのが、秋男だった。

まもなく自衛隊が六階にさしかかる。部屋に鍵やチェーンをかけたところで、おそらくは役に立たない。敵はマスターキーや鎖を切る道具を持っているはずだ。すぐに秋男は見つかってしまう。見つかればどうなるのだろう。秋男の素性は割れているのだろうか。連行されるのか、それとも殺されるのか。

そもそも、作業は無事完了しているのだろうか。

胸が張り裂けそうになる。喉がからからに渇き、咳が出そうになってマスクをおさえた。そのまま、吐き気がこみ上げてくる。

「……ちょっと、これ借ります」

園香が腕を伸ばし、バルボーサの腰からナイフを引き抜いた。

「なにをする」

「時間を稼がないと」園香は言いながら階段を下り始めた。「あいつらが彼のもとへ行かないよう、できるだけ攪乱（かくらん）してみる」

「まさか……勝てるわけがない」

アンソニーが後ろから腕をつかむ。園香はつかまれたまま、突然パジャマのズボンを脱ぎ始めた。真っ白ですらりとした太ももが、シャツの裾からのぞく。

「……なにを」

仰天するアンソニーに、園香は微笑みながら振り向いた。

「戦うわけじゃない。攪乱するのよ」

言いながら、そのやわらかな太ももにナイフを押し当てた。右手が、ゆっくりと横へ滑る。白地にピンク色のひだが走り、次の瞬間、真っ赤な鮮血があふれ出した。

「……！」

わたしは慌てて手を伸ばした。が、それよりも早く園香の右腕が動く。今度はシャツの上から自分の二の腕を切り裂いた。白地がまたたく間に赤く染まってゆく。

「ちょっと……！」

ルリ子が口に手を当てた。全員、硬直したまま動けない。

「……ほら、みんな動転してるじゃない。ってことは、見込みはあると思う」

「やめて……」

わたしは力なくつぶやいた。

園香は聞こえなかったふりをし、脱いだズボンで傷口をおさえた。

「私みたいな善良な市民がこんな格好で怪我をしてたら、さすがにあいつらだって無視できないでしょ」園香はパジャマの余った部分で床の血を拭った。「──それに、そもそもこうなったのは私の責任だから」

「やめて……」

わたしは声を絞り出した。園香を羽交い締めにしたかった。けれども、彼女の決意を無駄にするわけにはいかない。感情はどこへも行けずに空回りし、ただ霧散した。

「殺されることはないと思う。たとえ捕まっても、コールガールだって言い張ってやるから。実際、今の私の本職だしね。飢えた外国人に呼び出された、て言ってやる」

園香は微笑んだが、目元は痛みで痙攣していた。ふいに階段を下り始める。

「待て──無理だ」

流花がヘッドフォンをずらし、園香の肩をつかむ。

「……言っとくけどね」園香は肩を揺すってそれを振り払った。「私にしかできないことだってあるんだよ」

挑戦的な視線で、流花の双眸を射貫いた。

「あなたには無理。でも私ならできるかもしれない。そういうことだってある」

「……なんだと」

「それに言ったでしょ」園香の目が、ゆっくりと和らいだ。「私は、強くなりたいの」

言いながら、手に持っていたナイフを流花に手渡した。

流花はそれを受け取り、血に濡れた刃に視線を落とす。その瞳が、わずかに揺れる。

流花は、思いを聴いた。園香の、揺るぎない本心を。

「――絶対に、死ぬなよ」

「わかってる……死にたくないから」

つぶやくと同時に、園香の体がぶるりと震えた。死というイメージを、その細い体から閉め出すかのように。

園香はうなずき、そのまま片足を引きずりながら階段を駆け下りていった。

そのおぼつかない足取りを、全員が黙したまま耳で追う。一心不乱に、無事を祈る。

バルボーサはゆっくりと息を吐き、ふたたびドアに向かって指先を動かしはじめた。

――園香。

園香は、強い。どうしてこれほどまでに強いのだろう。強くなろうとして生きてきた結果だろうか。それとも、今この瞬間に強くなったのだろうか。

わたしはどうだろう。わたしは、強くなれているだろうか。なれるのだろうか。

園香と、語り合いたい。雑談をして、飲み明かしたい。

思いがとめどなく胸を交錯する。それを打ち消すかのように、早くも階下で動きがあった。悲痛に満ちた、けたたましい叫び声が聞こえてくる。

助けて！　怪我をしてるの！　だれかはやく！

園香の声だった。廊下がとたんに騒然となる。ずっと静寂を保っていた自衛隊員たちに、あからさまに気配が宿るのを感じた。足音、ささやき声、どよめき。

なんなのあなたたち！　怖い！　やめて！　近づかないで！

映像が目に飛び込むようだった。長い髪を振り乱し、真っ白な生足を血まみれにして逃げ惑う女。それはまぎれもなく、錯乱したコールガールだった。色気と愚かさと哀愁を全身でふりまき、堅い雄たちの平常心を揺さぶる。

「たいしたタマだ」バルボーサがわたしを横目で一瞥した。「お前さんの元上司、ただの小娘じゃなかったな」

わたしはうなずく。バルボーサは鍵穴を向いたまま、頬を歪ませた。

かちり、と音がする。

「――よし！」

バルボーサが立ち上がった。ようやく、鍵が開いたようだった。

「待たせて悪かったな。行くぞ！」

バルボーサがドアに手をかける。全員が息をつめ、それに続いた。

ドアが開き、暗がりに閃光が炸裂する。

陽の光。青空、風。

まるで天国に辿り着いたような錯覚が、わたしを包み込んだ。


「――あそこだ！　こっちに向かって来ている」

バルボーサが空の一点を指し示した。

青空をバックに、小さな点がこちらへと近づいてくる。白いヘリコプター。丸みを帯びたその機体は、報道用として見かけるタイプだった。

わたしたちは内心歓喜し、身を屈めて屋上の中央へと移動する。バルボーサが扉に鍵をかけながら、「ぜったいに立ち上がるなよ」と念を押した。

屋上の広さをざっと目算する。およそ幅一〇メートル、長さ三〇メートルほどの長方形のスペース。着陸するには十分な広さだと思えた。

ヘリのローター音が微かに届いてくる。

同時に、下の方から騒がしい物音が聞こえてきた。押し殺したような声、アスファルトを踏む音、車を動かすエンジン音。

アンソニーが身を屈めたまま柵ににじり寄った。そっと眼下をうかがい、苦々しく顔を歪める。

「気づかれたようです」

「……早く！　いそいで」

ルリ子が屈んだまま上空に手を振った。ローター音が次第に大きくなり、朝陽を浴びた機体がおよそ一〇〇メートルほどまで近づいてくる。

そのとき、ローター音とよく似た連続音が青空にこだました。

ダダダダダダ……！

ヘリの機体のそこかしこで、立て続けに火花が散る。

「くそ……機銃か！」

バルボーサが唸った。アンソニーが柵に身を寄せたまま、こちらを振り向く。

「まずいです。四台のジープがヘリを狙っている。それに、残りの隊員がすべて、この建物に集まってきています……」

「……ここへ来る気か」

バルボーサがドアを一瞥し、青空を見上げる。ヘリはたまらず旋回しており、機銃から逃れるようにして引き返していった。機体が見る間に小さくなっていく。

「――くそ！」

「ちょっと……どうするの？　ねえ！」

ルリ子が悲鳴を上げる。バルボーサは黙して動かず、流花はヘッドフォンをつけたままドアを見つめていた。アンソニーは眼下を見据え、自衛隊の動きをなおも追う。

機銃の破裂音だけが響いていた。

為す術はないのか。

こちらにはいっさいの武器がない。ヘリは近づけず、身動きもとれない。今にも自衛隊員たちがなだれ込んでくる。逃げ道など、どこにもない。

この状況を、どうやって打ち破れというのか。

どおおん！

間近で爆発が起きた。

重い金属製のドアが、まるでベニヤ板のように吹き飛ぶ。があん、がん、がん。ドアが床をバウンドする音。こじ開けられた穴からは、大量の煙と火薬の匂い。

やがてその穴から、深緑の迷彩服がわらわらと湧き出てくる。

まるで水をかけた蟻の巣だ。ぼんやりとそう思ったとき、バルボーサが唸った。

「──ここまで、か……」

陸上自衛隊の隊員たちが、数メートル先で二列に並んだ。三〇名近くはいるようだった。全員が、こちらに銃を向けている。

日本を守る兵士たち。その顔には、どれも堅実な正義感がうかがえる。わたしたちは彼らの敵であり、日本の敵なのだ。そういうふうに仕立て上げられていることをまざまざと実感した。彼らは真実を知らない。だが、それを伝える術もない。

全員動くな！

中央の隊員が言った。誰も動いてなどいないのに。

いや──。

横を見る。アンソニーが、歩いている。柵のほうから、わたしたちのもとへ。

隊員たちが銃を向ける。アンソニーの動きに合わせて、銃口を動かす。

それでもアンソニーは動じない。何食わぬ顔。そのまま、わたしの向かいにそろりと立ち、ゆっくりとかがみ込む。

アンソニーが、わたしの両肩に手を置いた。

「瑠美。あとは頼みます」

「……え？」

──わたしに？　なにを……？

アンソニーが微笑んだ。ほっとしたような、それでいて激励するかのような。まるでレッスンが終わったときのように、それは懐かしい微笑みだった。

くるり、と踵を返す。隊員たちに向かって、両手を横に広げる。わたしたちを守るように、相手を威嚇するように、両手を広げたまま、足を前へと踏み出す。

動くなと言っている！

怒号が飛び、銃がいっせいに構えられる。ぴたり、と銃口がアンソニーに合う。

アンソニーの足が動く。ずんずんと、隊員たちに近づく。

次の瞬間、おぞましい言葉がわたしの耳をつんざいた。

撃てえ！

ブシュン！　ブシュンブシュンブシュンブシュン……！

隊員たちの銃口が揺れる。アンソニーの体が脈打つ。音に合わせて、踊るように跳ねる。背中が反り返り、反動で腰が折れる。そのまま、床にどさりとくずおれる。

うつぶせに倒れた、アンソニーの体。その床との隙間から、どす黒い色がふつふつと滲み出る。アンソニーの体から、大切なものが漏れ出ている。

――いやああああああああ！

わたしは絶叫した。

光景が、白に変わる。目には、何も映らない。この世のすべてが、消失する。

耳鳴りが五感を支配していた。超音波のような、甲高い金属音。脊髄を下から上へと切り裂いていくような、鋭利な振動。その振動によって、喉が震えている。

いや、放たれている。自分の喉から、芯から、音波が放たれている。

声にならない声。思考と感情を引きちぎる倍音。

わたしは自分が叫び続けていることに気づいた。


「――瑠美！」

白が、徐々に晴れていった。

ちかちかとした視界に、凄惨な光景がよみがえる。

銃を構える自衛隊員。その前で倒れるアンソニー。

わたしの体は、動かないようだった。感情のいっさいも、湧き上がらなかった。

ただ、ヘリコプターの音だけが間近で聞こえる。

「――瑠美。しっかりしろ」

流花が、背後からわたしの体をつかんだ。そのまま、一八〇度回転させる。

わたしの視界に、立ち尽くしている二人が見えた。バルボーサと、ルリ子。その後ろに、巨大な白いヘリコプターがある。轟音と暴風をまき散らし、わたしたちの髪を縦横になぎ払っていた。

背後の隊員たちに動きはない。下からも機銃の音が聞こえない。動いているのはヘリコプターのプロペラと、ヘッドフォンをしていた流花だけだった。

それ以外の人間が、動けなくなっている。わたし自身の体も、自由を奪われている。自分でも、それは初めての体験だった。

流花は動かなくなったバルボーサを引きずり、その体をヘリの中へ押し込めた。ヘリにはパイロットと乗組員の二人がいた。乗組員がヘリを降り、ルリ子の硬直した体を肩に乗せ、機体へと運び入れる。

「……いそげ！」

流花がわたしの頬を思いきりはたいた。衝撃に首がねじれ、よろめき、足が無意識に踏ん張る。流花はそのままわたしの体を担ごうとしたが、わたしはそれを手で制した。なんとか足を踏み出し、自分の意志で歩こうと試みる。

背後で、ガシャリという音がした。

振り返ると、銃が床に落ちていた。落とした隊員と、目が合う。虚空をさまようその視線が、ふいに焦点を結んだ。我に返ったように、隊員が銃を拾い上げる。

「まずい」

流花がわたしの手を取って走った。二人でヘリに突っ込み、同時に機体がガクンと揺れる。ブシュン、ブシュン。聞き覚えのある音が響き、それを遮断しようと流花がドアに手をかける。

――待って！

声帯が潰れていて声が出ない。流花の腕をつかみ、どうにか指し示す。

うつぶせに倒れている、アンソニーを。

「……だめだ！」

機体が大きく揺れ、屋上の床が離れていく。流花がわたしの腕を振り払い、ドアをスライドさせた。閉まったドアに向かって、銃が発砲される。

キン！　キンキンキン！

隊員たちの何人かが動き始めている。アンソニーは微動だにしない。その存在が、徐々に小さくなっていく。姿が、見えなくなっていく。

わたしは窓にへばりつき、その光景を目で追い続けた。

ヘリが大きく向きを変える。

やがて視界は、空と海だけになった。

# 15　奈落の世界

アンソニーが死んだ。

なぜ、死ななければならないのか。そのことばかりが、頭を埋め尽くす。

なぜ味方であるはずの日本に、殺されなければならないのか。なぜほかの誰でもなく、アンソニーが死んだのか。それとも園香や秋男も、殺されたのだろうか。

心が、反吐にまみれている。神経がおかしくなっていた。衝動的にヘリのドアをスライドし、何度も身を投げ出そうとした。そのたびに、流花が殴ってそれを止めた。

バルボーサが吐き捨てるように言う。世界中で、同じことが起こっている。今この瞬間にも、何千、何万の命が理不尽に奪われている。殺されている。餓死している。

俺たちは、それを食い止めるんじゃなかったのか。

わたしは瞼をきつく閉じ、歯を噛みしめた。泣き叫びたい衝動を抑える。ここで叫んだら、またしても全員の精神を巻き込んでしまう。

命が奪われるということを、今も奪われ続けているということを、そしてその恐ろしさを、哀しさを、わたしは今はじめて実感したのだと思う。

途方もない絶望と、燃えさかるような怒り。

それは殺戮の原動力になる。自身をも焼き尽くすほどの黒い炎となる。

バルボーサがわたしの目を覗き込む。右目を哀しげに細め、理解を示すように見つめてくる。そうして、ある物語を語り出す。

――リアサとスヴェイの物語を。


一九七〇年代、ベトナム戦争に巻き込まれたカンボジアは、アメリカによる画策を受けて長い内戦を強いられた。やがて一九七五年、ベトナムからアメリカが撤退したことでカンボジアの政権が崩壊し、ポル・ポト派と呼ばれる新勢力が実権を握った。構成員のほとんどが一〇代の少年兵で、彼らはポル・ポトを神と崇めるよう凄惨な洗脳を受け、その証として首に赤いマフラーを巻かれていた。彼らはまず大挙して首都プノンペンを占領し、そこに住む市民のすべてを住居から追い出した。階級や格差のない真に平等な国を作るという信念のもと、前体制のすべてを否定し、逆らう者は皆殺しにした。人々の所有物をすべて奪い、娯楽を抑圧し、貨幣制度を撤廃したうえに物々交換さえも禁止した。宗教も全面的に否定され、教育すら廃止された。国民はただ黙々と、農作業や土木工事などの重労働に従事させられた。

政府関係者だけでなく、僧侶、医師、看護師、教師、踊り子や歌手や芸術家にいたるまで、技術を持つ者や知識人は、すべて処刑の対象となった。国内にとどまらず、海外で活躍するカンボジア人に対しても、嘘をついて国内に呼び戻しては処刑した。その大量虐殺は四年間続き、カンボジアの人口の約四分の一が殺された。そのため大人が街から消え、子供が要職につくという異様な社会が形成された。

そのときに香港から呼び戻され、両親が殺され、孤児となった少女がリアサだった。わずか四〇年前の話だ。

アフリカにルワンダという小国がある。人口八〇〇万ほどの貧しい国で、ツチ族とフツ族という部族が暮らしていた。もともとは手を取り合って共存する慈愛に満ちた国だったが、二〇世紀にベルギーの支配下に置かれてからは、その様相が一変した。ベルギーはツチ族を優れた民族、フツ族を劣った民族に位置づけ、部族間の差別意識を徹底してあおった。それはツチ族を通じて容易にルワンダを支配するためであり、フツ族は長年にわたる虐待によって拭えない憎悪を蓄積することとなった。一九六二年にルワンダはベルギーから独立するが、その根源的意識は根強く燻り続けた。

そうして一九九四年、フツ族の大統領が何者かによって暗殺されたことをきっかけに、一部の過激派がそれをツチ族の犯行だと決めつけ、民衆にラジオで訴えた。

犯人はツチ族だ。奴らは薄汚れたゴキブリだ。今すぐ殺せ！　皆殺しにしろ！

善良で働き者のフツ族が、その瞬間から殺人鬼へと変貌した。つい直前までは隣人として、仕事仲間として、同じ空間で過ごしていたツチ族を、山刀を振りかざして殺し始めた。ツチ族の子供を教えていた教師が、夜な夜なその生徒たちを殺して回った。ツチ族を教会に避難させた市長が、その夜にフツ族を引き連れて皆殺しに向かった。

そうした大虐殺が三ヶ月間繰り返され、約一〇〇万人が死んだ。

そのときに最愛の妻と子を殺され、街でただ一人残ったツチ族が、スヴェイだった。

わずか二五年前の話だ。


……なあ、知ってるか？

バルボーサが言う。

スヴェイとリアサが言ってたよ。世界を救うには、いくらの金が必要なのか、てな。

世界では電気を使えない人が一〇億人いて、毎日一〇万人が餓死してる。二〇兆円あれば、その人たちを救える。そして四〇兆円あれば、世界中の環境破壊を止められる。つまりこの世界を救うには、まずは年間六〇兆円の金があればいいんだとよ。

けどな、その一方で、たとえば日本からは毎年それ以上の金が人知れず欧米に流れている。その金は何に使われているか？

投機や戦争に使われているんだよ。

投機も戦争も、搾取そのものだ。ごく一部の人間をより肥えさせるために、多くの人々を無自覚の奴隷にし、絶望的な飢餓と狂気をふりまく。

つまり俺たちは——。

バルボーサは声を絞り出す。

——金を使って人を救うどころか、金を使って人を殺しているんだよ。


ヘリコプターが、延々とプロペラを回している。


人間とは、いったい何なのだろう。

どうしてこんなにも、愚かなのか。それが弱肉強食の——生命の本質なのだろうか。

たとえ背後に何者かの画策があったのだとしても、なぜこんなにまで恐ろしいことを、人はその手で実行してしまうのか。なぜ、気づかないのだろうか。

リアサの言葉がよみがえる。

——人間が愚かでなくなることは、あり得ない。ゆえに存続する価値があるようには、私には思えません。ですが、我々は人間なのです。

それはどれほどの絶望なのだろう。

──愚かであることを嘆き、排除する。と同時に誇らしく思い、育む。それができるようになるにはどうすればいいのか。我々は模索しつづけるしかないのです。

それは果たして、希望と呼べるのだろうか。

人類など、このまま自滅してしまえばいいのではないか。この略奪と殺戮で成り立つ社会など、どうしたところで救いようがない。それがたとえどこかの支配者層によって作られたものだとしても、それは自業自得ではないのか。いずれは必ず、自滅する。ピラミッドの中腹で何不自由なく暮らす人たちが、無知でありつづける限り。

そうだ。

わたしたちの得る食料や必需品、家電に車、高級品のすべては、間接的かつ巧妙に、弱者からの膨大な搾取を経て生産されている。わたしが生きているこの足下には、わたしを生かしてきた大勢の犠牲者たちがいる。けれどもそれを自覚して生きることなど、わたしにできるはずもない。

そもそも、最愛の人が簡単に殺されるような社会で、生きていたいとは思えない。

わたしはふたたびヘリのドアに手をかけた。

バルボーサがその手を握り、大きく首を振ってみせる。

「スヴェイもリアサも、俺でさえも、長いあいだ葛藤してきたんだ。だからお前も、それを放棄しちゃいけない」

バルボーサの左目が、まるで見えているかのようにわたしを捉えた。

「そりゃ答えなんて出ないさ。何がいいのかもわからない。でもそれが、人間ってもんだろ。葛藤しなきゃならねえ。それが人間だ。少なくとも俺は、そう思ってる」

ヘリを上海で降り、小型のジェット機に乗り換えた。その後もラオス、インドを経由し、乗り物を変え、タイミングをずらし、秋男の指定した空路をトレースした。イスラエルまでの道のりは長い。それでも、秋男の仕事が完璧だったことに深い感慨を抱く。彼の作った道のおかげで自衛隊を振り切り、目標を目指すことができた。今こうしてわたしたちは生き、人類にはまだ選択肢が残されている。

わたしは旅のあいだ中、思索にふけった。

体中をむしばむ絶望を、人間をとりまく宿命を、どうすれば無くすことができるのか。解決する方法など存在するのか。この世から我欲と無知と憎悪を消し去ることなど、果たしてできるのだろうか。

考えても無駄かもしれない。そもそもこの世は成るようにして成っている。ただ純粋に、生命の掟にもとづいて成り立っているに過ぎない。だがそれでも、思弁を放棄するわけにはいかない。放棄すれば、死を待つだけの生になる。

ルリ子と流花も、同じ考えのようだった。二人とも気配を消し、内にこもり続けていた。アンソニーの死は、絶望そのものだ。それは二人にとっても同様だった。

最後の中継地点であるオマーンで、若干の待機時間があった。

首都マスカットから離れた沿岸部に民間滑走路があり、そこに備え付けられた休憩所で膝を伸ばした。石造りの床に絨毯が敷かれただけの、簡素な部屋。そこにはテーブルと扇風機と古いテレビしかなく、ほかに人はいない。懐かしいブラウン管の画面には、現地のアラビア語によるバラエティ番組が映っていた。

日本を離れて一日半が経過している。誰もが疲労を隠しきれないでいた。

「いよいよ明日ね……」

ルリ子が沈黙をもてあまして一人つぶやく。

イスラエルはもう目と鼻の先だ。実感はないが、そのときは刻一刻と近づいている。

「すでに百名近い工作員が入国しているようだ。徐々にエルサレムに集結しつつある。アキオとあの娘のおかげだな」

バルボーサはインドで手に入れたモバイルPCと衛星電話で、サベルタのデータベースにアクセスしていた。首尾は上々のようで、現地からの報告もすでに相当数があがっている。工作員たちは現地に溶け込み、続々と入国するCMTのメンバーを残らず追跡しているとのことだった。父の情報は、正しかった。

「小物を捕らえた瞬間に、大物は逃げる。だから、勢揃いしたところを一網打尽にするしかない。このときが訪れるのを、我々は何年も待ちつづけた」

バルボーサは言いながら目まぐるしくPCを操作する。報告と指示。分析と予測。キーボードを叩く乾いた音が、周囲の石の壁に反射していた。

かたかたかたかた。かたかた。

ふと、耳に違和感をおぼえる。

テレビから聞こえてくるアラビア語が、いつのまにか英語に変わっていた。

全員がテレビを振り返る。画面には、どこかの巨大な会議室が映し出されていた。

その会議室は雑多な人種のスーツ姿でごった返している。画面の右上には英語とアラビア語の字幕があり、〝国際生中継〟という文字が明滅していた。

アナウンサーの声が微かに聞こえる。アメリカ英語だ。それを追うように、アラビア語の同時通訳が被さっているようだった。

ルリ子はテーブルのリモコンを手に取り、音声のボリュームを上げた。

『――とのことで、ニューヨークの国連本部会議場より、加盟国一九六ヶ国に向けて緊急の衛星生中継です。ただいまからボルマン事務総長より、世界中の人々に向けて極めて重大な発表がなされる模様です』

画面が切り替わり、中央の演説台がズームアップされた。薄い茶髪で緑色の目をした中年紳士が、険しい表情でうつむいている。国連の事務総長。たしかドイツ人だ。

ボルマン事務総長は大きく息をつき、決意に満ちた声で語り始める。

『全世界のみなさん。すでにご承知の通り、世界は今かつてないほどの危機に見舞われている。大規模な事故と災害、恐ろしい疫病、そして異星人の襲撃。もはや神に祈っただけでは、この危機は乗り越えられない。今こそ、この星のすべての人間が手を取り合い、国家を超えて団結する必要があります。みなさんの代表たる国際連合会議では、その方法について議論を重ね、そうしてついに、ある決断をくだしました』

ボルマン事務総長は言葉を切り、会場を見渡した。真摯さと誠実さがその視線に込められている。まるでカメラを通じて世界中を見据えているようだった。

『――我々は、地球上のすべての国家をまとめる、暫定的な〝統一政府〟を樹立することを決議しました。よって、この地球におけるすべての人々の意思で、統一政府の議会と大統領をすみやかに選出していただきたい。――そう、この地球を愛するみなさんに、〝ともに力を合わせて立ち向かう〟ことを、決意していただきたいのです』

会場にけたたましい歓声が起こった。

愕然とする。世界統一政府。その突然の樹立。

『敵は災害や疫病、異星人という名を冠した〝悪魔〟である。我々は〝史上最大の危機〟に直面しているが、裏を返せばこれは〝チャンス〟と言えるのではないだろうか。

人類が一つになるための、〝神〟からの試練。それは〝どの国〟の、〝どの人々〟も、感じていることだろう。〝私の母親や娘ですら〟感じている。だからこそ、乗り越えねばならない。これを乗り越えることで、我々は〝困難から救われ〟、〝真の自由を手にし〟、〝より大きく成長することができる〟だろう』

流花の顔が歪んだ。ルリ子は腕を組み、眉をつり上げる。

プロパガンダの典型的な手法が、あからさまに繰り返されている。レッテル貼り、普遍化、転移、平凡化、バンドワゴン……。かつて父に教わったことのある、ごく初歩的な手法。それらの複合により、人々に疑う隙を与えず、否定する術を奪う。

『我々は生まれ変わる。世界中に分散した貴重な資源、人材、軍事力を、特定の国のためではなく、人類のためにこそ用いることを決意する。我々は、我々のために、全ての力を結集しよう。それはこの地球を救うための、唯一にして最大の手段である』

会場は沸騰している。おそらくは全世界が、沸騰している。

力強くうなずく、ボルマン事務総長。その背後に、ダビデ・フレイロジャーの顔がちらついているように感じられた。

『まずは経済の大混乱を一刻も早く収束させるため、通貨のシステムを一新しなければならない。よって現在の基軸通貨であるドルを廃止し、新基軸通貨として〝アダム〟を制定することを提案する。これにより疲弊しきった先進国に今一度再生の泉が湧き、新興国には新たな風が吹き渡り、我々は力をみなぎらせることができる』

拍手喝采が巻き起こり、会場の全員が総立ちになった。

ドルを廃止する——。それによって先進国の莫大な借金がチャラになる。そして新基軸通貨を統一政府が管理すれば、それはすなわち世界を管理することにつながる。

一瞬にして、彼らによる支配構造が完成する。

『最後に、議会と大統領の候補者を発表する。各国からの選りすぐり、いずれも優秀極まりない人材です。今から四八時間以内に全世界で投票を開始しますので、どうかすみやかに、全人類のために、あなた自身の分身を選んでいただきたい』

中継の画面が切り替わり、一面に大量の人物の正面写真が並んだ。

議会および大統領の候補者。その全員がおそらく、ＣＭＴ48の手駒。

「——ついに……最終段階がはじまったな」

バルボーサが唸った。

予測通りとはいえ、にわかには受け入れ難い。あまりにも狡猾で、醜悪で、不遜だ。

「救世主の誕生、か。……で、このあとどうなるんだっけ」

ルリ子が憮然として腕を組む。

「奴らの計画の骨子はこうだ」

バルボーサはＰＣに目を落としてつぶやいた。

「まず、食料やエネルギーの効率化のため、世界の人口は七〇パーセントにされる。使えそうな人種だけを残し、それ以外は病気や災害や宇宙人を使って殲滅されるだろう。安全を餌に全個人にＩＤが振られ、人々の財産と行動は完全に管理されるようになる。食料もエネルギーも通貨も無駄なく最適化され、生産性向上に徹した政策が次々に強行される。つまり、ヒトもモノもカネも、すべてが奴らの所有物になる」

「……なるほどね」

ルリ子はうんざりしたように吐き捨てた。

「だが、人々がそのからくりに気づくことはない。日常生活は何も変わらないからな。このまま五年も経てば、今の世界の危機はすべて解決し、平和な世の中がおとずれたように錯覚するだろう。けど俺たちは、一生を通じてひたすら財産を生産し、それを最高の効率でベルトコンベアに載せていることに気がつかない」バルボーサは憎々しげに鼻を鳴らす。「人々にとっても、そこは楽園なのかもしれないな。恐怖も不安もなく安心して暮らせる、とてつもなく巨大な家畜小屋だがな」

「世の中をそんなつまらないものにして、何が楽しいんだろう。かわいそうな人たちね」ルリ子の声が、小さく震えていた。「さっさと乗り込んで説教してやりましょう」

バルボーサが顔を歪めてルリ子を振り返る。ルリ子は腕を組んだまま、その二の腕をきつく握りしめていた。バルボーサのＰＣに、着信が入る。

『――バルボーサ、そこにいるか？』

ウインドウが開き、スヴェイの焦燥に満ちた顔が立ち現れた。

『中継は見たか？』

「ああ。ついに始まった。予測よりもさらに早い。奴らも焦っているということか」

『それどころじゃない。とんでもない事態になった』

スヴェイは言葉を詰まらせた。目が血走っている。

別のウインドウにリアサが現れ、代わりに語を紡いだ。

『ダビデ・フレイロジャーが、死去しました』

「……？」

全員が一瞬、呆然となった。

ダビデ・フレイロジャーが、死んだ？

「……どういうことだ？」

バルボーサが混乱をあらわにして呻いた。スヴェイも同意した表情を見せる。

『あらゆる機関やメディアに、規制が敷かれていた。それがつい先ほど、解かれた。ダビデはすでにニュージーランドの別荘で死んでいたんだ。それも一週間も前に』

「――一週間前？　……殺されたのか？」

『老衰です』リアサが引き継ぐ。『サベルタのメンバーが、遺体を確認しました』

『つまりダビデはこの一年、別荘で療養していた。だから行方もわからなかった』

「老衰だと？　あのダビデ・フレイロジャーが……」

『とにかく今、政財界は大パニックになっている。宇宙人の襲撃以上に、な』

「本当に……死んだのか」

そんなはずはない。信じがたいことだった。現にこうして、計画が実行されている。

バルボーサが代弁した。スヴェイがうなずく。

「だったら――ダビデのこの計画は」

『――そう。少なくとも一週間前から、誰が実行しているのか、ということになる』

ダビデは死に、別の誰かが、この恐ろしい計画を実行している。

いったい、誰が――？

「……グレアム・ウェストミドルスか」

バルボーサがつぶやいた。スヴェイが同意するように視線を強める。

ＰＣの画面に、スーツ姿で微笑む英国紳士が映し出された。端整で強面な、肉食を思わせる顔立ち。

グレアム・ウェストミドルス。五〇代の若き当主。

この世界はもともと、ウェストミドルスが牛耳っていた。けれどもその地位をフレイロジャーによって奪われた。だからふたたび、支配権を取り戻そうとして――。

『計画自体は、ＣＭＴ48の合意のもとに纏められている。グレアムはダビデが衰弱しているのを知って、その計画の指揮を代行した。ダビデが生きているうちに彼の力を利用し、最終的に全権力をウェストミドルスに移動させるためだ。だからこそダビデの死に合わせ、計画は急ピッチで実行された。その筋書きで間違いないようだ』

「報道規制をこの絶好のタイミングで解いたのも、グレアムの思惑か」

『――どちらにせよ、事態は変わりません』リアサが淡々と言った。『この世界はずっと、そうした権力者たちの覇権争いに振り回され、ことごとく蹂躙(じゅうりん)されてきた。今もそれが続いている。それだけのことです』

「阻止してどうなる？」

『そのとおりだ――。敵が誰であれ、我々はそれを阻止する』

流花が突然口を開いた。ヘッドフォンを肩にかけている。

「阻止しても、また繰り返されるだけじゃないのか」

なんだと、とバルボーサが振り向く。

流花はかまわず画面に分け入り、リアサを正面から見据えた。

「――リアサ。あんた本当は、人類が滅ぼうと救われようと、知ったこっちゃないんだろ？」流花は挑発的に視線を細めた。「ただ、復讐がしたいだけなんじゃないのか」

リアサは憂いに満ちた瞳をゆるめ、静かに口を開く。

『あなたはまだ、決心がつかないのですか』

「あたしはもう決心してる。誰に頼まれることもなく、あいつらを倒しにいく」

『それは復讐ではなく？　なんのために？』

「だからそれを、あんたの口から聞いておきたいんだよ」

流花はまぶたを閉じ、見開いた。リアサは微動だにせず、息を吸い込んだ。

『私はこう思っています。人間は愚かであるが故に、ここまで発展した。そして、人間はたとえ愚かでも、愚かであることを知ることができます。気づくことができる。

――ならば、気づかせなければならない。自分自身が、気づくためにも』

リアサの瞳が揺れる。流花はその視線を真っ直ぐに見つめ返す。

『もしもそれが、たとえ繰り返されるのだとしても――いや、おそらくは繰り返されるのでしょう。それは延々と続くのかもしれない。でも、たとえそうだとしても』

流花が、つづく言葉を受け取った。

「……何度でも、気づかせるしかない」

部屋に、やわらかい風が吹き込んだ。そんな錯覚が、ふとおとずれた。

リアサが目元をゆるめる。小さくうなずく。

『――お願いします』

リアサの声に、はじめて強さが込められた。憂いを超えた強さが。

『私たちはまだ、善悪の天秤を消し去れない。この愚かな私たちを救うために、あなたたちを救うために――どうか、力を貸してください』

流花が、大きくうなずく。

「こちらこそ、力を貸してほしい。――あたしは一人じゃ、何もできない」

その言葉が、わたしたちの胸に突き刺さった。

そう。わたしたちは、一人じゃ何もできない。それは幼少時から、身に染みついている。けれどもそんな当たり前のことを、忘れている人たちがいる。

だから、気づかせなくてはならない。

「――よし！」バルボーサが勢いよく膝を叩いた。「時間だ。出発するぞ！」

画面の中で、スヴェイがうなずく。

『エルサレムに着いたら、ただちに旧市街に入ってくれ。受け入れ準備は万全だ』

リアサが語をつなぐ。

『どうか、くれぐれも気をつけて』

バルボーサはうなずき、ＰＣをたたんだ。こちらをゆっくりと振り返る。

わたしたちは、立ち上がった。

# 16 世界の中心

砂漠に囲まれたイスラエルの首都、エルサレム。

その旧市街は、わずか一キロメートル四方の城壁に囲まれている。そこは全世界のおよそ半分の人々が、世界の中心と崇める聖地だった。

イエスが葬られた地に建つ、キリストの〝聖墳墓教会〟。

ユダヤの象徴であり、その教徒が祈りを捧げる〝嘆きの壁〟。

そしてムハンマドが昇天した岩を取り囲む、イスラムの〝岩のドーム〟。

これら三宗教の聖地がすべて、徒歩一〇分圏内のわずかな空間に集結している。

一同が到着したのは、深夜だった。

世界最古と言われる、石造りの街。迷路のように入り組んだ細い街路。唐突に現れる荘厳な建造物。月に照らされてたたずむその風景は、畏怖と畏敬をもって自分という存在を揺るがせてくる。ここはいったい何処なのか。自分はいったい何者なのか。

これまで当たり前のように成立していた自我が、根底からゆらゆらと揺さぶられる。

多くの血と汗に彩られた歴史。それが染み込んだ石畳の道と壁。古代の匂いを含んだ冷たい風が、まるで息吹のように街を吹き抜け、肌をかすめていく。

宗教とはなんなのか、わたしは知らない。しかし多くの人々は、神のために生きている。神に従い、神とともに歩む。そのことを、肌で感じる。

わたしは、何のために、誰とともに生きているのか。

ふいに、思い至る。

人々を支えている大きな存在が、わたしにはない。それがどれほど心細く、どれほど自分をちっぽけなものにしているのか。誰にも見られていないから、卑屈になり、苦痛にあえぎ、利己に染まる。わたしとは、なんて自分勝手な存在なのだろう。

だから人間には、神が必要なのだ。

「——こっちだ」

バルボーサが低くつぶやく。現実に引き戻され、歩を速めた。

路地を曲がり、建物がびっしりと並んだ広場に入る。外観は同じ石造りだが、その材質が比較的新しく見えた。異国の観光客も、ちらほらと往来している。

「ここはキリスト教徒地区で、外国人も目立たない。指定されたホテルは——」

バルボーサは言いながら、自然な仕草で地図を確認した。

「ここだ」

目の前の看板を見上げる。こぢんまりとしたホテルで、開いた入口の奥には煌々としたロビーが垣間見えた。

「綺麗じゃない。普通のホテルね」

例によって街並みの神秘さを感じていないルリ子が、ひときわのんきな声をあげた。


ロビーで、バルボーサがチェックインの手続きを済ませる。

奥の階段へ向かうと、その側に立っていた女性が手を振った。

「ハイ！　待ちくたびれた！」

陽気に両腕を広げ、待ち構えていたように満面の笑みを見せる。ジーンズに革のジャケットを着た、スレンダーな美女。中国系で、四〇歳前後だろうか。――いや。

「遅かったじゃない。疲れたでしょ？」

こちらへ駆け寄り、バルボーサに絡みついた。仰天するバルボーサに顔を近づける。

「――とりあえず上へ」

口を動かしたようには見えなかったが、そんなささやき声がかすかに聞こえた。

バルボーサは無言のまま、女に手を引かれて歩き出す。わたしたちもそれに従い、階段を三階へと上った。

部屋はオーソドックスなツインベッドのタイプだった。思ったよりも清潔で広い。

窓際にはテーブルを挟んでソファが向かい合って置かれている。

入るなりルリ子がベッドに飛び込んだ。流花がもう一方にごろりと寝転ぶ。バルボーサがソファに腰をおろし、向かいを指して女に座るよう促した。

女の表情は一変していた。さっきまでの軽薄さが消え、微笑の奥に鋭さをたたえた視線でわたしたちを見る。やはりそうだ。ジャングルのロッジで会った、あの女性だ。

「君と合流できるとは思わなかったよ、イライダ」

バルボーサが言うと、イライダは片眉をつり上げてこたえた。

「最重要人物（VIP）のガードに任命されて、光栄だわ」

「君が？　一人で？」

「いえ、八名のチームよ。メンバーはすでに部屋で眠ってる。明日は我々八名が、彼女たちと行動をともにします。それがもっとも安全だと判断されたのでしょう。我々はけっして、工作員には見えないでしょうから」

「なるほどね」ルリ子が感心したように言った。「たしかに誰かさんは、どこをどう見ても工作員にしか見えないもんね」

バルボーサが不満そうに鼻を鳴らす。

「てことはなんだ、俺は別行動か」

「ええ。岩のドームのある神殿の丘へ入るには、厳しいセキュリティチェックがある。

あなたはおそらくゲートを通れないわ」

「武器を持たなくてもか？」

「明日はチェックがより厳しくなる。その肉体が武器と見なされるでしょうね」

「あと、顔ね」

ルリ子がつぶやき、イライダが微笑む。バルボーサが、左目を歪めて舌打ちをした。

イライダは微笑んだまま、ふたたびわたしたち三人を順に見やる。その視線はどこか容赦なく、凝視に近かった。まるで心の底を覗き込もうとしているように思えた。

流花がふいに立ち上がり、ベッドからこちらへと歩いてくる。

「なんなんだよ。何か言いたそうだな」

流花がヘッドフォンをずらしながら言った。イライダは一瞬目を伏せたが、あきらめたように顔を上げた。

「ふと思っただけです。あまりにも純真な方たちに見えるので」イライダは真摯さを帯びた静かな口調で言った。「あなたたちは、この世界でもっとも平和な国の、もっとも平和な時代を過ごしてきたんですね」

流花の気配が、小さく揺れた。ルリ子がサングラスをずらし、イライダを一瞥する。わたしの内心もざわついた。イライダの言葉は、とても嫌みには聞こえなかった。

「そのとおりだと思う」流花が神妙に腕を組む。「聞かせてくれないか。あんたは、どんな人生だったんだ」

「なんのために？　話す必要がありますか？」

「命を預けるんだ。少しくらい知っておきたい気持ちはある。両親はいるのか？」

流花の口調は意外なほど落ち着いていた。イライダはその場の全員を見回し、わずかに逡巡したあと、小さくため息をついた。

「――そうですね。私は一人っ子で、両親と三人で中国で暮らしていました。父は中国南部の武宣県で教師をしていましたが、毛沢東が強行した文化大革命の狂気によって死にました。愛する教え子の中学生たちに突然襲われ、暴行され、最後には四肢を切断されて内臓を引き抜かれました。食べられたんです。そこら中がそうした狂気に支配されていました。母は私を連れて闇雲に逃げ、恐怖のあまり国境を越えることだけを考え、川を渡りました。そこは北朝鮮でした」

まるで童話を語るような、穏やかで流れるような口調だった。

「国境沿いの農村に、身を隠して暮らしました。村の人たちの情けによって、餓死した一家になりすますことができ、働いて配給を受けて命をつなぎました。七歳だった私も、朝から晩まで働きました。そこも、比類のない地獄だった。人々は北朝鮮の党の圧政によって、偉大なる将軍様のために奴隷のように働き、それでも配給はほとんど受けられず、わずか数年で村人の半分が餓死していきました」

イライダは思い出すように虚空を見上げ、小さく息を吐いた。

「つねに朦朧としていたのでよく覚えていませんが、母が餓死したとき、同じく妻子を失った男性に私は拾われ、かつて来た道を引き返すかたちで中国に亡命しました。とはいえ脱北を試みた人のほとんどは捕まり、強制収容所に送られて拷問を受け、人格を壊されるか殺されるかという末路を辿ります。私たちは運が良かった。山の奥へと逃げのび、また違った地獄で生き延びることを許されたわけですから」

バルボーサが身じろぎをし、たまりかねたように咳払いをした。

「そうですね、このへんにしておきましょう」イライダも咳払いをする。「ひとつだけ言っておきたかったのは、当時はどこにいようとも、そこを地獄だと思い至ったことはない、ということです。そのときは、世界はそういうものだと思っていました。実際に、世界はそういうものでしたから。言うなれば、砂漠のようなものです。だからみなさん、どうか気にかけないでください」

「砂漠……？」

流花が目をつぶり、その言葉を噛みしめる。ルリ子は何かを言おうとして口を開いたが、そのまま閉じてベッドに寝そべった。わたしも発する言葉を探すことは叶わず、ただイライダの半生を思い描こうと試みた。

「ありがとう、聞かせてくれて」流花が言った。イライダの話には微塵の嘘もないということだ。「最後にひとつだけ教えてほしい。つまりあんたは――このろくでもない世界を、変えたいということだな？」

イライダは突拍子もないという表情で流花を見返してから、首をかしげた。

「そうですね、考えたことはありませんが――もしも変えられるというのなら、それを望むと思います。ただ今は、私は私にできることをする以外に選択肢はありません。私は絶望に染まらないよう、とにかく全力を尽くすのみです」

回りくどい言い方にきこえる――が、それはそのまま、イライダやサベルタの抱える複雑で深刻な問題に直結しているように思えた。

「よし、もういいだろう」バルボーサが勢いよく言い放つ。「サベルタに集うメンバーは、多かれ少なかれみな地獄を見てきた連中だ。そんな連中が長い時間を這いつくばりながら、ようやくこの時をむかえた。――さあ、本題にうつろう」

バルボーサがパンパン、と手を叩く。その残響が部屋中に響きわたる。

寝そべっていたルリ子が体を起こした。流花は逆にベッドへともどり、ヘッドフォンをして寝転ぶ。わたしは大きく深呼吸をし、横のバルボーサを一瞥した。

バルボーサはイライダを見つめ、大きくうなずいてみせた。

「――それでは、作戦の概要を確認します」

イライダの口調に、瞬時に鋭さが宿る。テーブルに旧市街の地図が広げられた。

「まず、会議が行われる〝岩のドーム〟ですが、その建物は〝神殿の丘〟という広大な広場にあります。〝神殿の丘〟へ行くには、〝嘆きの壁〟を縦断する木製の回廊を上っていくしかありません。この回廊の入口には、イスラエル軍による金属探知とX線探知の厳重なセキュリティチェックがあり、いっさいの武器は持ち込めません」

バルボーサは黙って腕を組んでいる。イライダがうなずいて続ける。

「さらに、観光客が神殿の丘へ入場できる時間帯は決まっています。午前一一時半から一二時半までのわずか一時間。その間に我々は回廊を通って神殿の丘へ行き、岩のドームを取り囲み、タイミングを見計らっていっせいに突入します」

「ちょっとまて」バルボーサが口を開く。「スヴェイからの通達では、ゴールドバーグ会議が行われる時間として、一〇時から一四時が予測されている。でも、それについてまず疑問が三つある。ひとつは、神殿の丘への入場時間が一一時半から一二時半なのに、どうやってそれ以前とそれ以降に奴らは入るのか。二つ目、そもそも岩のドームへはイスラム(ムスリム)教徒以外は入れないのに、どうしてユダヤ人が四八人も入れるのか。それから三つ目、一〇時以前や、一四時以降に会議がおこなわれる可能性はないのか。それについて、お前さんは何か聞いてるか」

イライダはなめらかに即答した。

「まず一つ目と二つ目、これはＣＭＴ48の特権ね。彼らはこのイスラエルという国に対して絶大な権力がある、というよりここは彼らの国よ。特例を認めさせることなど造作もないのでしょう。――ですが、ムスリムの祈りの時間までは奪えない。一〇時以前と一四時以降には、ムスリムが岩のドームで礼拝をします。その時間にドームを独占することは、考えられません。イスラムとユダヤが全面対立することになる」

「なるほどな、だからその時間に限定できるわけか」バルボーサは満足そうにうなずく。「じゃあ、最後に一点。武器が持ち込めないのに、どうやって突入する？　ドームの周囲には当然、警察や軍の警備が配置されているはずだ。それと、そもそもそのドームの内部は、ただ巨大な石が中央に安置されているだけの空間だ。そんなところで、どうやって四八人が会議をするんだろう」

イライダはジャケットの内ポケットから紙を取り出した。

「まず武器についてですが、特殊な化学兵器を使います。強烈な催眠ガスです。金属探知にもＸ線探知にも引っかかりません。我々は事前に解毒剤を飲むため、そのガスの効力を無効にできます。――次に、岩のドームですが」

そう言ってテーブルに広げたのは、ドームの外観と内部の写真だった。

その外観には見覚えがあった。青いタイル装飾の八角形の基壇の上に、光り輝く黄金のドームが載っている。石の街の中でひときわ目立つそのドームは、エルサレムの風景写真や映像で必ず見かける、もっとも有名なランドマークだった。

「内部構造はこのようになっています。中央に一五メートル四方の平らな〝聖岩〟が地面から露出しており、それを円柱のみの二つの歩廊がぐるりと円形に囲んでいる。歩廊に壁はないため、どの位置からでも全方位が見渡せます」

「つまり真ん中に石があって、それを壁のない廊下が二重丸みたいに囲んでるだけってことだよな。どこに会議をする場所がある？」

「廊下に椅子を並べれば、全員が円形に向かい合うことができると思われます」

「けど、内側に円柱が立ち並んでるんだったら邪魔だろう。——広さは？」

「基壇の外壁は、高さが九・五メートル、幅が二一メートル、それが八角形に組まれていますから、端から端まではおよそ三〇メートルくらいね」

「イメージが湧かないな。全体を使うには広すぎる。だが部屋がない以上、たしかに廊下に丸く並ぶしかなさそうだ」

「利便性より安全性を優先したのでしょう。もっとも厳格で、神聖な場所ですから」

「かもな。わかった。それで、具体的なタイムフローは」

「明日の朝八時に、下で朝食をとってください。九時にここを出て、カミオージの三人は私たちとともに神殿の丘のセキュリティゲートに並びます。バルボーサはその下の嘆きの壁で待機。突入組が八〇名、待機組が三〇名です」

バルボーサは腕を組み、思案しながら聞いていた。イライダが付け加える。

「敵を全員眠らせたら、神殿の丘からすみやかに外へと運び出します。このときに、郊外待機組と合流。旧市街の中はリヤカーで移動し、旧市街の外からはバスで移動、郊外で輸送ヘリに乗り継ぎます。一四時までにこれを完了させる。敵を運び出す際のパニックを抑えるため、警備隊や観光客も残らず眠らせることになるでしょう」

「そこは確認済みだが……」バルボーサはわたしたちを振り返る。「この子たちもドームへ突入するのか？」

「それはケースバイケースね。いつでも動ける状態にしておき、場合によっては突入してもらいます。彼女たちが必要になる可能性がある、と聞いています」

イライダも不可解そうにこちらを振り返った。

わたしたちは、何をすればいいのだろう。

そこに父は、現れるのだろうか。

「いずれにしても、きっちり守ってやってくれ」

バルボーサが背を丸め、指を組み合わせた。

「わかっています。それが私の任務ですから」

イライダは言いながら、ふたたびジャケットの内ポケットをまさぐった。

「――最後に。我々工作員の全員が、このカプセルを飲みます。聞いてるわね？」

「……ああ」

　イライダが風邪薬のようなカプセルを二個、テーブルに置いた。

「今回の作戦が成功すれば、欧米はこれを中東のテロリストの仕業として処理するでしょう。ですがもし失敗すれば、我々の存在によって、サベルタのみならずＢＲＩＣｓ諸国のすべてが危機にさらされます。これはそれを回避するための保険です」

「ロシア対外情報庁（SVR）が開発した超小型時限爆弾だな。全員でそいつを飲んどいて、失敗したときにはドカーン、か」

「……うそ」ルリ子が手で口を覆う。

　戦慄が走る。

「胃の中でカプセルが溶けると、中の爆弾が胃の内壁に吸着します。何もしなければ、明日の一四時に自動的に爆発します。内臓を破壊して死に至らしめる程度の、ごく小規模の爆発です。解除するには、このリモコンのボタンを押して解除のための電磁パルスを流す必要がある」

　イライダはポケットから薄い金属板を取り出した。それはボタンのついた名刺入れのように見えた。

「もちろん、作戦が失敗したら、このボタンは押されません」

「……まて」バルボーサが身を乗り出した。「これを飲むのは俺たちだけだな？」

「そう、工作員だけです。彼女たちに飲ませる権利を我々は有していません」

バルボーサは安堵したように息をついた。

なんということだろう。

失敗したら、全員死ぬ気なのだ。その存在を、跡形もなく消すために。

歯を噛みしめて怖気に耐えながら、テーブルに置かれたカプセルを凝視する。すると背後から手が伸び、そのカプセルがつまみ上げられた。振り返ると、流花だった。

流花がカプセルを指でつまみ、興味深そうに眺め回した。

次の瞬間、そのカプセルが口に放り込まれる。

「――おい！」

バルボーサが驚愕に腰を浮かせた。イライダが小さく悲鳴を上げる。

その隙をついて、わたしの腕が勝手に動いていた。もう一つのカプセルを拾い上げ、マスクをずらし、そのまま口に放り込む。

「なにしてるんだ！」

「……瑠美！　ちょっとずるい！」ルリ子が甲高い声をあげた。呆然とするイライダの二の腕を掴む。「ねえ、まだカプセルあるんでしょ？　出してよ」

「いけません――なに考えて……」

ルリ子はイライダの内ポケットに指を滑り込ませた。途端に突き飛ばされる。

「痛っ……」ルリ子は床に尻餅をつきながらも、笑みを浮かべた。「じゃーん！」

指を持ち上げ、カプセルをかざして見せた。それをそのまま、口の中へと落とす。

イライダが呆然と目を見開いた。

「……お前らふざけるな！」

バルボーサが怒声をあげた。流花がその肩をばちん、と叩く。

「ふざけてなんかいない。いいか？　自分だけが楽をしようとすると――」

「――必ずそれは失敗するんだよ」

ルリ子があとをとり、真剣な面持ちでサングラスを持ち上げた。

わたしは小さくうなずく。三人に染みついた、聞き慣れたフレーズ。

ふいに、父に見守られているような安心感をおぼえた。

バルボーサとイライダは互いを見合わせ、やがてため息をついた。

「……なんてやつらだ」

腕を組み、しばらく無言で立ち尽くす。

「――このことは私から本部に連絡をしておきます。どうにもならないでしょうが」

イライダが大きく息をついた。「ともあれ詳細は話したとおりです。明日の朝むかえにきますので、みなさんは睡眠をとってください。長い一日になりますから」

イライダは言いながら、深々と頭をさげた。そのまま、部屋を出ていく。

バルボーサはそれでもしばらく立ち尽くし、やがて大きく咳払いをした。

「とにかく、この作戦は成功させる」

言いながら歩き出す。ドアノブに手をかけ、こちらを振り向いた。

「ぜったいに、お前らを死なせない」

わたしたちはうなずいた。

バルボーサの目が歪み、その残像がドアの向こうへと消えた。


ツインベッドはルリ子と流花が占領したため、わたしはソファに身を横たえた。

窓から月明かりが差し込んでいる。モザイク模様のあしらわれた天井が、ぼんやりと霞んでいた。疲労のしびれが全身を包み込んでいく。

いよいよ、明日だ。

実感が、ともなわない。いろいろなことが起こりすぎた。感情がほとばしっては擦り切れ、思弁は巡ったまま行く当てもない。

それでも、明日にはすべてが終わる。

もしも死んだら、そのあとはどうなるのだろう。

アンソニーのもとへと行けるだろうか。

# 17　突入

わたしは、胸いっぱいに空気を吸い込む。

港は、とても広かった。青空と海を背景に、無数の鳥が潮風と戯(たわむ)れていた。

アンソニーが笑いながら、防波堤によじのぼる。

わたしものぼろうとするが、片手にアイスクリームがあるせいでうまくいかない。

アンソニーが、微笑みながら手のひらを差しだす。

わたしはためらい、自分の手を見つめた。なんだか、わけもなく恥ずかしくなった。

どうしてだろう。わたしは彼の手をとらずに、代わりにアイスクリームを渡してしまった。そうしてやたらと大きなかけ声で、防波堤を一気によじのぼった。

顔が熱い。

港には、派手な船が停まっていた。甲板にはたくさんの人が立っていて、グラスを片手にお喋りをしていた。みんなおしゃれな服装で、なんだか楽しそうだった。

アンソニーが言う。

「クルーズウエディングってやつですね。結婚のパーティーだよ」

いいなあ。

そう思っていると、突然、港じゅうにサイレンが響き渡った。

どこかのスピーカーから、誰かが怒鳴っている声がする。

『――この街にゴキブリが潜んでいる！　殺せ！　見つけ出して、皆殺しにしろ！』

怒鳴り声が繰り返される。

アンソニーが立ち上がり、わたしの手を握りしめる。アンソニーは、港に停まっているる船を見ている。つられてそちらを振り向くと、背筋に電流が走った。

甲板に立っている人たちが、いっせいにこちらを見ている。

怒りに顔を震わせて、こちらを睨んでいる。

誰かが段ボールをどさりと置く。花嫁さんが箱に手を伸ばし、中から大きなナタのようなものを取り出した。ころせー！　大声で叫ぶ。着飾った人たちが次々と、ナタを振りかざして海へ飛び込む。こちらへと泳いでくる。

アンソニーの手がわたしを引っ張った。わたしの足はがくがくと震えていた。どうにか防波堤を降り、アンソニーと手をつないだまま道路へと出た。

向かいから軽トラックが走ってきた。アンソニーは助けを求めようとして、両腕を伸ばした。トラックの荷台には大勢が乗っていた。みな中学生くらいの子供だった。

よかった、これで助かる。

トラックは目の前で止まり、荷台の少年たちが飛び降りた。全員、首に赤いマフラーをしている。マフラーが、風にはためいている。

その手にはライフルが握られていた。いっせいにこちらへ向けられる。

わたしは悲鳴をあげた。

アンソニーがわたしの前に立ちはだかる。その両腕を広げる。

ブシュン！　ブシュンブシュンブシュンブシュン……！


激しい衝撃に、上半身が飛び跳ねた。

天井のモザイク模様。頬の激痛。横から、しらけたような声がする。

「――うなされてる場合じゃない。支度するぞ瑠美」

わたしは半身を起こした。振り向くと、バスルームに入っていく流花のタンクトップ姿が見えた。その手前では、ルリ子がアイマスクをつけたまま半身を起こしている。

壁掛けの時計に目をうつすと、朝の七時半だった。

支度を済ませ、三人で階下へと降りる。

ロビーの横が軽食のレストランになっており、バルボーサはすでにそこにいた。

四人で同じものを頼み、朝食をたいらげる。フィッシュボールのパプリカ煮込みと焼きたてのパンが、意外に美味だった。

「三人とも、これをつけろってさ」

　バルボーサが、足下に置かれた紙袋から黒い布きれを取り出した。

「チャドルだ。イスラムの女性はこれを頭からかぶり、全身を覆い隠す」

　受け取って広げると、かなり大きな布だった。頭部や両腕を通す穴も見受けられる。

「お前たちは顔が割れている可能性が高い。それをつけていれば、あらゆる意味で目立たなくなる。一石二鳥だ」

　わたしたちは立ち上がり、その布を頭から被った。穴から顔を出し、袖を通す。

「ちょっと瑠美！　かわいい」ルリ子がふき出した。「マスクも黒にしちゃえば？」

　そういうルリ子も、まるで別人だった。顔の輪郭だけが穴からのぞいている。そこへ濃いサングラスが拍車をかけ、もはやどこの国の人間かすらわからない。

　ルリ子が流花を振り向き、さらにふき出した。頭を覆う部分が、ぼっこりと横に飛び出している。ヘッドフォンのせいだった。若干猫背なのも手伝って、そのシルエットは何か新しい生物を予感させた。

「ルカ……、それはまずい」バルボーサが提案した。「今日はヘッドフォンを取れ」

「断る」

ホテルを出ると、広場の奥から申し合わせたようにイライダが現れた。

「なんだありゃ」

バルボーサがつぶやく。イライダの後ろから、中学生くらいの女の子たちがぞろぞろとついてくる。一見すると、教師が生徒たちを引率しているように見えた。

「おはよう！」イライダが快活に笑った。「この子たちもご一緒させてくださいね」

イライダの口調に合わせ、女の子たちがにこにこと微笑む。全員、薄手のシャツに長ズボンという軽装で、小さなリュックを背負っている。その数は全部で七人だった。

「おいおい、うそだろ」バルボーサが顔を歪めた。「遠足にでも行く気か？」

「――全員、優秀な工作員です」

イライダが口を動かさずにささやく。

どうぞよろしくおねがいしまーす。子供たちが片言の英語で元気に挨拶をした。


強烈な陽差しが照りつけていた。

昨夜は風が冷たく肌寒かったが、今朝は打って変わって暑い。砂漠に囲まれた気候のせいで、昼夜の気温差が激しいようだった。黒い布に包まれているせいもあって、すぐに全身が汗ばんでくる。

さらには、街は観光客でごった返しており、路上ではアラブ人たちが雑多な露店を連ねている。昨夜の粛々としたムードとのあまりのギャップに、ただただ面食らった。この街はこんなにも、世俗的な活気に満ちあふれている。

　イライダは、にぎやかな通りを狙って歩いているようだった。観光客や巡礼者のようなゆっくりとしたペースを保ち、たまに立ち止まっては子供たちに名所の案内をする。チャドルを纏ったムスリムたちに会釈をし、黒いハットのユダヤ教徒とは視線で挨拶を交わした。どうやらわたしたちは、完全にこの街に溶け込めているようだった。

「――あれが、岩のドームです」

　イライダがつぶやき、わたしは顔を上げた。石の壁や建物で視界が遮られているが、その隙間からときおり、金色に輝く巨大なドームが垣間見える。

　遠目にもそれは、圧倒的な存在感をもってわたしたちを威圧した。


　バルボーサとは、神殿の丘の手前で分かれた。

　目の前には、神殿の丘へ登るための木製の回廊があり、その手前に入場時間を待つ長い行列ができていた。わたしたちはそこへ並び、すでに数十分が経過していた。

　バルボーサは、岩のドームの真下にある広場で待機している。そこには、ユダヤ教徒が祈りを捧げるという嘆きの壁があった。

　この丘にはかつてユダヤ王国を象徴する巨大な神殿があり、それがローマ帝国によって破壊され、唯一残された城壁がその嘆きの壁だ。神殿の跡地は平らな丘となり、そこへイスラム勢があとから岩のドームを建設した。つまり、まったく同じ場所に二つの宗教の聖地が重なっている。その複雑な変遷に、わたしは一種の目眩をおぼえた。

「――いま、報告がありました」

イライダが後方のどこかに目を細め、小さくささやいた。建物の窓から反射光によって合図が送られているらしい。

「CMTのメンバーが全員、岩のドームの中へ入場し終えたとのことです」

ルリ子がチャドルの袖をめくり、腕時計に目を落とした。

「一〇時半か……。読みは正しかったわけね」疲れ果てたようにため息をつく。「でも私たちはまだ入れない。あと一時間はここに並ぶ、と」

言いながら、長い行列に目をやった。

早くから並んでいたせいもあり、わたしたちの前には十数人しかいない。しかし後ろには、すでに数百人もの人が蠢いているのが見える。その中にはおそらく、サベルタの工作員もいるのだろう。こうして見ると、その違いはまるでわからない。

「――ねえ」ルリ子は声を潜め、イライダを振り返った。「例の催眠ガスっていうのは、この子たちが持ってるわけ？」

イライダは眉をひそめながらも、口を動かさずに答える。

「リュックの中に、弁当箱が入っています。見た目は普通のお弁当です。それを強く振ると、ある物質が混ざり合ってガスが発生します。箱もリュックも通気性があるため、この子たちは歩く催眠兵器となります」

言いながら、イライダは自分のリュックを地面におろした。中から水筒を取り出す。

「そろそろ、飲んでおいたほうがいいでしょう」

イライダは水筒の中身をカップに注ぎ、まず自分が飲み干した。次にそれをルリ子に回し、流花へ、わたしへ、子供たちへと回していく。

「解毒剤です。これで我々にはガスが効かなくなる。四時間持続するのでご安心を」

喉が渇いていたせいか、それはとても美味しかった。口の中にはまろやかな香りが残っている。どこか、ミルクティーの味に似ていた。

ふと、胸中をよぎるものがある。

園香は今頃、どうしているのだろう。無事でいるだろうか。


一一時半きっかりに、入場の受付がはじまった。

カーキ色の軍服を着たエルサレムの兵士が、ものものしい表情でセキュリティチェックをはじめる。わたしたちは金属探知による身体チェックと、X線探知による荷物チェックを受け、なんのお咎めもなくスムーズにゲートを通過した。

木造の回廊へと踏み込む。両サイドは格子状に木が組まれており、隙間から広く景色が見渡せた。神殿の丘へと続くその長い傾斜を、風景を眺めながらのぼっていく。左手の眼下には巨大な嘆きの壁があり、その前が広場になっている。そのどこかにバルボーサがいるのだろう。人の姿は小さく、すでに判別はできない。

回廊を抜け、神殿の丘へと出ると、まず開放的な広さを肌で感じた。ずっと旧市街の狭い路地や人混みにいたせいか、この広大な敷地に神々しさすら感じる。

右手にモスクを眺めながらしばらく木立を歩くと、前方に巨大な建造物が出現した。

青い台座に載った、巨大な黄金の半球。

「うわあ……すごい」

その予想以上の大きさに、ルリ子がおもわずため息をもらす。

——これが、岩のドーム。

基壇の下半分は石の地色に彫り装飾が施され、上半分は見るも鮮やかな青いタイルで文様がびっしりと象(かたど)られている。壁の高さは九・五メートル。その八角形の基壇の上に、同じくらいの高さのドームが鎮座している。

青と黄金の、神秘的なコントラスト。その圧倒的なスケールに胸を打たれる。

「あの中にいるわけね」

ルリ子がささやき、イライダがたしなめる。

建物の周りには軍ではなく、警察官が立っていた。水色のシャツに紺のズボン、腰には拳銃が下がっているが、見るからに装備は軽い。人数も十数名しかおらず、ちらほらと散らばっているだけ。予想と違い、どこかのんびりとした雰囲気に感じられた。

不可解な面持ちで眺めていると、イライダがそれを汲み取って解説する。

「あれでも厳重なほうです。今日は特別ですから。普段は建物に警備はつきません」

わたしは納得したようにうなずいてみせた。それほど神聖な場所だということか。ここで騒動があることなど、まったく想定されていないのかもしれない。

それにしても、と思う。

目をこらし、岩のドームの入口を凝視する。そこに扉はない。ただ、入口がぽっかりと開いているだけだった。あまりにも、無防備に思えた。

さらに目をこらしてみる。奥の様子は窺えない。なぜなら、中はほぼ暗闇だからだ。

わたしはルリ子と流花の様子に目をうつした。ルリ子は相変わらずどこかを注視することもなく、ただドームの巨大さに心を躍らせている。流花は仏頂面でうつむき、地面にうつった自分の影を憎々しげに見つめている。

イライダの姿を捜した。イライダはドームを背にし、眼下の旧市街を眺めている。おそらく、建物から送られてくる合図を確認している。引き連れた少女たちを気にするそぶりを見せながら、その視線はくまなく市街を這っていた。

誰も、気づかないのだろうか。この奇妙な違和感に。

わたしはもう一度ドームの入口を見た。暗がりの奥を想像する。開かれた入口。中央に巨岩が鎮座し、歩廊が二本取り巻くだけの構造。あの中で、会議が行われている？　そんなことがあり得るのだろうか。

気づくと、広場はいつのまにかたくさんの観光客であふれていた。続々とその数が増えていく。中には、岩のドームに感嘆するよりも早く、わたしたちの姿を一瞥する者たちもいた。おそらくは相当数のサベルタメンバーが紛れ込んでいるのだろう。

わたしはドームをもっと間近で見ようと、足を踏み出した。

そのとき、イライダがロシア語で何かをささやいた。

「――」

ふいに、少女たちが飛び跳ねた。民謡のような歌を歌いながら、ぴょんぴょんと跳ねては踊り出す。互いに手を取り合って、腕や背中を叩き合いながら、背負ったリュックを叩き合いながら、楽しそうにくるくると踊っている。

ルリ子と流花が顔を見合わせた。イライダがうなずき、早口でささやく。

「突入します。状況が変わりました。あなたたちも来てください」

少女たちが走り出す。八角形のドームに向けて、思い思いに駆けてゆく。

観光客たちが微笑ましくそれを見送る。少女たちは歌いながら建物に飛びつき、壁に触りながら周囲を走り出す。警察官が顔をしかめ、困ったようにそれをたしなめる。そのシーンが、八角形のすべての辺で実演されている。

イライダが少女たちに向かって困ったように叫んだ。悪ふざけをはじめた生徒たちを注意する体で、ずんずんと歩いていく。その後ろを、わたしたちが追う。

建物が間近に迫ったころ、警官たちがいっせいに、糸が切れたように倒れた。

少女たちの顔が微笑みから能面へと変わり、全速力で入口へと走り出す。

わたしはぞっとして、背後を振り返る。全員に見られていることに焦燥を感じたが、そこでさらに戦慄した。大勢いた観光客の半数以上が、すでに地べたに倒れていた。催眠ガスの威力は想像以上であり、その非現実的な光景が、事の始まりを実感させた。

「走って！　早く！」

イライダが叫ぶ。わたしたちは走った。少女たちはすでに入口の中へ突入している。それを追うようにして、暗闇へと滑り込んだ。

岩のドーム。その、内部。

少女たちが走り回る音。それが石の壁に反響し、慌ただしいリズムを奏でる。

ダダダダン……ダダダダン……

中央が、薄ぼんやりと照らされていた。上方の窓から差し込む光で、中の様子が次第にはっきりと浮かび上がる。入ってしまうと、中は八角形というよりは円形に感じた。中央の床から突き出た平たい岩を円柱がぐるりと取り巻き、赤い絨毯がそれを囲み、さらに円柱、絨毯と二重に続く。

——中は、がらんどうだった。

「暗くて見えない！　どうなってるの！」

ルリ子が声を張り上げ、それに重ねるようにイライダがロシア語を叫ぶ。

「——！」

その言葉を聞いた少女たちが、いっせいに建物から出ていく。その姿を目で追うと、入口から外の様子が垣間見えた。メンバーらしき観光客たちが、パニックを起こしたような演技をしている。その足下には、大勢の本物の観光客が横たわっている。おそらく近づいた部外者たちが、一瞬で昏倒している。

「——こちらへ！」

イライダがささやき、四人で中央の円形ホールに入った。巨大な岩が寝そべっているだけで、ほかに人の姿はない。

「どうなってる！」

流花が怒声を放った。チャドルを脱ぎ捨て、ヘッドフォンを肩にかける。

イライダはかまわず、円柱の一本にとりついて、その表面をまさぐっていた。何かを見つけ、指を小刻みに走らせる。

隣の歩廊で、何かが擦れる音がする。目をこらすと、床が一・五メートル四方ほど切り取られ、へこんでいくのが見える。へこんだその床が、今度は横へスライドする。その下に、灯りのともった長方形の穴がぽっかりと開いているのが見えた。

「どういうことだと聞いてる！」

流花がイライダの顔面を殴った。イライダは吹き飛び、地面に倒れる。

「ちょっと！」

ルリ子が叫ぶが、流花はそれを手を上げて制した。イライダはすぐに顔を上げ、懇願するように流花を見る。その鼻から、血がしたたっている。

「早く、この中へ降りてください」

イライダは床に開いた穴を指さした。流花は蔑んだようにそれを見下ろす。

「騙したのか。あたしたちを」

イライダは流花を見つめたまま押し黙っている。その目が、激しく揺れている。

「……行くしかないか」流花は吐き捨てるように言った。「どのみち、こうなることは決まっていた。対峙できるなら、経緯はどうだっていい」

流花は舌打ちをして、その穴に飛び降りた。すぐに着地した音がする。

わたしはルリ子の手を取り、それに続いた。

穴の中は金属製の箱で、壁に埋め込まれたＬＥＤが淡い光を放っていた。わたしが最後に着地すると、上からイライダが飛び降りた。

「――ありがとう」

イライダは場にそぐわない台詞を言いながら、ふいに両手を叩く。

ぱぱん　ぱぱぱん　ぱん　ぱん
音がやむと、天井がゆっくりとスライドした。やがてそれは完全に閉じられ、四人は金属の箱に密閉された。床が、がくんと揺れる。

どうやら、エレベーターのようだった。けれども、感触が違った。ずず、ずず、と擦れるように、少しずつ下っていく。おそらく、ロープでつり下げる構造ではない。

「――全員がグルか。それとも裏切ったのはお前だけか。チームか」

流花がイライダを見据えた。イライダは腕で鼻を拭い、悪びれもせずに即答する。

「私と、あと数名いるだけです。その数名はただの連絡係で、会ったこともない」

「じゃあ、さっきあたしたちに飲ませたのは、ただのミルクティーだな」

「……はい」

「うそでしょ？」ルリ子が顔をしかめる。

そういうことか。

わたしは愕然となり、瓦解しそうな記憶を押しとどめた。

作戦自体は、サベルタの指示通りに行われたのだ。イライダの素性にも立場にも偽りはない。だから流花も、見抜けなかった。彼女が流花の前で嘘を言ったことはない。

けれども、催眠ガスの効能だけが違っていた。普通の人に、それは効かない。誘発剤を飲んだ者だけに反応し、昏倒させる。

　工作員たちの全員が、解毒剤だと言われて誘発剤を飲んだ。よって、ドームの外で倒れていたのは、工作員のメンバーだった。つまりパニックに陥っていたのは、演技ではなく本物の観光客だったのだ。警備していた警官たちは、おそらく少女たちによって別の手段で昏倒させられた。少女たちはただ指示通りに動いただけなのだろう。

「――つまり奴らは、あたしたちを生け捕りにするためにおびき寄せたのか」

　流花が訊く。

「わかりません。目的は知らされていません」

「ならなぜ、裏切った」

　イライダはためらい、言葉をのみこんだ。視線をおとし、絞り出すように言う。

「……言いたくありません」

　流花は歯を噛みしめ、その言葉を胸で拾った。

　なにが、あったというのか。胸がじくじくと疼く。

　おそらく彼女には、世界と引き替えにしてでも守りたいものがあった。だがそれが何かをここで暴くことは不可能だろう。そういう頑なな覚悟がにじみ出ていた。

「けど、だとしても――このろくでもない世界を変えるんじゃなかったのか！」

「もしも変えられるというのなら、そう望むと言っただけです」

流花の怒声に、イライダは冷静に応じる。

「この世は、砂漠なんです。あなたたちはわかってない。いくら願っても踊っても、雨は都合よく降りはしません。いくら砂地をならしたところで、風のひと吹きでまた丘と陰ができる。そして砂漠が拡大していくことを、誰にも止めることはできない」

狭い空間に、絶望が湿気を帯びて充満していく。

「今まで生きてきて、気づいたことがあります。私は、たった今を生きるために、必要なことをするしかない。必然として、周囲の環境をより良くしようと足掻きます。あくまでも、自分の立場で、自分のできる範囲内で。それだけのことです。そしてそれは、この世の頂点にいる人も、底辺にいる人も一緒です。政治家もテロリストも一般市民も同じです。だから彼らは、私です。彼らも私も、変わらない。あなたは世界を変えたいと言いますが、その前に、自分自身をあなたは変えられるんですか？」

イライダの瞳から、涙がこぼれ落ちる。

「私は自分自身を、変えられなかった。みんな自分のために生きている。だから誰かを変えることもできない。ましてや世界など――」

「わかった、もういいよ」

流花が声を震わせる。これ以上の言葉は、絶望を濃くするだけだ。

「最後に、ひとつだけ教えてほしい」流花はわたしたちを一瞥してから、言った。「昨日の夜、あたしたちが飲んだあの爆弾は、本物か」

イライダは顔を上げる。

「本物です。あのとき話したとおりです。まさかあなたたちが飲むなんて……」

イライダは、そこで気づいたように目を見開く。

「でも、それだったら大丈夫。ここに――」

ガクン……！

唐突に、箱の振動が止まった。

と同時に、壁の一面がゆっくりとスライドする。

開かれた壁から、まぶしい光が差し込んだ。

目が眩み、全員が顔をそむける。

大勢の人の気配と、それと同じ数の視線が、光とともにわたしたちを貫いた。

「――手を上げて、こちらへ来い」

# 18　父からの遺産

白く、巨大な部屋。

まぶしいほどの照明。

細めた視界に光が満ちあふれ、まるで天国に辿り着いたかのような錯覚を受ける。けれども、そんなはずはない。そこに鎮座するのは、けっして神などではない。ここは地下であり、蠢いているのは魑魅魍魎(ちみもうりょう)の類いだ。

わたしは徐々にまぶたを開き、目を光量に慣らした。

部屋は、奥に細長かった。両脇には白いテーブルが延々と連なり、それが奥でコの字につながっている。わたしたちはテーブルの途絶えた位置で、閉じた壁を背にして両手をあげていた。そうして大勢の視線を、真っ向から浴びている。

びっしりと、人が座っていた。

四八人委員会。CMT48。ゴールドバーグ会議。

脳裏に次々と単語がよぎっていく。

「――ようやく会えたね。待ちくたびれたよ」

部屋全体に、声が響いた。スピーカーを通して、それは明瞭に聞こえた。

おそらくは一番奥のテーブル、ただ一人真ん中に座る男。

「私の名は、グレアム・ウェストミドルスだ。亡くなられたダビデ・フレイロジャーに代わって、この委員会の長を務めることになった」

おもわず頬が強張る。その顔には見覚えがあった。

――肉食の英国紳士。

「両手をおろしてくれて構わないよ。ただ、じっとしていないと、こうなる」

グレアムが手元を動かし、テーブルに触れた。突然、イライダが弾かれたように壁に衝突し、床に突っ伏した。

「……おい！」

流花が叫ぶが、イライダは返事をしない。そのまま、動かなくなった。

「――くそ！」

のっぺりとした天井から、幾筋もの細いレーザーが降り注いでいる。その赤い光線が、わたしたちの体を捉えていた。

「発言は控えていただきたい。この会議にとって、本来君たちは部外者だ」グレアムが鋭い口調で言い放った。「君たちを捕らえるには、相応の時間と手間がかかった。

こうしてこの会議を利用するはめにもなった。だから速やかに、用件を果たしたい」

グレアムは手元を動かした。

ふいに、まばゆい光が照射される。わたしたちは囚人のように手をかざし、目を細めた。グレアムが手を水平に振る。その指示に従って横へずれると、背後の壁に映像が映し出されているのが見えた。

「さて――と」

プロジェクタによって映し出されていたのは、岩のドームの遠景だった。

つまりは、この真上の光景だ。画面の端にはヘブライ語と英語のテロップが張り付いている。どうやら、ニュースの生中継のようだった。

「私はこれから、君たちに頼み事をする。それを君たちは、快く受け入れる。これをまず、大前提としていただきたい。さもなければ、こういうことが起きる」

グレアムは指を組み、ゆったりと画面を見つめた。

岩のドームの周りに、大勢の人が入り乱れている。水色の警官、カーキ色の軍隊、黒装束のムスリム、雑多な観光客。その足下には、何十人もの工作員が倒れている。

状況が飲み込めた。突然人々が昏倒したことで、パニックがおとずれているのだ。

やがて、ドームの上空、画面の両端から、何かキラキラしたものが近づくのが見えた。小さくて形はよくわからない。だが、それが何であるのかは瞬時にわかった。

キラキラした物体――例のＵＦＯが、隊列を組んで金のドームを取り囲む。空のそこかしこで稲光が瞬き、画面が真っ白に塗りつぶされた。

ゴオオオン……！

部屋全体が、揺れる。座っているＣＭＴのメンバーからどよめきがあがる。

画面が復活し、同じアングルの映像が映し出された。

ドームが跡形もなく消え去っている。そこにはわずかな瓦礫が噴煙を上げていた。その周囲には人々が折り重なるようにして倒れている。

「諸君はご安心いただきたい。局所的な破壊のため、被害がここに及ぶことはない」

グレアムが言い、そこかしこでため息がもれる。

信じがたい光景だった。

イスラムの聖地である岩のドームを、この者たちはいとも簡単に破壊した。そのすぐ下には、ユダヤの聖地である嘆きの壁があるというのに。いや、もしかしたらこの者たちは、イスラムによって奪われた丘を取り戻し、もう一度ユダヤの神殿をつくるつもりなのだろうか。

わたしはテーブルに並ぶ面々を見回した。そのすべてが白人だった。八〇を超えるような老獪から、下は五〇代、四〇代、ともすれば三〇代の青年までもが見受けられる。この面子が、ＣＭＴ48。政治経済を操る、ユダヤ人の集団。

「勘違いされては困るが、我々は特定の宗教や人種に何らこだわりをもっていない。イスラムの象徴を破壊したのは、今後の社会にとってそうした事象が必要だからだ。今後は宗教や人種による確執を、徹底して排除していかなければならない。人間のもつ偏執的な敵対心を、我々は残らず取り除く決意を持っている」

グレアムは視線を強め、わたしたち三人を見つめた。

「さて。頼み事をする前に、ある老人の遺書を見てもらおうか。そもそも、これのせいで君たちをここへ呼ぶはめになった」

グレアムは言いながら、手元を動かした。ふたたび、壁に光が照射される。

そこには、ピンク色の肌をした白髪の老人が映っていた。

一瞬、目を疑う。今まで見てきた写真と、あまりにも印象がちがっていた。

ダビデ・フレイロジャー。

ガウンを着た彼が、リクライニングチェアに深々と腰掛けていた。力ない微笑みを浮かべている。その目は静かに憂いをたたえ、遠くを見つめるように虚空をさまよっていた。それはどこか慈愛さえ感じさせるような眼差しだった。

写真のイメージを思い返す。あれはまさに、魔王だった。ギラギラとして邪推に満ち、おぞましさを快楽のようにむさぼる欲の権化。

そのダビデ・フレイロジャーが、穏やかに口を開いた。

『——この映像をもって、私の遺書とする。これは広く公開されることを厭(いと)わない。私は約一世紀ものあいだ、この世界を見てきた。存分に関与してきた。だから最後に、私の望みをここで語りたい。少々、これまでを振り返りながら。

私は、人生を折り返す地点ですでに、この世界を牽引するに足る力をもっていた。地球の資源をおさえ、金の流れを制御し、政治を通じて国家と産業を管理するシステムを作った。それはもちろん私欲のためでもあるが、ひいては世界のためでもある。

だがそのシステムは今、うまく機能しているだろうか。否、誰もが知っての通り、甚(はなは)だよろしくはない。暴走している。

人を動かすのは欲であり、だからこそそれを利用してシステムを作ったが、あまりに早い欲の変遷にシステムが追いつかなくなっている。システムの崩壊はすなわち、人類の絶滅を意味する。だから私は仲間たちと、あるプランを作成した』

ダビデは淡々と語り続けた。その表情に変化はなく、声音はじつに穏やかだった。

『資本主義の行きつく先は、少数の資本家と多数の労働者からなる均整のとれた階級社会だ。資本主義と共産主義、民主主義と社会主義、個人主義と全体主義、そうした相反するシステムの良い部分を抽出し拮抗させて——つまりどの階層の民も満足と不満足を拮抗させる、強力で磐石(ばんじゃく)な二律背反の構造が築かれる。この完成されたピラミッド構造によって、世界は一つになる。これは逃れられない最終形であり、人間に限らずすべての生物が形成する本来の姿だ。今のような国家の対立や資源の食い合いで人類が疲弊することもない。人類は未だに略奪と暴動にまみれた群雄割拠を続けており、それは制定者、すなわち一人の王が出現しない限り、けっきょくは止まらない。だから、誰かがそれにならなければならない。世界を統べる、絶対的なリーダーに。

だが、それにふさわしい人間が存在しない。宗教の神ですら無理だ。そのことがずっと、私を苦しめてきた。そうしてシステムばかりが先行し、プランは一人歩きを始め、理想と描いていた構造は、それとはほど遠いいびつな形に歪められていった。

世界を一つにするために尽力してきたつもりだが、もう時間がない。あらゆる人間は欲のために隣人を騙し、欲のために騙される。果てしなく暴走する。そのために私の築いた資産もだいぶ分散され、影響力も薄れてきた。さらには行きすぎた情報化社会によって、あらゆるフェイクが横行している。メディアによるプロパガンダも効力が薄れ、軍事力による抑止のバランスも崩れはじめた。アメリカの脅威も力を弱め、それによって北朝鮮やロシア、中東が牙を剝き始めた。日本もそうだ。どの国も水面下でプルトニウムを生産し続け、核保有量を増やしている。我々がそれを阻止しようとも、間に合わない。どの国も排他的になり、常にどこかで一触即発の緊張が明滅している。やがては世界大戦も避けられないだろう。

加えて、私自身も長くはもたない。世界を混沌に投げ出したまま、こうして私は死を迎えることになった。私にとってのタイムリミットは、もはや過ぎた』

ダビデはそこまで一気に語り、しばらく沈黙した。

視線はカメラをとらえ続けている。その矛先は、どこに向いているのだろうか。

――？

ふいに、ダビデがわたしを見つめているような錯覚にとらわれた。

『――私はまもなく死ぬ。だが、私にも一縷（いちる）の望みはある。

だから決意した。

私の遺産をすべて、カミオージの娘たちに託す。ルリコ、ルカ、ルミの三人に。

あとは、彼女らに任せる。彼女らがこの世界のリーダーとなり、ＣＭＴ48が議会としてサポートする。そうして助け合いながら、この世界統一政府（ワン・ワールド）を統治してほしい。

我々は反省しなければならない。けっきょくは暴利をむさぼったかたちとなり、己の利益だけが肥大した。今こそ彼の、アインシュタインの言葉を思いだすべきだ。

――人の価値とは、その人が得たものではなく、その人が与えたもので測られる。

私の遺言は、以上である』

しん、と部屋が静まりかえった。

映像が途切れ、沈黙が辺りを支配する。

いくつもの凝視が、わたしの全身を貫いている。遠慮なき視線の暴力が、わたしたちに絶え間なく注がれている。

わたしは愕然となったまま、虚空を見つめていた。

ふつふつと沸き上がってくるものがある。

なぜ父は、わたしたち三人を置いてまでニューヨークにとどまる必要があったのか。なぜ父は、セレブの集まる世界有数の一等地に住むことができたのか。

――それは、父がダビデ・フレイロジャーの腹心だったから。

これまで渦巻いていた漠然とした疑問が、めまぐるしい勢いで輪郭を帯び始める。

父はダビデの腹心として、世界をコントロールする一翼を担っていた。プロパガンダをはじめとする社会心理的アプローチを駆使し、世界を人知れず動かし、制御していた。やがてリーダーの不在に嘆くダビデが、三姉妹の存在に目をつけた。父の才を用いて三人を教育し、自分の思うような人間に仕立て上げようと画策した。

だとしたら、どうなるのだ。その行きついた結果が、このわたしたちだというのか。

わたしは自分を思い、ルリ子と流花を思った。

たしかに特殊な訓練を受けてきた。けれども、マインドコントロールの類いは受けていないし、特別な知識も植え付けられてはいない。ただ単に口をきかないだけの、あるいは何も見ようとしない、聞こうとしないだけの、偏屈な女になっただけだ。

そして教育したのは父ではなく、アンソニーだ。そこにどんな接点があるというのか。なぜ、同じアインシュタインの言葉を引用するのだろう――。

バン！

グレアムは机を叩き、静寂を破った。

「我々は腑に落ちない。まず哀しいことに、ダビデは大きな勘違いをしている。このＣＭＴ48の長を決めるのは、彼ではない。この委員会だ」

グレアムは語を強め、侮蔑もあらわに言い放つ。

「アインシュタインだと？　彼とて、世界を一つにするための〝世界連邦〟という構想を掲げていた。その運動は今も続いている。国家で世界を分断するのではなく、七〇億の個人で世界を動かす、という茶番だ。――もちろん、そんなことを掲げても世界は一つになどならない。大衆はそれに参加などしないし、存在すら知ることもない。君らだって知らないだろう。自国のノーベル賞受賞者が会長を務めたとしても。――そう、人は己のことにしか関心がない。だからこの世界は今の形になっている」

グレアムの口調が熱を帯びていた。その矛先はおそらく、すでにこの世を去ったダビデに対して、あるいは全人類に対して向けられている。

「たとえダビデがいなくても、我々がいなくても、この世界が変わることなどない。誰かが都合の良いようにシステムを作り、力を行使して富を吸い上げる。その支配者が愚かであれば、世界はまた奪い合いの戦争にまみれるだろう。理性などしょせん、本能の奴隷に過ぎない。世界は不可逆的に酷くなり、いずれ人類は滅亡する。

だから――我々はそれを食い止めようとしているのだ。世界を一つに纏め上げ、秩序のもとに統治する。人々はそれぞれの位置でそれぞれの幸福を摑めばいい。真の意味での自由はないが、そもそも本質的に自由である状態など存在しない。自由とは束縛と比較した概念だからだ。だから、どんな人間も何かに縛られ、そして自由だ」

グレアムは息をつき、メンバーの顔を見回した。その答弁が、今まで何度となく繰り返されてきたのがわかる。主張はダビデに近く、でもその本質は食い違う。だからダビデはこの集団に手を焼いていたのかもしれない。

グレアムの視線がこちらを向いて止まった。

「――君たちの国でも、凄惨な歴史が繰り返されてきたはずだ。世界が大航海時代で略奪の限りを尽くしていたころ、日本も国中で戦争に明け暮れていただろう。戦国時代といったか。その動乱に、非情な手段で終止符を打った男がいたはずだ。

その男もしょせんは己の欲望に突き動かされただけかもしれない。だが結果的に、それから日本は平定した。人々は搾取のシステムに組み込まれたかもしれないが、それまでとは比較にならない自由と幸福を得たはずだ。

この世はまだ、戦国時代だ。無駄な奪い合いが多すぎる。だから我々は世界を一つにする。それ以外に、この世界を良くする方法があるのかね」

その口調に、憎しみが宿るのを感じる。

「我々の意向は、ダビデのそれとなんら変わらない。しかし彼は、それを理解しない。そもそも、暴走しているのは彼自身だ。何も知らない世間知らずの小娘が、この世界のリーダーになる？　はたしてそんな遺言が実現するなどと本当に思っていたのか。我々が君たちをサポートする？　どこからそんな発想が生まれる。何をサポートするのだ。ヘアメイクか？　むだ毛の処理か？　ふざけるのもいい加減にしたまえ」

部屋全体から、くぐもった笑いが湧き起こる。

「――ただ、彼の持つ遺産については、彼に譲渡権がある。それは確かだ。だからすみやかに、今度は君たちが譲渡権を行使し、それを我々に託していただきたい。ダビデの遺産は、君たちの手に負えるものではない」

グレアムは冷たい口調にもどり、息をついた。目に力を込める。

「――それが、私からの頼み事だ」

グレアムが挑むようにわたしたちを睨んだ。

止まっていた息が、静かに吐き出される。脳内を巡る血液が足りない。

ダビデ・フレイロジャーの遺産。託されたなどと言われても、そんな覚えはない。

だから譲渡のしようもない。そんな論理にすがるようにして、わたしたちは対峙を保っていた。かろうじて、この場に立ち尽くしていた。

「君たちは、遺産が何かすら知らない」

侮蔑するように、見透かすように、グレアムが笑った。

「遺産には、もちろん彼の所有する富がある。だがそれ以上に価値があるものを、彼は独占していた。それを我々はずっと探していた。――なかなか見つからなくてね」

ふいに、グレアムの背後が左右に割れた。スライド式のドアのようだった。ドアの向こうには同じく壁があり、左右が通路になっているのが見て取れる。

そのドアの左手から、何かが姿を現す。手押しのワゴンのようだった。ワゴンの上には、金属製の箱が載っている。

「その遺産を、彼がわざわざ持ってきてくれたよ。我々のためにね」

ワゴンがドアをくぐる。それを押す人物が、部屋の灯りにさらされる。

わたしは愕然となった。

――アンソニー！

「アンちゃん！」ルリ子がおもわず叫ぶ。「……生きてたのね！」

アンソニーは懐かしむようにわたしたちを見た。そうして、無言で笑みをつくった。

――なぜ、どうして。

震えだしそうになる体を、歯を食いしばっておさえる。

「やっぱりな……」

となりで流花がつぶやいた。おもわず振り返り、その横顔を見つめた。

「あのとき撃たれたのは、麻酔銃だったんだよ」

……うそ……。

「確証はなかったけど、もしもあれが実弾ならヘリのドアを貫通してたはずだ。奴らはあたしたちを殺そうとしたんじゃない。生け捕るつもりだったんだからな」

でも……体中から血が。

「たぶん自分で血糊を仕込んでおいたんだろ。何らかの目的があって」

どうしてそんなこと……。そう思った瞬間、わたしは気づいた。

そうだ。これまでのすべては、そのためにあった。

――わたしたちを、救うために。わたしたちを、強くするために。

ふふふ……。

ルリ子が、楽しそうに微笑んだ。

「レッスンはまだ、終わっちゃいない」流花が、顎でアンソニーをさした。「見ろよ。そんな顔してるだろ」

アンソニーがワゴンを押しながら、壁際をこちらへと近づいてくる。その眼差しは穏やかだが凛々しく、険しくも温かい。それはわたしたちの師匠であり、お兄さんであり、小間使いである、彼の目だった。

「——発言はひかえろと言ったはずだ」グレアムが机を拳で叩く。「その男は、すでに我々の同胞となった。君らにとって、喜ばしいことだとは思えないが？」

ワゴンがわたしたちの目の前に置かれる。その上に、重厚な鉄の箱が載っている。

アンソニーは黙したまま、わたしたちを順に見つめた。

それだけで、じゅうぶんだった。

アンソニーはワゴンを残し、踵を返してグレアムのもとへと戻る。

「その箱には、残念ながら鍵がかかっている。電子ロックだ」

グレアムは憎々しげに言った。

「君たちを殺したくても殺せなかった理由が、そこにある。長女の瞳紋、次女の指紋、三女の声紋、それが鍵だ。その箱は、君たちにしか開けられないのだよ」

わたしたちの瞳紋と指紋、声紋——。それがこの箱の、鍵。

アンソニーがグレアムの側に立つ。腕を組んで、わたしたちのほうを向いた。

「——さあ！」グレアムが声を強める。「その箱を開けろ」

わたしたちは箱を凝視した。鍵穴はなく、いくつかのパネルが並んでいる。ここへ向かって瞳を当て、指をかざし、声を出せというのだろう。

「執事(オペレーター)！」流花が唐突に叫んだ。「この箱の中身はなんだ」

グレアムが目を剝き、口を開けた。それよりも早く、アンソニーが答える。

「中身は、失われた革新的な技術（ネオテクノロジー）です」

グレアムが「黙れ！」と怒号をはなつ。

アンソニーはその眼前に手をかざし、構わずつづける。

「偉大な科学者たちが残した新技術の論文や、設計図、試作品、さまざまなデータが納められています。その一部はＣＭＴに共有され利用されたものの、ことのほか有用な技術については大部分をダビデが独占してきました。ここの連中は、それを喉から手が出るほど欲しがっている」

あらためて、箱を見つめた。

革新的な技術（ネオテクノロジー）。これまで葬られてきた科学者たちの、偉大なる功績。絶大なる叡智。ダビデはそれを使って、世界を一つにしようとした。それがいつしか、この連中の私欲を満たす道具に仕立てられた。だからダビデは、それらを封印したのかもしれない。

「なるほどな……」

流花が言い、ルリ子が引き継ぐ。

「だったら、ここで開けるわけにはいかないわね」

バン！

グレアムが立ち上がり、怒声をはなった。

「貴様らに選択肢などない！」

その恐ろしい形相に、胸が早鐘を打つ。おもわず体が萎縮するような威圧感だった。

グレアムは横に立つアンソニーを睨みつけ、押し殺したように言った。

「……貴様。どういうつもりだ。態度をわきまえろ」

「なぜですか」アンソニーは飄々と言った。「あなたたちに寝返った覚えなどない」

「なんだと……？　だったらなぜ、わざわざ箱を持ってきた」

「決まっています。彼女たちに届けるためですよ」

「ふざけるな！」

グレアムの怒号を、ふたたび手をかざしてさえぎる。

「そんなことより、あなたたちにメッセージが届いているはずです」

「……なんだと」

「画面を映してください。ぼくが開きます」

グレアムは無言でアンソニーを凝視した。しばらく思案したあと、どかりと腰をおろす。憤怒に満ちた表情で、壁に画面を映し出した。

横からアンソニーが身を乗り出し、操作をはじめる。壁の画面にブラウザが現れ、やがてどこかのサーバーにつながった。ウインドウに、映像が映る。

「――？」

画面が乱れている。カメラがぶれ、何が映っているのかわからない。しばらくはそれが続き、唐突に安定する。おそらくはカメラを三脚に固定したのだと思われる。

一面の、銀世界。曇った空から、何かがしきりに降りそそぎ、画面をかき乱している。ブリザードのようだった。激しく吹雪いている。そこへ人の姿が割って入る。防寒服を着込み、フードを深く被っていた。

見間違えようもない。それはまぎれもなく、父だった。

「うそでしょ！　パパ！」

ルリ子が小さな悲鳴をあげる。

父は、生きていた。

懐かしい顔。相変わらず辛気くさい。そこはどこなのか。何をしているのか。雪国なのか。いろいろな思いが湧き上がり、顔がほころび、とたんに恥ずかしいような気持ちに包まれる。

父は吹雪に目を細め、体をしきりに揺らしていた。寒さはもっとも苦手なのだ。

それでも——とても元気そうだった。

『——えー、こんにちは。今ごろそちらは、大事な会議の真っ最中だと思われます。こちらはといえば、大変な吹雪です。気温はマイナス二〇度を下回っています。こんな状況でお伝えしなければならないことを、深くお詫びします』

父は鼻を真っ赤にして腰を折り、辛そうに声を張り上げていた。

いったい、どういうつもりだろう。

『とはいえ、ＣＭＴのみなさんには、私からお伝えすることはありません。そこにいる三人の娘たちから、たぶんお話があるでしょう。どうか寛大な心で聞いてやってください。――それにしてもどうですか、うちの娘たち。かわいいでしょう？』

へーっくしゅん！

父はくしゃみに弾かれ、画面の外へと消えた。戻って顔を上げると、鼻から何かがぶら下がっているのが見えた。それが、一瞬にして氷柱（つらら）となる。

いったい、どういうつもりだろう。

『……ルリ子、流花、瑠美。無事に辿り着けたようでなによりだ。心底、ほっとしている。とんでもないことになってしまったが、お前たちなら乗り越えられるはずだ』

へーっくしゅん！

『――だめだ、寒すぎる。話してられない』

父は前のめりにガクガクと震え、一歩、二歩と後退した。

カメラから父が遠ざかると、その背後の風景が垣間見えた。

『じゃーん！』

父の背中越しに、何か大きな塊が見える。カメラがオートフォーカスする。

それは、城だった。雪でできた、巨大なシンデレラ城。

『ついつい熱中してしまってな。気づいたら今日になっていた。危なかったよ』父は鼻からぶら下がった氷柱を折り、笑った。『とにかく、間に合って良かった。おまえたちは無事にそこへ到着し、わたしも無事にお城を作り終わった』

――ぷっ。

わたしは、流花は、ルリ子は、心の中で同時にふき出した。

三姉妹の、無音の笑い。父はいつものように、一瞬にしてわたしたちをつないだ。

父は逃亡していただけじゃない。このときのために、父は父なりに闘っていたのだ。大嫌いな雪国で、身をちぎるような寒さと。

父はふたたび、カメラに顔を近づけた。

『最後にひとつだけ言っておく。そこにあるのは、あくまでもダビデの遺産だ。私からの遺産ではない』

父の目が、ふいにゆるんだ。

『私からの遺産は、いいいい、おまえたちだよ。おまえたち自身だ！』

へーっくしゅん！

『――それを決して、忘れないように』

父は微笑み、手を伸ばした。画面が影で覆われ、やがて途切れた。

うふふ……。
ルリ子が、声に出して笑った。流花もにやにやと顔を歪めている。
体中に、熱が宿っていくのを感じた。
――父からの遺産。
それは、わたしたちだった。つまりは、そういうことか。
いつかの、父との会話がよみがえる。

ねえパパ。わたしたちって、いったいなんなの？
うん？　どうしたんだ瑠美
いま練習してるこの力は、わたしたちにしかないの？　他の人にはできないの？
できるよ、本当は誰にだって。ただみんな、今は自分のことに一生懸命なだけだ
なんでわたしたちだけが？　どんな意味があるの
人とわかり合えるようになるんだ。それほど素晴らしいことはない
だったら、なんで普段は使っちゃいけないの
まだ他の人たちは、準備ができていないからだよ。一方通行になってしまう
一方通行？
そう、洗脳になっちゃう。嫌だろ？　だから今は、我慢するしかないんだよ

今だけ？　いつかは自由にしていいの？
いつかはな。その時がきたら、お前たちがみんなに教えてあげるんだ
なにを？
人とわかり合う――そのことの大切さをね

「なんだ今のは」

真っ暗になった画面の前で、グレアムが怒りを込めて言った。

「メッセージだと。今のに、いったい何の意味がある」

アンソニーは答えず、黙って肩をすくめた。

「ふざけるな！」グレアムは立ち上がり、わたしたちを指さした。「今すぐその箱を開けろ。これ以上、私を怒らせるな」

淡々とした口調に、静かな炎がちらついていた。その奥には、どろどろとした怒りが垣間見える。それが、燃料となっている。

「次はどの街を吹き飛ばされたいんだ。――それともこいつか」

グレアムは背広の内側から拳銃を抜き出し、横に立つアンソニーに突きつけた。

「貴様らのような低脳な人間は、どこかの街が吹き飛ぶことよりも、目の前で知り合いが殺されるほうを悲しむ。じつにレベルの低いエゴだ」グレアムは拳銃の撃鉄を引

き起こした。「そんな愚かな貴様らに、この世界をまかせられるわけがないだろう。――早く、その箱を開けろ」

　グレアムの拳銃が、アンソニーのこめかみを圧迫する。

　アンソニーはそれをじりじりとはねつけながら、視線をこちらに向けた。

「――ダビデは晩年、ようやく気づいたんです。自分たちが愚かであること、人間が愚かであること、それが不変であることに。と同時に、それが決して抗えない、生命の本質であることに。だから、愚かさを踏まえた新しい秩序を作ろうとした。誰の血も流さずに、世界を一つにする術を模索した」

「血を流さずにできるはずなどない！」

「あなたたちにはできません。もちろん僕にも、正彦にも、誰にもできません。だからこそ悩んだ」アンソニーは哀しげに微笑んだ。「けれどもあなたたちは、ダビデが床に伏した途端、強引に計画をつくった。〝世界統一（ワン・ワールド）政府〟という構想だけを奪い、そのディテールには恐怖と絶望を塗り込め、およそ人とは思えぬ残虐な行為をもってそれを実行し始めた」

「いつの世でも、犠牲はつきまとう。世が平定すれば、その犠牲は称えられる。そうして人類は前へと進んできたのではないか」グレアムの顔が赤らんだ。「ほかに誰がこれを成し遂げられる？　我々がやらずして、誰がやるというのだ」

「だから、彼女たちがいるんです」

「ああ……？」

グレアムは銃口を強くアンソニーに押しつけた。心底うんざりしたように顔をひきつらせる。アンソニーはその圧迫に抵抗しながら、横目でグレアムを睨み付けた。

「――たしかあなたの一族は、ニムロデ王の末裔でしたね。ならばなぜ学ばないのです。ニムロデは神に牙を剝き、世界統一の最初の試みとして、バベルの塔を作った。ですがそれは、天にとどく前に崩されたんですよ」

「……なにをほざいている」グレアムは目を細めた。頰が痙攣している。「そんな与太話、私には関係がない。この世界に神などいない。だから私は代わりに、この世界を良くしようと尽くしている。貴様らにその重責がわかるはずもない」

「――嘘だ！」

突然、流花が言い放った。

立ち尽くしたまま、うつむいている。目を閉じている。

ヘッドフォンを、はずしている。

「――あんたは嘘をついている。詭弁で自分を正当化している。それが根っから染みついている。言葉のどこにも真意がない。本心がない。そのことに自覚がない。

……利己的な正義と、大局的な無関心。自己暗示で悪を善に変える、生まれついての強者。けれどもやってることといえば、単なる椅子取りゲームだ。本能に踊らされている獰猛なプログラム。――それが、あんただ」

顔を上げ、目を見開く。

「この世に神はいない。だが、悪魔はいるらしい。――それは、あんただよ」

流花は殴るように腕を突き出し、指をさした。

それに射貫かれたように、グレアムの体が脈打った。

「けど、あんたの内側には嘆きがある。蔑みがある。憤りがある。それはダビデも一緒だ。それが救いになるかもしれない。――その嘆きは、憤りは、いったい何に対してのものだ？　人間社会か。それとも己自身か」

流花は言葉を切った。

部屋中に、緊迫が走る。四八人が青ざめている。

グレアムは動かない。唖然として流花を見つめる。表情が消えている。拳銃を持つ手が震えていた。その指に、力が込められる。引き金が、みしみしと音をたてる。

「待ちなさい」

ルリ子が、足を踏みだした。

サングラスに手をかける。

彼女の感情を封じ込めていたものが、ゆっくりと両手でおろされる。

「――――！」
ルリ子の瞳が、解き放たれる。
全員が、それに吸い寄せられた。
心が破裂し、白くなる。ついで喜怒哀楽が、突き抜けていく。
ルリ子の感情。人々の感情。わたしの感情。
戦争で死んでいった人々。飢え死にしていった人々。疫病。災害。略奪と虐殺。
悲しみの果ての、憤怒と憎悪。恐怖と絶望、それらの輪廻。
そのわずかな隙間に差し込む希望。温もり、喜び、ささやかな快暢。
胸を焦がすほどの慕情と友情。慈しみに満ちた愛情と連帯。
めくるめく感情が渦を巻き、狂おしく精神が振動する。
世界の感情が――とめどなくほとばしる。

ルリ子は、泣いていた。
笑っていた。
わたしはその激流に翻弄されながら、わたしたちのことを思った。
この者たちを思った。

わたしは声音と言葉によって、ルリ子は視線と表情によって、流花は聴覚と暴力によって、他人に大きな影響を与えることができる。感情を伝えることができる。だからわたしたち三人は、これまで忍耐を強いられてきた。自分たちが必死に培った能力は、自分たちのためには使えない。

なのにこの者たちはどうだろう。欲のために力を磨き、欲のためにそれを用いる。人の証である理性を逆手に、本能のままに弱肉を食らう。

わたしたちは特殊な能力をもったが、それは欠陥とも言える。わたしたちはけっきょく、誰かの力を借りなければ生きられない。助けてもらわなければ生きられない。この者たちとは、真逆の生き方を強いられてきた。

「――瑠美」

ルリ子が、わたしのほうを向いた。

流花が、そのとなりでうなずく。

わたしは、わたしをゆだねた。

三人のあいだに、心が通うのを感じる。それは久しぶりのことだった。

わたしたちはしばらくのあいだ離れていた。それまでに踏みしめてきた軌跡が、そこで尽くしたあらゆる思弁が、お互いをゆるやかに行き交う。

発見を分かち合い、欠乏した部分が満たされていく。
蓄積されていたすべての疑念が氷解していく。真実が――光を放つ。

今こそ、その力を見せよう。

わたしはマスクに手をかけ、剝ぎ取った。
人間というものがいったい何なのか。それを、思い知らせよう。
わたしは息を吸い込む。わたしは代弁者になる。
言うべき言葉が、この世界の倍音（ハーモニクス）が、わたしの心身を巡りはじめる。

# 19　人類の選択

あなたたちは、あきらめている。

人間はしょせん、奪い合うことでしか生きていけない。それならルールに従って、徹底して奪う側に回るしかない。力を持ち、それを行使し、弱肉を食らう強者を目指す。それだけが人間の純粋な目的になり得る。あなたたちは、そう思っている。

あなたたちは人間や社会に絶望するがゆえ、あきらめたがゆえ、そういう開き直りを世界に振りまいている。強要している。

けれども、それは間違っています。

あきらめてはいけない。

人間は、ほかの動物にはない可能性に満ち溢れています。ルールを超越する力を秘めています。それが何なのか、もう一度考えてみませんか。

わたしたちは、補い合うことができます。

足りない能力を、行き詰まる思弁を、補い合うことができます。
そうして、限界を超えることができる。
わたしたちがこのまま動物本能の領域にとどまるのなら、あきらめてしまうのなら、
わたしたちに未来はない。強く賢いがゆえに、すぐに絶滅してしまうでしょう。
だからわたしたちは、乗り越えなくてはならない。
助け合うということを喜べる種族にならなければいけない。
なぜならわたしたちは、補い合うことができるからです。

あなたたちに望みます。
今すぐ支配者をやめて、指導者になってください。利権を集めて力を求める空しい人生から解放されてください。人類の豊かな未来を想像し、革新性や創造性をもたらすことに尽力し、その功績を人々から称えられてください。

まず、争いの画策をやめませんか。ただそれだけで、人類の富の多くを文明に費やせます。必然的に、意義ある目標が立ち現れます。貧困や環境破壊は消滅し、世界ははじめて平和を実感するでしょう。格差がなければ、争う必要もありません。

そしてここにある遺産を、全人類と平等に分け合いましょう。この革新的な知恵を、全言語で公開しましょう。それによって人類はあまねく無限のエネルギーを得て、想像以上の健康と寿命を手に入れ、より高い叡智を獲得できるでしょう。

人々に富と時間が行き渡ったら、みなが怠慢になって何もやらず、進化は止まり文明は衰退する。支配者たちは決まってそう言いますが、はたしてそうでしょうか。

創造性や革新性は、強制された労働からは生まれません。

子供を見てください。世界中のあらゆる子供たちを。彼らは富の獲得競争の外にいます。彼らは毎日体と頭を動かし、何かを発見しようと外へ飛び出し、新しい遊びに夢中になり、絵を描き、砂で城を作ります。富の見返りなど気にもとめません。

創造性や革新性は、お金の有無、仕事の有無、地位や名誉や物欲などとは、本来無関係なのです。

わたしたちはついに、競争とは別種の意欲（モチベーション）をもつことになるでしょう。

そこでようやく、人類は次のフィールドへと進化を遂げるはずです。

奪い合うことを必要としない文明。弱肉強食の束縛から解放された精神。すべてが豊かで、不安のない社会。そこではあらゆる人々が希望をもち、個性を大切にし、誇りを抱き、目標に立ち向かえます。

そこに支配は存在しません。もはやルールも必要としないでしょう。進化を遂げたわたしたちは、誰に何を決められずとも正しく動くことができるはずです。

そしてすべての人の望みは、努力することで必ず叶うでしょう。努力することの意義が増し、生きるための活力がみなぎり、わたしたちの存在に価値が生まれます。

約束します。

わたしたちが生きているうちに、この地球は楽園になり、人間の何もかもが変わります。そこへ向けてあなたたちが尽力したのなら、それは全人類に称えられ、類を見ない羨望を受けるでしょう。その自尊心は、溢れかえるほどに満たされるはずです。

あなたがどう生きるのか。この世界をどうするのか。あなた自身が決めてください。

わたしは、あなたの気持ちに従います。

なぜならわたしたちは、あなたたちですから。

※　※　※　※　※

ゆっくりと部屋を見渡した。

そこにいるＣＭＴの全員が、苦悶の表情を浮かべていた。

わたしの言葉を噛み砕こうと、飲み下そうと、もがいている。澄みわたった意識の中で、あらゆる先入観を取り払い、純粋なる感性だけを頼りに、模索している。

ルリ子が彼らを見つめる。彼女の視線が問いかけている。

流花がその気配を聴く。誰かが聴いている――その事実は彼らに結論を求めていく。

その場にある真実を、ルリ子が見て、流花が聴いている。

静寂の中で、わたしはイライダのそばへひざまずいた。その事切れた体をまさぐり、内ポケットからそれを抜き取った。立ち上がり、テーブルの中央を歩いていく。

ＣＭＴのメンバーが、両脇からわたしの姿を目で追う。わたしはグレアムの前に立ち、正面から対峙した。グレアムは、思考を閉じ込めるようにして目を見開いていた。

彼は今、剝き出しになっている。その内部で、あらゆる感情が渦巻いている。たとえどれほどの富や地位や権力があろうとも、それは今、矛にも盾にもなり得ない。彼はグレアム・ウェストミドルスという名を持つ、ただ一つの人間性に過ぎなかった。

わたしはボタンのついた名刺サイズの機械を、その眼前にそっと置いた。

アンソニーが、わたしを見つめている。それを振り切るようにして踵を返した。

「ご存じの通り、わたしたちの体内には小さな爆弾が埋められています」

わたしはもと来た道を引き返しながら、言葉を発した。

「あなたがそのボタンを押せば、わたしたちは助かります。押さなければ、わたしたちはまもなく消滅します。爆発はごく小規模で、あなたたちに危害はおよびません」

わたしはルリ子と流花を振り返った。二人は信頼をうなずきに込めた。

グレアムに向き直る。思いが喉を通る。

「――ボタンを押すか押さないか。あなたが決めてください」

グレアムがテーブルに目を落とした。機械に指をそえ、それを持ち上げる。

ＣＭＴのメンバー全員が、黙したまま動向を見守る。

わたしは目をつむった。気持ちはまぎれもなく、伝わっている。わたしたちの経験、知識、感情のすべて。知り得た人々の、それらすべて。わたしたちはきっと、伝えきることができたはずだ。それを伝えるために、わたしたちは生きてきた。

けれど、わかり合えるのだろうか。

わたしは目を閉じたまま、そのときを待った。

まぶたの裏側で闇が広がっていく。その彼方から、ひとつの言葉が立ちのぼる。

――平和は力では保たれない。平和はただ、わかり合うことで達成できるのだ。

# エピローグ

まぶたの裏側が、白く輝いている。


目を開けると、まばゆいばかりの陽光が世界を包んでいた。

鮮やかな色彩。海鳥の鳴き声。潮の香り。

照りつける陽差しはパラソルがさえぎってくれている。この小高い丘からは、群青にきらめく広大な海が見渡せた。こんなにすがすがしい気分は、いつぶりだろうか。

わたしはチェアに横たわりながら、飽きることなく海を眺めていた。

思考はとめどなく巡っている。どこから手をつけていいのかわからない。時間はいくらあっても足りないだろう。この世は考えるべきことで溢れかえっている。

まずは、革新的な技術（ネオテクノロジー）を順次開放するのが先決だろう。そうすれば、ＷＡＷ（ワウ）の彼らがまず一番に、その技術を使った最良の手本を示してくれるかもしれない。

わたしは海を眺めながら、しばらくぼんやりと過ごすことに決めた。目を閉じ、潮騒に耳を傾ける。風が素肌をくすぐっている。

そこへ、ひとつの足音が交ざった。それが誰のものであるかは、すぐにわかった。

「——CMTの連中は、まず、崩壊寸前で踏みとどまっている日本の救済から手をつけるようですね。なによりです」

わたしは大きく伸びをしながら、おぼろげに笑う。

「今の社会での実行力を考えれば、急ぐ仕事は彼らに任せるのが最良よね。日本にも帰れるし、それが一番。イスラエルも素敵だけど、わたしはやっぱり日本がいいな」

「同感ですね」

足下に立ったアンソニーが、陽差しを手でさえぎった。

「同感？」わたしは腕を伸ばしたまま、自分でも驚くほどさらりと言った。「だってアンソニーはユダヤ人でしょ？　だったらここは、あなたの国じゃないの」

「……」

アンソニーは黙っていた。自分はアメリカ人です、とは言わなかった。ただ黙って、横顔を見つめてくる。わたしは意を決して、アンソニーにふり向いた。

「アンソニー。あなたの本当の名前がわかった」

「そうですか」

アンソニーは小さく吐息をついた。それからややうつむき、瞳にそっと指をそえた。

ふたたび顔を上げたときには、碧眼だった瞳が、漆黒に変わっていた。

「――あなたは、ダビデ・フレイロジャーね」

アンソニーは答えず、無邪気な笑みを浮かべてみせる。それはまるで、悪戯の見つかった子供のようだった。

わたしもつられて、微笑みがもれた。やっぱりアンソニーは、アンソニーなのだ。

これまでのことが思い出される。ずっと、感じていた疑問があった。

なぜアンソニーは、わたしたちをレッスンしたのだろう。

なぜアンソニーは、わたしたちの師匠になり得たのか。

そもそもアンソニーとは、何者なのだろう。

そうした疑問が、ぼんやりと胸中をただよっていた。やがて父のしていたことがわかり、ダビデの言葉を聞いてからは、その謎に輪郭が宿った。そしてルリ子と流花とつながったあの瞬間、すべての疑念は氷解した。

ダビデはこの世界のリーダーとして、いきなりわたしたちを選んだわけではない。

その前に、革新的な技術（ネオテクノロジー）を使って自分のクローンを作り、それを徹底的に教育していたのだ。けれどもそのクローンは、ダビデの要望を満たすことができなかった。世界を担うような人間性を、能力を、一人の人間に背負わせるのは無理だったのだ。

そこでわたしたちに目が向いたのかもしれない。姉妹間での意思疎通には長けるが、一人では何もできない一卵性の三つ子。

提案したのは、ひょっとしたらアンソニー自身だったのではないか。〝三人寄れば文殊の知恵〟に期待を託したかったのかもしれない。ともあれアンソニーは、自身が身につけた感情の力を、人とわかり合う能力を、わたしたち三人に分けて伝授した。

アインシュタインの、多くの言葉とともに。

――人の価値とは、その人が得たものではなく、その人が与えたもので測られる。

わたしはアンソニーの後ろ姿を、風にそよぐブロンドを見つめる。その髪もおそらく、本来は漆黒なのだろう。それを金髪に染め、瞳もカラーコンタクトで偽り、長いあいだ素性を隠し通してきた。彼もまた、自分を殺して生きてきたのだ。

思えばアンソニーもアインシュタインも、ダビデもＣＭＴのメンバーも、みんなユダヤ人だ。一つの人種にもこれだけの多様性があるため、一括りになどできない。この世の人種差別というものがいかにくだらないか、痛烈に思い知らされた気がした。

「不思議なものですね」

アンソニーは海の彼方を眺めたまま、ぽつりと言った。

「まるで夢のようです。こうしてここにいることが――夢のように感じられる」

わたしは真意がつかめず、曖昧にうなずいた。別のことを訊いてみる。

「――今回のことで、ちょっと確認があるんだけど」

「どうぞ」

氷解した疑念の裏をとるには、ちょうどいいタイミングに思えた。

「ブラジルで、流花が最初にさらわれて、次にわたしがさらわれたでしょ。それって両方とも、アンソニーの仕業ね？　居場所を敵に流したでしょ」

「人聞きが悪いですけど、そうなりますね」

「ずいぶんと恐ろしいことをするのね」

「サベルタの工作員が潜入していることは知ってましたから。とはいえバルボーサは、想像以上に力になってくれました」

「それと、日本の社宅で自衛隊に囲まれたのも、本当は園香のせいじゃなかった」

アンソニーは困ったように苦笑した。

「なんでそこまでしたの？」

「……それは」アンソニーは、ちらりとこちらを一瞥する。「みんながそれぞれ自分自身で体験し、発見し、葛藤するのが望ましいからですよ。でなければ、今この世界で起きていることを理解することはできない」

それは父の考え方でもあった。だからこそ、アンソニーは悪びれもせず答える。

わたしはさらに訊いた。

「だとしても、あまりにも偶然に頼りすぎていた部分もあるでしょ。――たとえばもし、ルリ子がコロンビア大学にいなかったら？」

「あそこにいることはもちろん知っていました。いなかったら事前に呼ぶまでです」

「わたしが園香に会いに行かなかったら？　お父さんの情報は得られなかったよ」

「そのときは然るべきタイミングで、べつの方法で情報を提供するまでです」

なるほど。保険はいくらでもあった、というわけか。

やはりアンソニーが、すべてを誘導していたのだ。

いずれにせよ、命の危険は無かった。どういう経路を辿ろうとも、わたしたちが生かされたままＣＭＴと対峙するのは変わらない。それが彼らの目的だったのだから。

「……でも、最後にもし、わたしたちの思いが彼らに届かなかったらどうするつもりだったの？　そもそも、ただの小娘でしかないわたしたちに、正しい判断ができるかどうか――それすらわからないというのに」

アンソニーは首を振り、海に目を落としたまま語った。

「ただの小娘、とも言えないですよ。君たち三人はこれまでの特異な人生によって、ある種独特な客観性を獲得したのはたしかです。それはこの人間の社会を、俯瞰して思弁する能力であるともいえる。そして今回の旅では、過酷な現実に生きる人々の主観を、少なからず理解したはずです。客観と主観、思弁と現実。その二律背反を深いレベルで認識する為政者(いせいしゃ)が、これまでどれほどいたでしょうか」

アンソニーは言葉を切り、空を見上げた。

「それに君たち三人は、長いあいだ共感の力を高めてきた。そのうえでもし彼らとわかり合えないのであれば、そもそも人類に先はない。そういうことになりませんか」

それはそう——なのかもしれない。

それでもわたしたちは、あまりにも未熟だ。今回の葛藤にも、正解を導いたという実感がもてない。なぜならそれは果てしない、理性と本能との戦いだからだ。それは誰の心の内にも存在するし、消し去ることのできない天秤ではないのか。

ならば——どちらが正しいという話では、ないのかもしれない。

「だとしても……」わたしはかろうじて語をつなぐ。「今じゃなきゃだめだったの？」

「そうですね。ダビデ亡きあと、この世界は彼らによって急速に構造化されてしまう。彼らの新世界ができたあとでは、もう間に合いません」アンソニーの視線に力がこもる。「それに君たち三人も、まだ社会に取り込まれる前だった。だからこそ人間性の根本を発揮することができた。瑠美自身も言っていましたね。——子供たちを見ろ、と」

雲が陽差しをさえぎり、海鳥がひときわ高く鳴く。

「今のあなたたち以外に、可能性が存在しなかった。だからぼくは、この世界の本当の姿を理解してもらうために、ただできる限りの道筋を用意しただけです」

「つまり――」

わたしはつぶやいた。

「これが最後のレッスンだった、というわけね」

その自分の言葉に、ふいに寂しさがおとずれる。

――最後の、レッスン。

息を吸い込み、それをゆっくりと吐き出した。潮の香りを、強く感じた。

眼下の港に、綺麗な客船が停泊しているのが見える。

その甲板では、みんなが楽しそうに笑っている。

父とスヴェイとリアサが、並んで料理を食べている。ルリ子が秋男を突き飛ばしているのが見える。その後ろでバルボーサが流花にグラスを手渡している。園香がこちらに気づき、飛び跳ねて手を振っている。それをイライダが、微笑んで見守っている。

ここからは随分と距離が離れているのに、なぜだかズームアップしたかのようにはっきりと目にうつる。まるで走馬灯のように。みんなの笑顔が、光り輝いて見える。

わたしは手を振り返しながら、満面の笑みを返した。

ふと思い起こす。

いつか見た、クルーズウエディング。

わたしの心を、いつまでもよぎる思いがある。

防波堤でアンソニーが手を差しのべたとき、なぜアイスクリームを手渡したのだろう。なぜ、彼の手をとることができなかったのだろう。

ぼんやりと、空を見上げる。風に乗って、汽笛の音が届いてくる。

アンソニーは、黙って船を眺めていた。わたしはぶっきらぼうに口を開いた。

「これからどうするの？　最後のレッスンが終わったのなら、もう――」

「そうですね。レッスンはもう終わりです」

アンソニーが両腕を振り上げ、体を大きく伸び上がらせた。

「思い返せばぼく自身、ずっとあなたたちとのレッスンに夢中だった。でもそれは、自分自身を呪っていたせいなのかもしれない。たとえ自分があのダビデと同じ遺伝子だとしても、彼とは別人になれるということを証明したかった。だから、あなたたちを別々に分けて育てることに必死だったのかもしれない」

わたしは黙ってアンソニーを見つめた。

ダビデのクローンであるという事実。それはどういう感情をもたらすのだろう。わたしたち三人が同じ受精卵（クローン）であることとは、また違った種類の愛憎なのだろうか。

「でも――。じつはね、瑠美」アンソニーは、そう言って振り向いた。「そろそろぼくもぼく自身のために、何かを望んでみようかと思ってるんです」

アンソニーの顔が、逆光でよく見えない。顔を歪ませているようだった。それはまるで、照れを隠しているかのように見えた。

「瑠美はあのとき、彼らに向かってこう言いましたね。――すべての人の望みは、努力することで必ず叶う、と」

アンソニーはそう言って、右の手のひらを差しだした。

汽笛が間近でこだまする。

わたしは意味がつかめず、黙ってその手を見つめた。

「ぼくは、努力しようと思っています」

――え？

ふいに、おとずれた。

味わったことのない感情が、全身をじわじわと痺れさせていた。まるで心を覆っていた氷が溶け、中から熱い何かが滲み出すように。

「まずはお互い、自分自身をもう少しだけ好きになってみませんか。そこから始めるのも――悪くはないかもしれない」

火照（ほて）った顔が、反射的に下を向く。アンソニーが突然、べつの存在に感じられる。

「――さあ、行きましょう」

アンソニーの右手が、差しのべられている。

「みんなが、あそこで待っています」

大海原が、広がっていた。
わたしはうつむいたまま、彼の手をとった。
強く、強く握り返す。
同時に鳴った二つの汽笛が、澄んだハーモニクスとなって響きわたった。

本作品は当文庫のための書き下ろしです。

本作品はフィクションであり、実在の個人・団体などとは一切関係がありません。

文芸社文庫

# ニュー・ワールズ・エンド

二〇二一年四月十五日　初版第一刷発行

著　者　川口祐海
発行者　瓜谷綱延
発行所　株式会社　文芸社
〒一六〇－〇〇二二
東京都新宿区新宿一－一〇－一
電話　〇三－五三六九－三〇六〇（代表）
〇三－五三六九－二二九九（販売）

印刷所　図書印刷株式会社
装幀者　三村淳


ISBN978-4-286-22398-8